一頁 folio

始 于 一 页 ， 抵 达 世 界

The Promise
Damon Galgut

承 诺

[南非]达蒙·加尔格特 著

黄建树 译

广西师范大学出版社

GUANGXI NORMAL UNIVERSITY PRESS

·桂林·

图书在版编目(CIP)数据

承诺 /（南非）达蒙·加尔格特著；黄建树译. ——
桂林：广西师范大学出版社, 2022.11
书名原文: The Promise
ISBN 978-7-5598-5318-9

Ⅰ. ①承… Ⅱ. ①达… ②黄… Ⅲ. ①长篇小说 –
南非 – 现代 Ⅳ. ①I470.45

中国版本图书馆CIP数据核字(2022)第153205号

著作权合同登记号桂图登字：20-2022-215 号

CHENGNUO
承诺

作　　者：（南非）达蒙·加尔格特
责任编辑：谭宇墨凡
特约编辑：苏　骏
装帧设计：山　川
内文制作：常　亭

广西师范大学出版社出版发行

　广西桂林市五里店路 9 号　邮政编码：541004

　网址：www.bbtpress.com

出版人：黄轩庄

全国新华书店经销

发行热线：010-64284815

北京九天鸿程印刷有限责任公司印刷

开本：787mm×980mm　1/32

印张：14　　　　　字数：202 千字

2022 年 11 月第 1 版　2022 年 11 月第 1 次印刷

定价：75.00 元

今天早上，我遇到了一个金鼻子女人。她坐在一辆凯迪拉克上，怀里抱着一只猴子。她的司机停了车，她问我："你是费里尼吗？"她用这种尖利刺耳的嗓音继续问道："为什么在你的电影里，连一个正常人都没有？"

——费德里科·费里尼

感谢安东尼奥与彼得鲁乔

在代理、烹饪和旅行方面给予的帮助

MA

妈

金属箱子一叫到阿莫尔的名字，她便知道出事了。她一整天都处在紧张、头疼般的情绪之中，就像是在梦里遭到了警告，却记不起是什么样的。某种符号，抑或某个图像，就在表象之下。私下遇到了麻烦。暗中起了火。

　　可是，有人大声对她说出那句话时，她却不信。她闭上眼，摇了摇头。不，不。她姑妈刚才告诉她的那些，不可能是真的。没人死掉。只是个词，仅此而已。她看了看那个词，它躺在桌上，像一只四脚朝天的昆虫，不做任何解释。

　　当时，她在斯塔基小姐的办公室，是从天朗[1]传

1　天朗（Tannoy），英国音响品牌。——译者注，下同（若无特别说明，本书注释均为译者注）

出的那个声音通知她来这里的。阿莫尔等待这一刻已经很久了，想象了很多次，似乎它已成事实。而现在，它真的到来了，却感觉很遥远，很梦幻。它尚未成真，实际上没有。对妈来说，更是如此，她将永远、永远活着。

我很抱歉。斯塔基小姐又说了一遍，接着紧紧抿住薄嘴唇，遮住了大牙。有些女孩说斯塔基小姐是同性恋，但很难想象她会和别人做与性有关的事。或许她曾做过，但自此以后便一直心怀厌恶。我们都得承受这种悲伤。她严肃地补充道，此时，玛丽娜姑妈[1]边颤抖，边用纸巾抹泪，不过她一直看不起妈，一点也不关心她是死是活。

姑妈和她一起下了楼，候在外面，阿莫尔则不得不回宿舍收拾行李。过去七个月，她一直住在这里，等着尚未发生的事情发生；在此期间，她一直很讨厌这些长长的房间，房里很冷，地板上铺了油布，可现在，她不得不离开，却又舍不得走了。她只想躺在床上，长眠不醒。就像妈一样吗？不，不像妈，因

---

[1] 此处的"姑妈"用的是"tannie"，为南非荷兰语。本书在提及玛丽娜姑妈时，"姑妈"一词多用"tannie"，偶尔也会用英语"aunt"。

为妈并不是睡着了。

她慢慢将衣服放入手提箱，提着箱子下了楼，来到学校主楼前，姑妈正站在那里，看着鱼塘。那条鱼真是又肥又大，她指着鱼塘深处，说道，你见过这么大的金鱼吗？阿莫尔说她没见过，尽管她没看清楚姑妈指的是哪条鱼，况且所有的鱼都不是真的。

当她坐上克雷西达[1]时，她同样觉得不真实；汽车轻盈地行驶在学校蜿蜒的车道上，此时窗外的景色宛如梦境。蓝花楹都开了，亮紫色的花朵艳丽而奇特。她们到了学校的大门口后转向了左边，而不是右边，接着她听到自己问她们要去哪里，这才发现自己说起话来似乎有回音，仿佛是别人在说话。

去我家，姑妈说。去接奥吉姑父，昨天晚上，在——你知道的——在出事以后，我就匆忙出了门。

（没出事。）

玛丽娜姑妈用涂了睫毛膏的小眼睛瞟了一眼，那女孩还是无动于衷。这位年长女士的失望几乎是显

1　克雷西达（Cressida），日本丰田汽车公司旗下的一款豪华车车型，首产于 1973 年，停产于 1993 年。

而易见的，像是偷偷放了个屁。她本可以派莱克星顿去学校接阿莫尔，却还是亲自出马，因为她喜欢在危急时刻施以援手，这一点人人皆知。在她那张化成歌舞伎模样的圆脸背后，她渴望着邂逅一些闹剧、八卦和廉价的场面。电视上的流血和背叛是一回事，但在这里，现实生活给了她一个货真价实的机会，让她激动不已。居然能当着女校长的面，将这个可怕的消息公之于众！但她的侄女，这个傻乎乎的胖妞，几乎一言不发。真的，这孩子有些不对劲，玛丽娜以前就注意到了。她觉得之所以会这样，都得怪那次闪电。哎，真可惜，自此以后，她就变了。

来块饼干，姑妈愤愤对她说道。就放在后排座位上。

可阿莫尔不想吃饼干。她没胃口。玛丽娜姑妈总在烤东西，还总想喂给别人吃。她姐姐阿斯特丽德说，这样一来，她就用不着独自变胖了，而且她们的姑妈确实出版了两本茶点食谱，很受某群上了年纪的白人女性欢迎，这一势头在最近尤为明显。

呃，玛丽娜姑妈想，至少跟这孩子说话不累。她不会打断别人，也不会与人争论，只会让人觉得她听得很认真，这样就够了。学校离位于门洛公园[1]的劳布舍尔家不远，开车很快就能到，但今天，时间似乎过得格外慢；一路上，玛丽娜姑妈都在用颇具感染力的南非荷兰语说话，她的声音很低沉，像是在吐露心声一般，话里满是各色昵称，不过她并没有怀着好意。她又聊起了常聊的话题，说道，妈改变了信仰，背叛了整个家庭。准确来说，是她回归了原有的信仰。居然做回了犹太人！自从妈生病以来，姑妈在过去的半年里一直在特别起劲地谈论这个话题，但阿莫尔能怎么办呢？她只是个孩子，势单力薄，再说，既然你回归了原有的信仰，也乐意这么做，那你何错之有呢？

她试着不去听姑妈说话，于是将注意力放在别处。姑妈开车时会戴着白色的高尔夫球手套，此举有些做作，不知是从哪里学来的，也可能只是因为害怕细菌；阿莫尔看着她苍白的手形在方向盘上动个不停。要是她能一直将注意力放在那双手上，放在手的形状上，放在短而粗的手指上，她就不必听手上方的

1　门洛公园（Menlo Park）是南非比勒陀利亚的一个上流郊区，始建于二十世纪五六十年代。

嘴在说些什么，这样一来，那些话就不会是真的。唯一真实的，只有那双手，以及看着那双手的我。

……事实上，你母亲脱离荷兰归正会[1]，回归犹太教，只是为了激怒我弟弟……这样她就不会葬在农场上，埋在她丈夫旁边，这才是真正的原因……有正道就有邪道，很遗憾，你母亲选了邪道……好吧，总之，当她们到家时，玛丽娜姑妈叹了口气，我们只希望上帝能原谅她，毕竟她现在已经安息了。

他们把车停在遮阳棚下的车道上，棚子上有绿色、紫色和橙色的条纹，非常漂亮。远处的一幕在南非白人社区中很常见：用淡红色的面砖砌成、有着铁皮屋顶的郊区平房，被晒得褪了色的花园环绕着。在棕色的大草坪上显得很孤独的攀爬架。混凝土做的鸟浴池、温迪屋[2]，以及一架用半个卡车轮胎做成的秋千。也许，你也是在那里长大的。所有这一切，都始于那里。

---

1 荷兰归正会（Dutch Reformed）是荷兰最大的基督教会，前身为十六世纪宗教改革运动时期成立的荷兰国家教会。

2 温迪屋（Wendy House）指供孩子玩耍的游戏室，系英国剧作家 J. M. 巴里（J. M. Barrie）所著剧本《彼得·潘》（Peter Pan）中，主人公为名叫温迪的女孩造的儿童游戏室。

阿莫尔跟着姑妈，朝厨房门口走去，脚没有完全踩实，离地面还有几厘米，在她与事物之间，有一道让人头晕目眩的小小空隙。厨房里，奥吉姑父[1]正在给自己调制一杯加了可乐的白兰地，这是他早上的第二杯。他最近刚从政府水务部门绘图员的岗位上退休，日子过得百无聊赖。被妻子抓了个现行后，他心虚地站起来，一边还吮吸着被尼古丁染黄的胡子。他本有大把时间穿得更得体一些，此刻却依然穿着运动裤、高尔夫球衫和拖鞋。这个大块头男人头发日渐稀疏，抹了百利牌护发霜，梳向一侧。他给了阿莫尔一个黏糊糊的拥抱，两人都觉得特别尴尬。

我为你妈妈的事感到难过，他说。

噢，没关系的，阿莫尔说完，立即哭了起来。人们会因为她母亲变成了那个词而整天为她感到难过吗？哭的时候，她觉得自己丑得像裂开的番茄，认为自己必须离开，离开这个可怕的小房间，摆脱房间里的拼花地板和吠个不停的马耳他贵宾犬，避开姑妈和姑父像钉子般刺痛她的眼神。

1　此处的"姑父"用的是"oom"，为南非荷兰语。本书在提及奥吉姑父时，"姑父"一词多用"oom"，偶尔也会用英语"uncle"。

她匆忙经过奥吉姑父昏暗的鱼缸，走上过道（墙上刷了灰泥，表面有许多小坑，这种样式在这一带正时兴），进了卫生间。没必要细究她是怎么洗掉眼泪的，只需要提一下，尽管阿莫尔还在抽泣，但她照样打开了药品柜，往里看了看，每次去别人家做客时，她都会这么干。有时会有一些有趣的发现，可这一次，架子上都是些令人沮丧的东西，例如假牙稳固剂和安那素痔疮膏。接着，她心生内疚，觉得不该偷看，为了开脱，她只好清点了每个架子上的物品，重新摆放一番，换了个更顺眼的摆法。再接着，她觉得姑妈一定会注意到，于是又打乱了它们的位置。

沿过道往回走时，阿莫尔在表哥韦塞尔敞开的卧室门口停下脚步，他是玛丽娜姑妈诸多孩子里年纪最小、块头最大的，也是唯一还住在家里的。他已经二十四岁了，但退伍后在家里无所事事，只是专心集邮。很明显，他不太适应外面的世界。听他父亲说，他意志很消沉；他母亲则说，他正在寻找出路。可爸认为，他的外甥只不过是太懒惰，太受溺爱，应该逼着他干些活儿。

阿莫尔不喜欢这位表哥，尤其是在此时此刻，她不喜欢那双长满斑点的大手，他的锅盖头发型，以及他说到字母 S 时那种可疑的语气。无论如何，他都不会与人对视，不过眼下他几乎没注意到她，毕竟他的集邮册正摊开在他腿上，而他正拿着放大镜专注地看着一组他特别喜欢的藏品，总共有三张，是为了纪念维沃尔德博士 [1]，在这位伟人遇刺几个月后发行的。

你在这里干什么？

你妈妈去学校接了我。然后她来找你爸爸，顺便拿点杂货。

噢。那你现在打算回家吗？

嗯。

我为你妈妈的事感到难过，他说罢，终于瞥了她一眼。她实在受不了，再次哭了起来，只能用衣袖擦干眼泪。可他的注意力又回到了邮票上。

你很伤心吗？他心不在焉地问道，依旧没有看她。

她摇了摇头。这一刻，她的确没有任何感觉，

1　全名亨德里克·弗伦施·维沃尔德（Hendrik Frensch Verwoerd，1901—1966），南非政治家，曾于 1958 年至 1966 年任南非总理。1961 年 5 月 31 日，他宣布南非正式改制为共和国并退出英联邦。他也是南非种族隔离政策的支持者。1966 年 9 月 6 日，他在开普敦遇刺身亡。

只觉得空虚。

你爱她吗？

当然，她说。可是，即便在回答这个问题时，她内心也毫无波澜。这让她好奇自己是否说了实话。

半小时后，她坐到了奥吉那辆老勇士[1]的后座上。她姑父竖着耳朵，坐在她前面的驾驶座上，穿着去教堂时穿的那套衣服，棕色的裤子、黄色的衬衫和闪亮的鞋子；香烟的烟雾在挡风玻璃上乱窜。坐在他旁边的是他妻子，她梳洗了一番，喷了香水，还从厨房里带来一袋烘焙用品。此时此刻，他们正驱车经过城市最西边的墓地，那里有一小群人围着地上的一个洞站着，附近是犹太人的墓地，很快，那里就会，不，别这么想，别看那些坟墓，但你还是会情不自禁地看到"英雄墓地"[2]的指示牌，可那些英雄都有谁呢？从来没人解释过，妈现在是英雄了吗？也别去想这件事；接着，你会深入城市另一端的某个可怕区域，那里满是水泥、洗车场和看起来脏兮兮的公寓。如果你坚持

1　勇士（Valiant，1959 年首次以该名字出现）是由美国克莱斯勒公司的普利茅斯分部于 1960 年至 1976 年生产的一款汽车。

2　英雄墓地（Heroes' Acre）是比勒陀利亚教堂街公墓的一部分，建于 1867 年，埋葬着许多著名公民和公众人物。

走老路，很快便会把城市甩在身后，可你今天走不了老路，因为老路得穿过阿特里奇维尔镇，而黑人居住区里不太平。如今，到处都有人在私底下抱怨，说所有的黑人居住区都不太平，即使紧急状态像乌云一样笼罩着这片土地，新闻受到审查，大众的情绪激动又恐慌，那些在暗地里喋喋不休，说起话来就像静电噼啪作响的人也不会住嘴。可说话的人到底是谁？为什么我们现在听不见那些声音了？嘘，如果你专心些，只要你愿意听，你就会听见。

……我们是这片大陆上的最后一个前哨……若是南非沦陷，莫斯科便会开香槟庆祝……让我们把话说得明白一些，少数服从多数意味着集体主义……

奥吉关掉收音机。他没心情听政治演讲，远不如看一看风景。他将自己想象成他的祖先，那群开拓者[1]中的一员，坐在一辆牛车里，慢慢驶向内陆。是的，有些人做起梦来是可以预测的。勇敢的拓荒者奥吉，轻盈地"飘荡"在平原之上。外面是一片棕黄色

---

[1] 此处的开拓者（Voortrekker）特指十九世纪三十年代最早从开普殖民地移民到德兰士瓦省和奥兰治自由邦的南非白人。

的乡野，除了有河流经过的地方，别处都很干燥，头顶是高海拔草原[1]特有的苍穹。去往哈特比斯普特大坝的半路上，在远处的低矮山丘与峡谷之间，有一座农场，他们管它叫农场，尽管它根本算不上货真价实的农场，只有一匹马、几头奶牛、一群鸡和一群羊。

　　路的一侧，越过围栏，他看见一群男人拿着金属探测器，正在监督一些本地男孩在地上挖洞。这里的整座山谷都曾属于保罗·克鲁格[2]，而且一直有传言说，在这些石头下面的某个地方埋藏着布尔战争[3]时期留下的黄金，价值两百万英镑。所以得到处挖一挖，看看能不能寻到旧日的财富。他觉得那些人很贪婪，可即便如此，一股愉悦的怀旧之情还是涌上了他的心头。我的同胞们是一群无所畏惧、韧劲十足的

1　此处的高海拔草原（Highveld）特指南非东部一片海拔介于 1500 米至 2100 米之间的草原。

2　保罗·克鲁格（Paul Kruger，1825—1904），又译保罗·克留格尔，南非政治家。在第二次布尔战争期间，他以领导布尔人争取脱离英国统治的独立自治斗争而闻名。

3　布尔战争（Boer War）一般指第二次布尔战争（Second Boer War），是 1899 年至 1902 年间，英国同荷兰移民后代阿非利卡人（布尔人）建立的德兰士瓦共和国、奥兰治自由邦为争夺领土和资源而进行的一场战争。其乃世界历史上第一场使用枪支而非冷兵器的战争，是现代战争的雏形，也象征大英帝国由盛转衰的开始。

人，他们熬走了英国人，也会熬走卡菲尔人[1]。阿非利卡[2]民族是个与众不同的民族，对此他深信不疑。他不明白马尼为什么会娶蕾切尔。油和水无法交融。这一点你从他们的孩子身上便能看出来，他们全都是蠢货。

至少在这件事的看法上，他和妻子并无分歧。玛丽娜一直不喜欢她的弟媳。这桩婚姻毫无可取之处。她弟弟为什么非得娶一个外族女人呢？我犯了个错，他曾说，而你得为你的错误付出代价。马尼总是很固执，很愚蠢。就为了这么一个自负且骄傲的人，居然跟自家人对着干，当然，她最终把他给甩了。因为性。因为他就是住不了手。玛丽娜一直不太喜欢这档子事，不过有一回，她曾在太阳城[3]和那个机修工有过一段风流韵事，哎呀，住嘴，现在先别提这件事。我这弟弟总是在这方面栽跟头，自从他开始刮胡

1　卡菲尔人（kaffir）是对非洲黑人的一种蔑称。

2　阿非利卡人（Afrikaner）旧称布尔人（Boer），是南非和纳米比亚的白人种族之一，以十七世纪至十九世纪移民南非的荷兰裔为主，融合法国、德国移民形成的非洲白人民族，说南非荷兰语（又称阿非利卡语）。

3　太阳城（Sun City）是位于南非西北省的一家豪华度假酒店，亦是著名赌场，距约翰内斯堡市约两小时车程。

子，他就变成了一个色鬼，总在找乐子，惹麻烦，然后就犯了那个错，再然后，一切都变了。如今，那个不该出生的孩子就在某个地方，正在服兵役。今天早上他们给他捎了个信，他明天才能到家。

安东明天才会到家，她告诉阿莫尔，然后开始对着遮阳板上的镜子补口红。

他们开错了道，逆行抵达了岔路口；阿莫尔得下车打开大门，等车开过去，然后再次关上。接着他们驶上了一条崎岖的碎石路，一路颠簸，路上好几处都有凸起的石块，刮到汽车底盘后会发出刺耳的噪声。阿莫尔觉得那声音格外难听，仿佛在撕扯她。她头痛得更厉害了。行驶在宽阔的路面上时，她几乎可以假装自己无处可去，随处漂泊。可现在，所有的感官都在告诉她，他们就快到了。她不想回家，毕竟等她回到家中，她显然会发现，真的出事了，她的生活起了变化，再也回不到从前。她不希望那条路尽职尽责，领他们从电缆塔下经过，朝小山驶去，不希望它领他们往上爬，不希望下坡时在另一头看见那栋房子。可它就在那里，映入了她的眼帘。

一直不怎么喜欢它。从一开始，这个地方就很奇怪，甚至在她爷爷刚买下它时，便已是如此，毕竟谁会在这片荒野里用这种风格造房子呢？可后来，等爷爷淹死在大坝里，爸继承了这个地方以后，他便开始加建毫无风格可言的房间和外屋，不过他觉得它们很有"地方特色"。他的计划不讲逻辑，但据妈说，这么做是为了掩盖原来的装修风格，他觉得那种风格看起来很娘娘腔。噢，简直就是垃圾，爸说，我的方法更实用。本该是座农场，而不是个四不像。可结果呢？你倒是瞧瞧。一栋乱七八糟的巨大建筑，外面有二十四扇门，晚上得锁起来，多种风格嫁接在一起。坐落在草原的腹地，像极了穿着奇装异服的醉汉。

反正，玛丽娜姑妈想，它是我们的了。别管这栋房子，想想这块地吧。无用的土地，满是石头，你不知道该拿它怎么办。但它属于我们家族，不属于别人，而土地里孕育着权力。

至少，她大声对奥吉说道，那位妻子终于出局了。

噢，天哪，可别忘了坐在后排的这个孩子。玛丽娜，你说话得注意点，在接下来的几天里，直到葬礼结束，你都得特别注意。讲英语吧，它会让你保持克制。

可别误会我，她对阿莫尔说。我很尊重你母亲。

（不，才不是呢。）但阿莫尔没有大声说出自己的想法。坐在后排的她，身体已经变得非常僵硬，而汽车滑行了一会儿，终于停了下来。奥吉不得不把车停在离车道有一小段距离的位置，毕竟屋前有太多其他车辆，大多数都不太眼熟，它们在这里干什么？妈就像一个人形黑洞，将许多人和事吸引到了她身边。阿莫尔下了车，砰的一声关上车门，这时她特别留意到一辆车，一辆很长的黑色轿车，这让她的心情变得愈发沉重。这辆车的司机是谁？他为什么会把车停在我家外面？

我让那些犹太人暂时不要带走她，玛丽娜姑妈宣称。这样你就可以跟你妈妈告别了。

一开始，阿莫尔没明白。脚下的碎石子嘎吱嘎吱响个不停。透过前窗，她能看见客厅有一群人，如同一团浓雾，她父亲位于人群中央，弯腰坐在一把椅子上。她觉得他在哭，可她后来转念一想，不，他在祈祷。现如今，很难说清楚对爸来说，哭泣和祈祷到底有何不同。

随后她才明白过来，心想，我不能进去。那辆黑色轿车的司机正在里面等我跟母亲告别，我不能走进门里。如果我走进门里，事情便会成真，我的生活将就此改变。于是她在外面迟迟不肯进去，神气十足的玛丽娜则提着好几袋食材，嗒嗒地走在前面，身后的奥吉也拖着步子跟了进去；接着，阿莫尔把手提箱扔在台阶上，快步绕到房子另一侧，经过避雷针和放在墙内混凝土壁龛中的煤气罐，穿过屋后的露台（德国牧羊犬托约正在那里躺着睡觉晒太阳，腿缝间还能看见紫色的蛋蛋），穿过草坪，经过鸟浴池和木棉树，经过马厩和马厩后面的劳工小屋，朝小山跑去。

她在哪儿？她刚刚还跟在我们后面的。

玛丽娜简直不敢相信这个该死的傻妞儿的所作所为。

对呀，奥吉证实了她的说法；接着，急于表现一番的他又重复了一遍。对呀！

噢，她会回来的。玛丽娜此刻没心情照顾她的感受。让这些人把这个可怜的女人带走吧。机会难得，这孩子却不识抬举。

那辆长轿车的司机默文·格拉斯已经在厨房里坐了两个小时，他戴着圆顶小帽，等着那个专横的女人（逝者丈夫的姐姐）发号施令，她此时正让他行动起来。这家人很难打交道，他不明白到底发生了什么，不过似乎并不在意。在沉默中恭恭敬敬地等待，是这份工作必不可少的一部分，而他早已具备了这种能力，能在表面上装出一副异常冷静的样子，心里却一点也不平静。究其本质，默文·格拉斯是个疯狂的人。

这时他霍地站起身来。接着，他和自己的助手开始将死者的遗体从楼上的卧室搬走。这需要一台担架，一个运尸袋，也需要有人最后一次表现得悲痛不已，表演者是死者的配偶，他紧紧抓住亡妻，恳求她别走，仿佛她本是自愿离开，经过一番劝说后又会回心转意。这种事情并不罕见，如果你问默文，他会这样对你说。这一切他早已见过多次，包括尸体所产生的那种奇特的吸引力，会将人们吸引到它面前。到了明天，就已然不是这么回事了，尸体将不复存在，永远离开，而这一事实将会被计划、安排、回忆，以及时间掩盖。是的，已然如此。消失的过程会立即开始，并且在某种意义上永远不会结束。

但在这期间，尸体还在，这具肉身如同一个可怕的事实，提醒着每个人，甚至包括那些不关心死者的人（总有那么几个人不关心）：终有一天，他们也会躺在那里，就像她一样，被完全掏空，只剩一具躯壳，甚至连自己也看不见。心灵则因缺席而退却，无法想象自己停止思考，沦为异常冰冷的空白地带。

幸好她并不重，疾病早已将她掏空；不用费多大力气，便能将她抬下楼梯，绕过底部很难绕过的转角处，沿着过道抬进厨房。从后面出去，死者丈夫专横的姐姐命令他们，沿着房子侧边走，别抬着它从客人身旁经过。只有在听见那辆长轿车的启动声，以及空气中渐渐消失的引擎震动声后，访客才会意识到死者终于离开了这里。

接着，蕾切尔走了，真的走了。二十年前，还是新娘的她怀着身孕来到这里，此后便没有离开过；可现在，她再也不会从前门走进屋里了。

在灵车里，我是说在灵堂 [1] 里，某种未被言说的恐惧渐渐消失了，尽管人们不清楚为什么会这样，也很少用语言表达出来。事实上，大多数时候，说话能

1　此处的"灵车"一词原文为"hearse"，"灵堂"一词原文为"house"。这两个词押了头韵，且较为形似，译文也做了相应处理。

让人们转移注意力，不再感到恐惧。要不我再给你拿杯茶来？你想尝尝我做的饼干吗？

说这番话的是玛丽娜，当然，她很擅长推波助澜，火上浇油。她一边说，一边扭动着项链。

不，我不饿。

此时说话的是比她小很多岁的弟弟马尼，在她眼里，他就像只猫头鹰，一只她小时候捡到并收养过一段时间的小猫头鹰。

来吧，至少喝点茶。你哭了那么久，都脱水了。

噢，别别别，他说话时情绪很激动，似乎是生气了，不过他也许不是在跟她说话。

那只猫头鹰遇到什么事了？她似乎记得不是什么好事，不过也不太确定。

我再也不会喝茶了，他说。

噢不，她恼怒地说道，别说傻话。

她不明白他为什么会对妻子的死如此耿耿于怀，那女人濒死已有半年，他已经为今天做了很长时间的准备。可马尼正处在崩溃的边缘，正如他身上那件针织套头衫的底边，她注意到他正在不断拉扯线头。

快别扯了，她对他说道。把衣服脱掉，我来补一补。

他默默照做了。她拿走衣服，去找针和线。前提是蕾切尔留着这两样东西。曾经留着。这种心理纠正令人满意，就像一个僵硬的关节咔嗒一声复了位。从今往后，蕾切尔将永远成为过去时。

虽然正值春日，天气很暖和，但马尼脱掉套头衫后还是不住发抖。他还会再度暖和起来吗？蕾切尔活着的时候，他从来没有像现在这样迫切需要她；她的离去仿佛在他内心深处留下了钢铁般的寒意。她知道如何抵达我心中最隐秘的地方，把她的小刀插进去。分不清爱与恨的区别，可见我们曾有多亲密。两棵树缠绕在一起，树根纠缠不清，像极了命运。谁不想逃离呢？但只有上帝能审判我，只有他知道！原谅我，上帝，我是说，蕾切尔，我的肉体比大多数人都脆弱。

又哭了。玛丽娜在房间另一头看着他。她终于在抽屉里找到个针线包，然后舒舒服服地待在某个角落里，在那儿，她能一边观察房子里的人来来往往，一边在众人面前显出一副勤快的模样。她有一双巧手，既能做针线活儿，又能烤蛋糕。可是，见丈夫拿着一杯刚调好的酒从身旁走过时，她还是分了心，结果刺伤了一根手指。

就在这时，她不知怎么回事，突然想起来"猫头鹰"遇到了什么事。噢，真遗憾。那件白色的衣服[1]上沾了血。

喂，我正看着你呢，她对奥吉喊道。

可他继续慢慢往前走，胡子上还有白兰地的味道；一边走，一边心想，闭嘴，你把自己当谁了？一时间，他忘了自己为何会在这里，并问客厅里的某个男人，你玩得开心吗？

啊？那男人说道。

但奥吉此时已经想起了自己忘掉的事情，然后站在那里，左摇右晃起来。我是说，在这种情况下，你玩得开心吗？他说道。

跟他说话的那个男人是荷兰归正会的见习牧师。这位见习牧师身材高大，面色紧张，喉结[2]明显，在

---

1 "白色的衣服"原文为"white feathers"。"feather"一词既可以指羽毛，也可以指服装，此处为双关，既指血染红了套头衫，也暗指"猫头鹰"的遭遇。

2 喉结（Adam's apple）字面意为"亚当的苹果"，在此处容易让人联想到亚当的堕落。

过去的一年里默默无闻，几乎已完全失去了信仰。他觉得自己仿佛跌跌撞撞地行走在荆棘丛生的荒野中，因此苦笑连连。在奥吉对他说话的那一刻，他正一边暗自苦笑，一边思考着自己为什么不再有任何信仰；见有人跟他搭话，他吓了一跳，显得很惭愧。

透过客厅的玻璃推拉门，阿莫尔能看见那两个人，一位是她姑父，另一位是面露疑色的牧师。她能从小山的山顶看见整栋房子的正面，所有的窗户一览无余，所以她才喜欢坐在这里，虽然她不该独自这么做。一楼从来没这么热闹过，许多人影在房子里四处走动，宛如玩具大厦里的玩偶。可她并不在意他们。她眼里只有一扇窗户，是楼上从左往右数的第三扇，她一边看，一边想，她就在里面。要是我走下小山，走上楼梯，她一定会在自己的房间里等我。像往常一样。

而且她能看见有人在里面走动。看身形，是个女人，正忙得团团转。若是半闭着眼，阿莫尔能想象那人就是她母亲，如假包换，她已重获健康强壮的体魄，正在清理床边的那些药物。再也用不着了。妈又好起来了，时光已然倒流，世界完好如初。就这么简单。

可她知道，她只是在假装，房间里的人不是妈。是萨洛米，当然是她，她一直待在这座农场里，或者说，她一直给人一种这样的印象。我爷爷谈起她来总这么说，噢，萨洛米，我买这块地的时候顺带雇了她。

稍事停顿，好好观察一番，这时萨洛米正将床单从床上取下来。那个壮实的女人穿着旧衣服，是多年前妈给她的。头巾绑在头发上。她光着脚，脚底很脏，都开裂了。她的手上也有伤痕，是无数次碰撞后留下的擦伤与疤痕。据说她跟妈同岁，四十，不过更显老。很难讲她到底多少岁。生活中的她脸上没什么表情，仿佛戴着面具，如同雕像一般。

但有些事情你确实知道，因为你亲眼见过。萨洛米不动声色地打扫房子，给住在里面的人洗衣服，也曾以同样的态度照顾生病的妈，陪她走完最后一程，帮她穿衣服，脱衣服，用一桶热水和一条毛巾帮她洗澡，扶她上厕所，是的，甚至在她用过便盆后帮她擦屁股，擦掉血污、粪便、脓液、尿渍，都是些自家人不愿干的活儿，要么太脏，要么太私密，让萨洛米去做吧，花钱雇她，就是让她做这些事的，不是吗？妈死的时候，她就在床边陪着妈，不过大家似乎没看见她，明显是把她当作了隐形人。同样隐形的，还有她的感受。大家只会吩咐她，把这里打扫干净，把床单洗了。她则一一照做，她打扫卫生，她清洗床单。

可阿莫尔能透过窗户看见她，所以终究还是有人注意到她并非隐形人。与此同时，想起了一段直到此刻才明白过来的往事：就在两周前的某个下午，她还在同一个房间里，跟妈和爸待在一起。他们忘了我也在那儿，待在角落里。他们没看见我，对他们来说，我就像个黑人妇女。

（你能答应我吗，马尼？

紧紧抓着他，瘦骨嶙峋的手紧握不放，那情景，仿佛出自一部恐怖电影。

嗯，我会做到的。

因为我真心希望她能得到些什么。毕竟她付出了这么多。

我明白，他说。

答应我，你会做到的。把话说出口。

我答应你，爸声音哽咽地说道。）

这一幕依旧历历在目，她父母纠缠在一起，像耶稣和他母亲一样，仿佛打了一个可怕且悲伤的结，紧紧抱着彼此，哭个不停。说话声在别处，越飘越高，越飘越远，直到现在才传到她耳畔。可她终于意识到他们说的到底是谁了。当然。显而易见。毋庸置疑。

她正坐在她喜欢的地方，在岩石之间，在那棵被烧焦的树的树根旁。闪电落下来的那一次，我就坐在这里，结果我差点当场死掉。砰，白色的火焰从天而降。就像上帝把你当成了靶子，爸说，但他怎么会知道呢？事发时，他甚至都不在这里。主的愤怒如同复仇之火。可我跟那棵树不一样，我没被烧死。只烧伤了脚。

在医院里住了两个月才痊愈。脚底到现在还有些痛，而且少了一根小脚趾。此时她摸了摸脚趾处，用手指感受那道疤痕。总有一天，她大声说道。总有一天，我会。她想到一半，思绪却断了；于是，她总有一天会做的那件事没了下文，悬在了那里。

这时，有人正从山的另一边往上爬。一个人影越来越近，慢慢显出了面目，将年龄、性别、种族像衣服一样穿在身上，到最后，一个黑人男孩映入她的眼帘，也是十三岁，穿着破旧的短裤和 T 恤，脚上则穿着破破烂烂的运动鞋。

汗水把衣服黏在身上了。用你的手指把衣服扯一扯。

你好，卢卡斯，她说。

你好，阿莫尔。

首先，需要用棍棒敲打地面。随后，他舒舒服服地坐在了一块岩石上。两人交谈起来并不拘束。他们不是头一回在这里见面。都还是孩子，不过很快就不是了。

我为你妈妈的事感到难过，他说。

她差点再次哭起来，但没有。他这么说没关系，毕竟卢卡斯的父亲也死了，死在约翰内斯堡附近的一座金矿上，当时他还很小。有什么东西将两人连在了一起。她快憋不住了，想把刚刚记起来的事情说给他听。

现在是你们的了，那栋房子，她说。

他看着她，不太明白。

我妈妈让我爸爸把它送给你妈妈。基督徒一向说话算话。

他低头望着山的另一边，他就住在那里，在那座歪歪扭扭的小屋里。隆巴德家的房子。大家都是这么叫的，尽管隆巴德老太太多年前就死了，后来，阿莫尔的爷爷为了阻止那家子印度人搬进来，便买下了它，并让萨洛米住了进去。有些名字会留传下来，有些则不然。

我们的房子？

马上就是你们的了。

他眨了眨眼，依然很困惑。那栋房子一直都是他的家。他出生在那里，睡在那里，这个白人女孩在说些什么？他觉得越来越没劲，便吐了口唾沫，站了起来。她注意到他的双腿已变得又长又壮，大腿上长出了粗硬的毛。她还能闻到他身上的气味，是股汗臭味。这一切给她一种新奇的感觉，或者说，是她之前从没留意过这一切；甚至在她意识到他在看她之前，她便已经很尴尬了。

怎么了？她蜷缩着身子，胳膊放在膝盖上，说道。

没什么。

他跳到她坐着的岩石旁，在她身边蹲下。他光着的腿离她的腿很近，她能感觉到温暖和刺痒，便把膝盖侧向一旁。

呃，她说。你得洗一洗了。

他迅速起身，跳回了之前坐着的那块岩石上。这时她觉得很难过，觉得不该赶他走，但又不知道该说些什么。他捡起先前用过的棍棒，再次用它敲敲打打起来。

好吧，他说。

嗯。

他沿着来时上山的路走回山下，时而用棍棒挥砍白色的草尖，时而将它插入白蚁的巢穴。让世界知道他的存在。

她一直看着他，直到他从视野中消失，这时她觉得轻松了一些，因为那辆黑色的大轿车已经开走，笼罩在她心头的那团大黑云也已消散。接着她溜达到小山的另一边，一边走，一边不时停下脚步，观察一块石头或一片树叶，朝自己家的房子，或是她觉得属于自己家的房子走去。等她从后门进来时，距离她出走已经过去了一百三十三分二十二秒。在此期间，开来了一辆车，开走了四辆，包括那辆长长的黑色轿车。电话响了十八次，门铃响了两次，其中一次是因为有人大老远地送来了一些花，它们的出现让人感到不可思议。人们喝掉了二十二杯茶、六杯咖啡、三杯冷饮，以及六杯加了可乐的白兰地。楼下的三个抽水马桶从来没有见过如此阵仗，总共冲了二十七次水，冲走了九点八升尿液、五点二升粪便、某个反胃的人吐出来的一肚子食物，以及五毫升精液。数字层出不穷，但数学有什么用呢？每个人的生命中，每样东西其实只有一个。

她蹑手蹑脚地走进厨房，虽说屋里的这一片很安静，可她还是听到了远处的说话声。她走上楼梯，来到二楼。沿过道朝自己的房间走去。她得路过通往妈房间的那扇门，房里此刻空无一人。萨洛米洗寝具去了；尽管她知道没有发生的事情并未发生在这里，但她于情于理都得进去。

小女孩看着母亲的遗物。她对一切都了如指掌：从门口走到床边要多少步，台灯的开关在哪里，地毯上的橙色旋涡图案（仿佛会引起头痛），等等，等等。

她用眼角的余光瞥了一眼，以为看见妈的脸出现在了镜中，可等她直直地往镜子里一看，它却不见了。她反倒能闻到母亲的气息，或者说，能闻到一股复杂的气味，她把它与母亲联系在了一起，实际上它却源自最近发生的种种事件，涉及呕吐物、熏香、血液、药物、香水和某种隐秘的黑色音符，兴许是疾病本身的气味。由墙壁呼出，在空中盘旋。

她不在这里。

说话的是姐姐阿斯特丽德，她不知怎么发现了她，跟了过来。

他们把她带走了。

我知道。我看见了。

床上的被子和床单都已被拿走，光秃秃的床垫上沾着某种东西，说不清到底是什么。她俩看着那漆黑的轮廓，仿佛看着一幅地图，地图上是一块新大陆，既迷人，又令人恐惧。

她死的时候，我就在她身边。阿斯特丽德终于说道；她的声音有些颤抖，毕竟她说的不是实话。母亲死的时候，她并不在母亲身边。当时她待在马厩后面，正和迪安·德韦特聊着天，那男孩来自勒斯滕堡[1]，有时会来农场帮忙打扫马厩。迪安的父亲几年前去世了；阿斯特丽德的母亲去世前的很长一段时间，他一直在开导她。他是个朴素、真诚的男孩，他的关心让她感到高兴；她最近很乐于接受男性投来的目光，这便是其中一例。所以说，蕾切尔·斯瓦特[2]大限已至时，陪着她的只有她丈夫（也就是爸，亦称马尼），还有那个黑人女佣[3]，她叫什么来着，萨洛米，很明显，她无足轻重。

我本该在那里。阿斯特丽德心想。可她却在和迪安调情，这确实只会让她更加内疚。她有种错觉，认为妹妹很了解她那些事。不止这件事，还有其他事。比方说，半小时前，她把吃过的午饭吐了出来，为了保持身材，她经常这么干。她很容易疑神疑鬼，甚至到了偏执的地步，有时候，她怀疑自己的心思能被周围的人偷偷读懂，有时候，她又怀疑生活是一场精心设计过的表演，别人都是演员，只有她不是。阿

1　勒斯滕堡（Rustenburg），建于 1851 年，是南非西北省的一座城市。

2　斯瓦特（Swart）是本书主人公一家的姓，在英文中，"swart"一词也可表示"肤色黝黑"之意，但斯瓦特一家却是白人。

3　原文为"girl"，用作"女佣 / 女雇员"之意时，多含贬义。本书中谈及萨洛米时，多次用到这个说法。

斯特丽德很容易害怕。抛开别的不说，她害怕黑暗、贫穷、雷暴、变胖、地震、潮汐、鳄鱼、黑人、未来、井然有序的社会结构遭到破坏。害怕不被爱。害怕一直都没有变化。

可现在，阿莫尔又哭了，因为阿斯特丽德说起那个词来，就好像真有其事，但事实并非如此，并非如此，哪怕房子里满是不该出现的人，满是通常不会出现或通常不会同时出现的人。

我们必须做好准备，阿斯特丽德不耐烦地说道。你得把身上那套校服给换掉。

准备好干什么？

阿斯特丽德没答话，这让她很恼火。

你刚才去哪儿了？所有人都在找你。

我爬到小山上去了。

你很清楚你不能一个人上去。对了，你在这里干什么？在她卧室干什么？

我只是随便看看。

看什么？

我不知道。

她说的是实话，她不知道，她只是随便看看，仅此而已。

去换衣服吧，阿斯特丽德试着用成人的口吻对她发号施令，毕竟这一职位已经空出来一个。

不许对我指手画脚，阿莫尔嘴上这么说着，却还是去换衣服了，她只想离阿斯特丽德远一些，而后者一被单独留在房间里，便拿起了她在床头柜上发现的一只手镯，一只串着蓝白两色珠子的漂亮小圆镯。她见过妈妈戴着它，之前自己也试戴过。现在她又把它戴在了手腕上，觉得它很贴手，似乎在测自己的脉搏。她认定它一直都是属于她的。

我并不漂亮。这不是阿莫尔头一回动这种念头，此时的她正打量着衣柜柜门后镜子里的自己。她穿着内衣，其中包括一件最近买的小号胸罩，直到现在，身体的不断发育依然让她感到新鲜而不安。她的臀部变宽了，她心里一沉，觉得这种变化既夸张，又淫秽。她不喜欢自己的肚子和大腿，不喜欢自己下垂的肩膀。她跟你们中的许多人一样，不喜欢自己的身体，只不过带着青少年才会有的剧烈反应，可今天，她的感觉比平日更明显、更厚重、更强烈。

在这样的内省时刻，她似乎能借助周围的空气洞察未来。这种事近来发生了好几次：她能提前（刚好提前一毫秒）知道墙上的某幅画会掉下来，某扇窗户会猛然打开，某支铅笔会在桌上滚动。今天，她将目光掠过镜中的自己，觉得床头柜上一块烧黑的龟壳一定会飞到空中。她看着它升起。她仿佛用眼睛拿着它，注视着它平稳地移动到房间中央。然后她让它掉在了地上，或许是把它扔到了地上，只见它猛地摔在地板上，碎了。

那块龟壳是（更准确地说，曾是）她收集的少数几样物品之一，它们都是从外面的草原上捡来的。一块奇形怪状的石头，一个小小的狐獴头骨，一根长长的白色羽毛。此外，房间里不见任何常见的标识与线索，只有铺着毯子的单人床、床头柜和灯、衣橱和抽屉，以及什么也没铺，连地毯都没有的木地板。墙壁上也光秃秃的。女孩本人不在时，房间就像一张白纸，几乎没有任何痕迹与线索能让人对她有所认识，或许，这足以让人对她有所了解。

过了一会儿，她走下楼梯，手里拿着一小片龟壳。依然有人在四处走动；她一直直视着前方，朝依旧瘫坐在椅子上的父亲走去。

你刚才去哪儿了？爸问。我们都很担心。

我在小山上。

阿莫尔。你知道你不该一个人待在那里。你为什么总是去那里？

我不想见她。我逃走了。

你手里拿着什么？

她将那块扭曲的龟壳碎片递了过去，却因为头昏脑涨而不太记得那是什么，又是从哪里来的。乍一看，它就像一块有些年头的巨大的脚指甲，特别恶心，哎呀。是她从外面捡来的。她总是把自然界里一些不中用的零碎玩意儿往家里拿。他差点把它扔了，却渐渐泄了气，索性像她一样拿着它，一副了无生气的模样。

过来。

此刻，他对她满怀柔情，既深沉，又感伤。如此无助、单纯的灵魂。我的孩子，我的小宝贝。将她揽入怀中，突然间，两人一同融入时间之河，回到七年前某个相似的时刻，那时候，闪电刚落下不久，世界白茫茫一片，事故发生后，两人仿佛置身梦境，半梦半醒。抱着阿莫尔走下小山。救救她。救救她，主，我将永远忠于你。对马尼来说，这一幕如同摩西下山，就在那个下午，圣灵感动了他，他的人生变了样。阿莫尔却有着不同的回忆，她记得，当时空气中弥漫着肉烧焦了的恶臭，仿佛有人在露天烤肉，仿佛居于世界中心的祭品散发出了臭味。

小山。卢卡斯。谈话。她下楼本想谈一谈这些，却被用力抱住，紧贴着他的衬衫，闻着他身上散发的汗水、悲伤，以及布吕特牌[1]除臭剂的气味；于是她奋力挣脱了他的怀抱。

你会信守承诺的，她说。两人都不清楚这到底是在陈述事实，还是在发问。

什么承诺？

你知道的。就是妈让你做的那些。

爸很疲惫，几乎像是沙子做的，而所有的沙子可能很快就会从他身上流走。是的，他含糊地说，要是我答应了，那我就会去做。

你会吗？

我说过我会的。他从夹克口袋里掏出一块手帕，

1　布吕特（Brut），法国品牌，创办于 1964 年，最初专注于美容和香水产品，后经过发展，也推出了须后水、护肤膏和除臭剂等产品。

擤了擤鼻子，然后看了看手帕，看自己擤出来的到底是什么。又重新把手帕放好。我们到底在说些什么？他问。

（萨洛米的房子。）可阿莫尔也耗尽了气力，重新瘫倒在他的胸口上。她说话时，他却听不见她在说什么。

你说什么？

我不想回学校的宿舍了。我讨厌那里。

他想了想。你用不着回去，他说。本来也只是在妈……在妈生病的时候暂时住在那里。

所以说，我不用回去了？

嗯。

再也不用了？

再也不用了。我保证。

这时候，她感到既沮丧，又孤单，仿佛置身于一个炎热、寂静的地下洞穴中。情绪反复无常。下午渐渐临近尾声，天色越来越暗，时间过得很慢。我母亲今早去世了。明天很快就会到来。

马尼被她一直紧紧抱着，感到有些厌烦，却又不得不克制想要推开她的冲动，毕竟这么做不得体。

他总担心阿莫尔是否真的是自己的孩子，可这股担心毫无依据。她是他最小的孩子，不在计划之内，是在他婚姻中最困难的一个时期，也就是他和妻子开始分房睡的那段时间怀上的。当时两人的感情已经很淡了，然而就在那个时候，阿莫尔出生了。

可无论她来自哪里，她无疑是上天做出的安排的一部分。诚然，是她促成了他的皈依，当时，主几乎要把她从他们身边带走，马尼终于向圣灵敞开了心扉。那之后不久，某次诚心祈祷时，他明白了自己必须做些什么来净化自己。他，赫尔曼·阿尔贝图斯·斯瓦特，必须向妻子承认他的过失，请求她的宽恕；于是，他向蕾切尔坦白了一切，包括他赌博和召妓的事，将自己暴露无遗，但他的婚姻并未柳暗花明，反而急转直下，她没有原谅他，而是对他大加评判，发现他劣迹斑斑，她也并未随他进入光明的谷地，而是转向另一个方向，回到自己的族人身边。对我们来说，主的道永远都很神秘！

他在椅子上扭来扭去，捧着阿莫尔的脸，将那张脸对着他自己的，看着她的五官，搜寻一些只可能源自他的身体、他的细胞的蛛丝马迹。这不是他头一回这么做。原本在暗地里思绪纷飞的她也凝视着他，感到害怕。

他也许正打算对她说点什么，可幸好西默斯牧师及时出现，阻止了他。这位能干的牧师今天大部分时间都在这里，为他教众中的一位重要成员祈祷，提供建议。自从马尼与上帝之火擦身而过，并最终皈依真理以来，他已在这条道路上探寻多年，在此期间，阿尔文·西默斯一直是他的引路人和守护者。他的教会戒律严明，是助我保持正直的托梁和支柱。

抱歉，我得走了，牧师说道。但我明天还会来的。

他眼前的马尼一片模糊，形象复杂，毕竟这位牧师的视力越来越差了，他的眼睛隐藏在厚厚的深色镜片之后；不论他去哪里，他都需要有个人依靠。字面意义上的"依靠"，在这种情况下，耶稣只是一个隐喻。因此见习牧师才会出现，此人已丢掉自己的信仰，此时正试图帮牧师转个向，以便谈话更好地进行下去。

马尼终于有理由将女儿晾在一旁（这么做的时候，他非常小心，仿佛她是一件易碎的家具），并立即忘了她。我送你们上车吧，他说。领着这两个男人慢慢走向正门时，他经过了餐具柜，上面有一张他自己的镶框照片，拍摄于二十年前的"鳞片之城"，那是他名下的一座爬行动物公园，当时刚开业不久。从开业的第一天起，公园就让他赚了大钱，这一点从照片里那位青年咧嘴大笑的模样就能看出来。二十七岁的马尼。那时候特别抢手。非常风趣，总是扮傻逗乐，长得还很帅，你要是不信，可以看看这张照片。额发很长，还很软，露出牙齿笑着，显得很傲慢。有几分坏小子的模样。两手各拿一条凶猛的毒蛇，左手拿的是黑曼巴，右手拿的是绿曼巴，洋溢着青春、健康与自信，连相框外也能感受到。当然戴着墨镜，镜框很大，闪闪发亮，红棕色的鬓角很浓密，与他裸露的胸膛上冒出的毛发颜色一样。就像一片可以自由放养的沃土，人人都想从他身上分一杯羹，难怪蕾切尔为了他放弃了一切。后来变了心，而那时的他也变了。

屋外，牧师摸索着给了马尼一个拥抱，抱得他有些喘不上气来，却很有男人味。他在马尼耳边说道，从基督身上获取力量吧。细想一番，这话毫无意义，可马尼还是说他会的，他会从基督身上获取力量。他一直在这么做，已经很久了。你明天还会回来吗？他焦急地问道，不确定明天是否只有基督就够了；牧师做出承诺，说他会回来。

然后他们开车离开了农舍，更准确地说，握着方向盘的是见习牧师，年长的牧师则在他身旁。通往正门的颠簸道路上，他们什么也没说，不过司机的喉结一直上下起伏，就像鱼线上的鱼漂，仿佛他有话想说。

只有当他们通过大门，拐上柏油路后，阿尔文·西默斯才动了动嘴。

很棒的一家人，他评价道。那个男人是不会垮掉的。

司机一边听，一边羡慕地微笑着。不会垮掉！真这么肯定，可能吗？至少我不行。今晚不行。甚至都没有足够的信念觉得手滑的自己能在这条道路上继续前行。

年迈的牧师是个高大、温和的人，有着一头斜向一边、如同波浪的棕色鬈发。他身上有很多地方看起来都皱巴巴的，因为在家照顾他的妹妹利蒂希娅不擅长熨衣服。他双手、脖子、脸部的皮肤都很松弛，还长着皱纹，你肯定也不想看他衣服下面其余的皮肤。

他生来就很严肃，今天下午则格外严肃，之所以如此，全因为蕾切尔，那个女人一开始就举手反对他，嗯，她既固执，又骄傲，一直将脸背对着主；她的死让他接近了他非常想要的东西。不是为了他自己，当然不是！只是为了教会，为了让神职工作进行下去。我只是个工具。但即使是工具，也能感受到前方的路终于变成一片坦途；很快，他便能收获一块合意的土地。

明天下午四点来接我，他拿定了主意。

我们还要回到……回到那群人身边吗？

嗯，我们还会回到斯瓦特家。我在那里的工作还没有完成。

等到太阳下山（这一幕在这里尤为生动）时，所有的客人都已离开，只剩下斯瓦特一家。此时，奥吉姑父稍稍歪向了右侧，之所以会这样，也许是因为他笑起来左右不对称，笑容都堆积在了一侧的脸上。他和爸坐在客厅里，正在看电视上的新闻，全是来自全国各地的坏消息。约翰内斯堡的一颗水雷[1]，黑人居住区里的军队。爸时不时会情绪崩溃，抽噎一阵子，仿佛他深受南非局势的触动。奥吉只是小口喝着酒，笑了笑。

厨房里，玛丽娜监督着那个黑人女佣，后者有一堆盘子和杯子要洗。她拖着身子，沉重而缓慢地走来走去，见她这副模样，你会以为失去亲人的是她。在如此重要的日子里，偷懒是不可原谅的，她得不断鞭策那个女佣，仿佛推着一块巨石往前走，一直发号施令让她感到筋疲力尽。玛丽娜怒气冲冲地在房子里走了最后一圈，寻找剩饭剩菜。她在餐厅遇到了阿莫尔，她还没有机会责罚后者。你跑到哪里去了？她问道；她没想到自己会这么生气，又突然意识到自己掐了侄女的上臂一把，一丝发自肺腑的狠劲透过她的指甲流露出来。

哎哟，阿莫尔叫了一声，却没有回话；玛丽娜并未停下脚步，而是带着不满，迈着重重的步子上了二楼。她走进蕾切尔的房间，犹豫了片刻，然后关上了窗户和窗帘。她觉得空气中似乎有一股酊剂的味

---

1 原文为 "limpet mine"，准确译法为附着水雷，又译水下爆破弹。该水雷会附在船舷上，定时爆炸。

道，一股难闻的气味。屋外，夜晚已然降临。

夜色依旧，还是同一个晚上，可后来，星星去了别处。只留下薄薄一层月光，将金属般的点点微光投向这片由岩石和山丘组成的风景，让这景致看起来几乎像液体一样，形同一片变幻莫测的海洋。主干道的线条时不时会被某辆汽车的前灯以慢动作勾勒出来，汽车载着的"货物"是活生生的人，正从某个地方驶向另一个地方。

房子很暗，只有一前一后[1]（注意，此处使用了航海术语）两盏泛光灯照亮了车道和草坪，屋内也只有客厅里的一盏灯亮着。楼下的各个房间多数时候都悄无声息，偶尔能听见一只昆虫（又或许是一只啮齿动物？）匆匆爬过的声音，以及家具膨胀和收缩时发出的微弱声响。噼，里，啪，啦。

但楼上的卧室里一直有窸窸窣窣的动静。爸的床垫就像一只木筏，在不安的梦境化作的海浪中摇曳。他服用了拉夫医生开的镇静剂，这会让他一直刚好沉在水面下，看着从水面上折射而来的诸多形象。

1　原文为"fore and aft"。

其中便有他的妻子，但不知怎么回事，妻子变了样，有些模糊不清。她身上有另外一人的痕迹，是个他不认识的人。这怎么可能呢？他冲她喊道，你已经死了。你怎么能说出这种话来？我是不会原谅你的，马尼，她告诉他，我很伤心。他的心扭作一团，如同一块旧抹布。对不起，对不起。

阿斯特丽德就在隔壁，在墙的另一边，与他只有一臂之遥，她虽已入睡，心中却泛起了涟漪。她最近把自己的第一次给了她在溜冰场遇到的一个男孩；对性的渴望如同一阵金色的风，在她体内涌动。她已忘掉了疼痛，尽管这疼痛是某种微光的一部分，而微光总挂在小伙子们的脸上，与之相伴的是他们扎人的胡子；今天的梦里，微光出现在了迪安·德韦特的脸上，他的嘴是粉色的，现实生活中没有这种唇色，这让她内心深处（某个万物汇合的所在）兴奋不已。

客房里，玛丽娜姑妈老是在睡着后不久又惊醒过来。她做梦只做了个开头，梦见自己和 P. W. 波塔[1]

1　全名彼得·威廉·波塔（Pieter Willem Botha, 1916—2006），南非政治家。他曾于 1978 年至 1984 年间任南非总理，1984 年至 1989 年间任南非总统，是南非种族隔离制度的坚定维护者。

在某地的古堡旁野餐，他用又粗又白的手指拿着葡萄喂她吃，直到她被一脚踢醒。在门洛公园的家中，她没和奥吉睡在一张床上，后者总是躺在她身旁，抽搐个不停，仿佛是某起肇事逃逸案的受害者，正等候医疗救援。你在想些什么呢，玛丽娜，你可真够恶心的，可你就是不自觉会这么想，这只是人之常情，况且你还想过远比这恶心的事情呢，是啊，的确想过。她丈夫的脚碰到了她的，她把脚挪开。可怕的是，在你曾经短暂爱过（或者说，你自认为曾经爱过，抑或一厢情愿地认为曾经爱过）的人面前，你退缩了。可不管怎样，你已经和他拴在了一起，这辈子都是如此。

链条的另一端，奥吉抽搐着，活像只跳舞的熊。准确来说，他没有做梦，除非他溅水经过的浅滩是一种梦，但梦里实际上没发生什么，唯一值得一提的，就是颜色一直在变个不停。一个气泡从海底升起，变成一阵风，吹向他妻子的一侧，他的妻子则绷紧身体，张开鼻孔以示抗议。

阿莫尔躺在过道尽头自己的卧室里，时间不停流逝，她却睡不着。相信我，这种情况对她来说并不少见，每天晚上，在她迷迷糊糊入睡之前，她的思绪都必须从躺在床上的身体出发，向外前行，按照特定的顺序，去特定的地点触碰特定的物体。只有当她完成这一切，她才能放松下来，放过自己。但今晚这一套不奏效，白天以来的一幕幕过于强势，一股脑涌入她的脑海中：斯塔基小姐紧闭的双唇，卢卡斯用来敲打地面的棍棒，她手臂上的痛处（她姑妈将满腔怒火注入手指，猛掐了她那里），那痛处向宇宙发出怀着痛意的小小脉冲，看这里，我，阿莫尔·斯瓦特，在这儿呢，现在是一九八六年。愿明天永不到来。

也许所有这些梦会融合在一起，化作一个单独的梦，一个更大的梦，一个属于全家人的梦，又有谁能说得准呢？但有个人不在。此时此刻，他身穿军服，手持步枪，从约翰内斯堡南边某个军营里的一辆"水牛"[1]中走了出来。昨天早上，他在卡塔翁[2]用步枪射杀了一个女人，他这辈子从没想过自己会干出这种事来；此后，除了在惊奇和绝望中反复回想那一刻，

1　"水牛"（Buffel）是南非国防军在南非边境战争期间（1966—1990）使用的一款防地雷反伏击车。

2　卡塔翁（Katlehong）是南非豪登省的一座城镇，位于约翰内斯堡东南方。

他的脑子几乎什么也没干。

斯瓦特。

怎么了，下士？

随军牧师想见你。

随军牧师？

他从未和随军牧师说过话。他觉得，那人之所以找他，一定是因为知道了他的所作所为，想跟他聊一聊这件事。不知怎么回事，他犯下罪行的消息已经自行传播开来，他夺走了一条性命，必须为此付出代价。但我不是故意的。可你毕竟这么做了。

她当时打算扔石头，于是弯下腰来，准备捡一块，见她如此愤怒，他的怒火也随即被点燃，在他体内奔涌。他丧失了理智，他讨厌她，然后消灭了她。所有这一切都发生在几秒钟内，只是一瞬间的工夫，便结束了。却也永无结束之日。

所以，即使在那人告诉他之后，他仍然认定自己就是罪魁祸首。我母亲死了，是我杀了她。我昨天早上开枪打死了她。

我们一直在设法联系你，随军牧师说道。我们发了一封无线电报。我们以为你收到了。

他坐在随军牧师办公室里的书桌前。墙上用普雷士胶[1]贴着一张基督教海报，上面写着"我就是道路和生命"[2]，此外，整个房间既单调，又普通，实在是过于普通，都无法容纳他释放出来的情绪。

我当时在卡塔翁，他说。那里出了点状况。

是啊，是啊，当然。随军牧师身材矮小，爱瞎操心，毛发都从耳朵里长了出来。他有上校军衔，可现在只是穿着运动服，显出一副神情恍惚、昏昏欲睡的模样。干完这苦差事后，他急着想回到床上去，毕竟此时已是凌晨三点。

这里有张通行证，能用七天，他告诉这位新兵。我为你母亲的事感到难过，但我敢肯定，她现在已经安息了。

年轻人似乎没听见牧师的话。他正注视着漆黑一片的窗外。我们当时必须把事态给控制住，他缓缓说道。

是啊，当然，所以你们才会来这里。这也是军

1　普雷士胶（Prestik）是一种类似橡胶的临时黏合剂，由波士胶公司（Bostik）生产，主要在南非销售。
2　语出《约翰福音》第 14 章第 6 节。

队的意义所在。在内心深处，随军牧师从来没有为这种性质的问题挣扎过，答案似乎总是显而易见的。他隐约有些好奇，想知道这男孩是不是个颠覆分子。你想要张时效更久的通行证吗？他问。十天的，怎么样？

噢，年轻人说道。不，我觉得用不着。

好吧。

是这么回事，我母亲改信了犹太教，准确地说，是重新信奉了犹太教；他们想赶紧把死者埋掉。如果可能的话，最好去世的当天就下葬[1]。不过他们会等我回家，明天来处理这件事。

我明白了。

所有这些安排早就定了下来。她几个月前就快不行了。每个人都希望结束这一切。

好吧，牧师不安地重复了一遍。

年轻人终于站了起来。我父母就不该结婚，他说。他们不是一类人。

他穿过营地里一条条漆黑的路，漫步朝自己的帐

1　依据犹太教传统，死者应尽快下葬。

篷走去。帐篷里挤满了成百上千像他这样的人，一排排躺着。我妈妈死了。我进入这个世界的入口。已经无路可退了，倒不是说以前就有。我昨天开枪打死了她。可我不是故意的。可你没这么做，你没杀死你妈妈。你杀死的是别人的妈妈。所以我的妈妈必须死。

他很累，已经四十个小时没合眼了，目前也无望睡觉，直到回家前都没希望。有什么东西噼啪作响，烧了起来。导火线被点燃了。他鼻孔里一直有股橡胶着火的气味，是从他体内某个地方冒出来的。他走到自己的帐篷前，他的床在里面等着他，可他没有停下脚步，他喜欢靴子走在路上时发出的声音。年轻的士兵们，沉睡吧，弥诺陶洛斯[1]正迈着沉重的步伐经过你们身旁。向着自由邦省[2]的伯利恒[3]跋涉。[4]

1　弥诺陶洛斯（minotaur）也译作弥诺陶，是希腊神话中的半人半牛怪物，被关在克里特迷宫里，以人肉为食，后为忒修斯所杀。

2　自由邦省（Free State）是南非九个省之一，前身是奥兰治自由邦省。

3　伯利恒（Bethlehem）是南非的城镇，位于该国中部，由自由邦省负责管辖。

4　此句的原文为"Slouching towards Bethlehem in the Free State."其中，"Slouching towards Bethlehem"（"向伯利恒跋涉"）出自诗人叶芝的诗作《第二次降临》（"The Second Coming"）中最后一句。在这首诗中，诗人详尽描述了大变革到来前后的混乱世界，以及由此引发的人心动荡。此外，"Bethlehem"一词也可指巴勒斯坦南部城市伯利恒，该城为耶稣和大卫王的出生地；"Free State"的字面意思则为"自由国度"。

在营地最远的边缘，有一名士兵在站岗。跟他一样，是个列兵。你想干什么？他说。他似乎很害怕。

我想要你们的黄金和女人，安东说。不知怎么回事，他说的是南非荷兰语，虽然他听得出来对方是英国人。对我来说，我父亲的语言一直很陌生。不，我改变主意了，我是为和平而来的。带我去见你们的头儿。

你不该出现在这里。

我知道。我从生下来的那天就知道了。他用手指钩住围栏的网孔，让自己的身体挂在围栏上。黄色的泛光灯在柏油碎石路上留下奇怪的影子。围栏的另一侧有块地，上面停满了军用车辆，其中有许多辆"水牛"，就像事发时他坐的那辆一样。昨天，就发生在昨天。余生还有这么久。

我失去了我妈妈，他说。

失去了她？

为了保家卫国，我用步枪打死了她。

你打死了自己的妈妈？

你叫什么？

佩恩。

噢，棒极了。他说起英语来。我们之前见过。你是从寓言里来的吗？你是真人吗？你有名字吗？

名字？你为什么想知道这个？

他举起双手。我投降，佩恩列兵。

你还好吧？

你觉得我看起来好得了吗？不，我好不了。我妈妈死了。谢谢你陪我，佩恩。我们回头见。

他跟跟跄跄地朝他来时的方向走去，于是，谈话终止了，就像大多数谈话一样，消失在空中，或是地下，要么沉下去，要么飘起来，将一去不复返。四小时后，十九岁的步枪手安东·斯瓦特站在艾伯顿[1]附近一个军事搭车区的路边，希望能搭便车回家。他面容憔悴，脸色苍白。这个英俊的年轻人有着棕色的眼睛和棕色的头发，脸上显露出一种永远不得安宁的神情。

他在比勒陀利亚的某个电话亭里给农场打了个电话。时间是早上八点半。爸接的电话，他似乎有些

---

1 艾伯顿（Alberton）是位于南非豪登省的一座城市，离约翰内斯堡的主市区很近。

茫然。他没听出安东的声音来。你是哪位？

是我，你的儿子和继承人。你能派莱克星顿来接我吗？

他在国家剧院外的斯揣敦[1]半身像附近徘徊，直到汽车到来。他上车时说，你开着凯旋得胜而来[2]，这个陈年笑话只对他奏效，这里的"凯旋"指的是那辆车的牌子，家里人只允许莱克星顿开那辆车，尽管他们每周都会差遣他去镇上办许多事情。莱克星顿，去商店。去把我的窗帘取来。把这个交给玛丽娜夫人。莱克星顿，去比勒陀利亚接安东。

我为蕾切尔夫人的事感到非常难过。

谢谢你，莱克星顿。他望向车窗外，注视着人行道上的一大群白人。一座满是胡子、制服、布尔人雕像，以及巨大水泥广场的城市。过了一会儿，他问，你妈妈还在吗？

1　指约翰内斯·格哈杜斯·斯揣敦（Johannes Gerhardus Strijdom，1893—1958），绰号"北方的狮子"（Lion of the North），曾于 1954 年至 1958 年担任南非总理一职，以其强烈的阿非利卡民族主义倾向著称。

2　句中的"凯旋"指英国凯旋汽车公司（Triumph Motor Company），创建于 1885 年，现已不复存在。另外，此句的原文为"You come in triumph"，也可指"你得胜而来"。此处为将双关含义译出，故做如上处理。

嗯，是的，她人在索韦托[1]。

你爸爸呢？

他在卡利南[2]的一个矿井干活。

他无法了解的生活。莱克星顿戴着司机的帽子，穿着司机的夹克，如同象形符号一般。他必须戴这顶帽子，穿这身衣服，爸说，这样警察才会知道他不是地痞流氓，而是我的司机。出于同样的原因，安东必须坐在后排，这样一来，两人之间的差异才会显而易见。

你为什么要走这条路，莱克星顿？

因为黑人居住区不太平。你爸爸跟我说，我必须绕远路。

我现在告诉你，别听他的。

莱克星顿很是犹豫，不知该听少爷的，还是该听老爷的。

听着，我有把步枪，他一边说，一边把枪举起

1　索韦托（Soweto）即西南镇（South Western Townships）的简称，在约翰内斯堡西南方，是南非境内因种族隔离政策形成的最大的非洲人聚居城镇。

2　卡利南（Cullinan）是南非豪登省的一个小镇，以钻石大亨托马斯·卡利南的姓命名，位于比勒陀利亚以东 30 公里，其经济非常依赖旅游业与采矿业。

来给莱克星顿看。他把枪搁在腿上。他穿着制服的腿上。

他没说出口的是：我的步枪没装子弹。没有子弹，这枪毫无用处，只是徒有其表。它之所以存在，就是为了发射子弹，就像昨天我不假思索地射入她的那一颗，而从那一刻起，她便成了我生活中的一个心结。

你想让我必须往回开吗？[1]

嗯，莱克星顿，求你了。

不会出事的。况且他非常疲惫，无法接受得绕远路的事实。我再也不想走远路了。即使是最近的那条路，那条他再熟悉不过、棕色的岩石间长满黄草的路，也让他感到疲倦。我真的很讨厌这个残酷又丑陋的国家。我都等不及要离开了。

等他们到达岔路口，准备朝阿特里奇维尔镇驶去时，他终于迷迷糊糊地睡了过去，两天以来头一次尝到睡眠的滋味。路边的那一小群人就像梦中的景

1　原文为"You want I must go back？"此处为非标准英语，有语病，译文做了特殊处理；"must"在此处表示强调或确认，该用法常见于南非的黑人家政服务人员中。下文中也有类似情况。

象。他们是在等公共汽车吗？不，他们在奔跑着，呐喊着，某个地方出事了，可这一切都不重要。

重要的是，一块石头突然朝他飞了过来，扔石头的是个在暗处的男人，那双充血的眼睛死死盯着我。世界刹那间变得真实起来。他那一侧的窗玻璃碎了，造成的冲击一时间扰了他的清梦，随后他醒了过来，发现路上人潮涌动，而莱克星顿正飞速驶离。

嘻，安东少爷，真遗憾。

（以前从来没有叫过我少爷。）安心开车，莱克星顿，好好开。

某种液体流进了他的眼里，他一碰，就变成了红色。直到这一刻，他才弄明白是怎么回事，才弄清楚刚才发生了什么。直到这一刻，他才感受到疼痛，伤口仿佛冷不丁开出的一朵花。

天哪。

你希望我们必须去看医生吗？

看医生？他笑出了声，笑声很快便失去了控制。不知他在笑什么，没什么值得一笑的地方，也许这便是笑点所在。他常常在笑的时候哭起来，欢笑和痛哭几乎是一回事。他擦干眼泪后说道，不，谢谢你，莱克星顿，赶紧送我回家吧。

他父亲正在客厅与他姑妈和姑父偷偷商量着什么。他进来时，他们突然站了起来，因为他们看到了他身上的血，他早忘了自己在流血，血却一直从他脸上往下流，滴到了他的制服上，也滴到了那把步枪（那把毫无用处的空枪）上。

不要紧，他说，是一块石头砸的。伤得不重。

我来给拉夫医生打电话，玛丽娜姑妈说。你得缝针。

用不着这么麻烦。

该死，我明明跟他交代过，让他绕远路来着，爸说。他怎么就不听呢？

是我让他这么做的。

为什么？你为什么总是违抗我的命令？

我本以为不会出事的，安东一边说，一边再次笑了起来。然而哪怕在这里，那些躁动的本地人也在同压迫他们的人战斗。

嘿，别胡说八道了，奥吉说，可这番话却让他侄子笑得更厉害了。

没有说起安东这次回来的原因，只有困惑和骚动，这时拉夫医生终于出现了，估计是绕了那条远路。玛丽娜说得对，安东需要缝针，针是在厨房里缝的，以免神经脆弱的人看见。他身上还有些小小的玻璃碎片，来自破掉的车窗，得用镊子取出来。

拉夫医生用起镊子来比往常更加灵巧；他与手中的器械很般配。他的动作既精准，又端正，他的衣服也干净得无可挑剔。他一丝不苟的性格很讨患者的喜欢，可若是他们知道沃利·拉夫医生做着什么样的白日梦，恐怕没几个人会愿意接受他的检查。

他饶有兴致地说，要是再往下两英寸，可能就会伤到你的眼睛了。

安东说，我们在一九七一年就换成公制了。

拉夫医生冷冷地瞪着他，薄薄的嘴唇紧闭着，就像他手中的一根缝合线。他近来受够了斯瓦特一家，并不介意把这个年轻人扔进装满硫酸的浴缸里，让他就这么溶解掉。可不幸的是，在公共场合，人必须守规矩，讲礼貌。

等到这位敬业的医生的车消失在车道上后，家里才安静下来。此时已经快到中午了，正值春日，天气却热得反常，昆虫嗡嗡叫个不停，叫声笼罩着整栋房子。

我烤了些鲜奶挞，玛丽娜姑妈对侄子说。你想吃点吗？她捏了捏他腰上的皮肤，故作娇嗔地补充道，你太瘦了。

等会儿吧。

我们现在得去那家犹太殡仪馆，去处理些事情。你想一起去吗？

我必须睡觉，安东说。我得睡觉了。

他得睡觉了。他被封闭在某种白色的隧道中，只能听见从外面传来的微弱声音，他上楼回到房间。慢慢脱掉衣服，把每件衣服都扔到椅子上，仿佛扔掉了自己的一部分。他洗澡，洗掉了过去两天的一些痕迹，但很难站直身子。没等身体干透，便爬上床，几乎一躺下便呼呼大睡，像盏灯一样关掉了开关。

只有现在，在其他人都醒着的时候，他才步众人后尘，做起了梦，却为时已晚。这梦有些不合时宜，有些摸不着方向，诞生于他的脑海中，如丝如缕，在迷雾里初见雏形。梦里的他躺在一张和自己的床没什么两样的床上，身处一个长长的房间，里面摆满了许多张一模一样的床，接着，他母亲从另一边的门口走了出来。她慢慢向他走去，穿行于床铺间，走到他面前后弯腰冷冷地吻了吻他的额头。死者便是以这种方式，在梦中回到你身边。

蕾切尔·斯瓦特（娘家姓科恩）的鬼魂糊里糊涂地在房子周围徘徊。在某些时刻，若光线或情绪恰到好处，几乎能看见她，可只有那些愿意看到的人才能看见，也只能斜着眼在边边角角处看见。不久前，她从镜子里凝视着阿莫尔，但她凝视的，其实是她最终离开的那一幕，这个事实让她难以接受。这并不罕见，死者经常无法接受自己的现状，他们在这方面与生者相似，但他们早已忘记自己念念不忘的到底是什么，在跨越生死的过程中，他们失去了许多；当他们看到你时，他们并不认识你。

德国牧羊犬托约可以毫不费力地看着她来来去去，因为它还不知道这是不可能的。

她掀起厨房的窗帘，偷偷瞥了一眼萨洛米，只看了一小会儿，只有一点点动静。

阿斯特丽德觉得听见了她在叫自己，叫声是从过道尽头她的房间传出的，她又需要帮忙了，总是在最糟糕的时刻，可毫无疑问，这只是窗户松动的铰链在风中发出的声音。

她像往常一样，将钱包里的零钱摇得咔嗒直响，可马尼在卫生间里叫她的时候，她却没有回答。

在安东睡觉时将她冰冷的嘴唇贴在他的额头上。

她终于厌倦了这栋房子，出现在比勒陀利亚的街道上，去了她以前喜欢去的地方，引起了人们的注意。她在玛格诺莉娅公园的池塘里戏水，在巴克利广场上的一家咖啡店喝茶。透过奥斯汀·罗伯茨鸟类保护区的围栏，看着一只悲伤的蓝鹤[1]在地上啄食一些闪亮的东西。

你明白了。她去的都是她曾特别有感触的地方，可她已经没了实体，是个水彩画般的女人。在人群中，她不过是一张普通的面孔，并不显眼。她跨越了很远的距离，就像从一个房间进入另一个房间，去寻找她丢失的东西。每次露面，她都穿着不同的衣服，衣服出自她的衣橱，包括一件晚礼服、一件轻薄的夏装，甚至还有一条她从特鲁沃斯[2]买的披肩，披肩包退包换，第二天她就把它退了回去。她看起来很真

1　蓝鹤（blue crane）又名蓝蓑羽鹤，是南非国鸟。
2　特鲁沃斯（Truworths）是一家总部位于开普敦的南非服装零售商。

实，也可以说很普通。你怎么知道她是鬼魂呢？许多活着的人也面目模糊、漂泊无依，这不是逝去的人独有的弱点。

最后，她来到一个自己以前肯定没来过的地方，只不过她已经在那里了，正一丝不挂地躺在一张装有法兰[1]的金属桌上，简直和她一模一样，但面色苍白，全身冰冷，像个死人。

她是个死人。她看着桌上的自己，渐渐明白了。

一名上了年纪的女性志愿者已经在她身上忙活了几个小时。由于禁止使用化学制品，志愿者能做的事情有限，但清洁身体非常重要。接着是倒水，以便洁净肉体，然后是晾干。这是出于仪式和清洁的需要。她怀着巨大的敬意与柔情工作着，也因此变得心绪安宁，她叫萨拉，看她翻领上的标牌便能知道。不久的将来，也有人会为我做这件事。

朴素、干净、简单，这便是她的工作之道。将人简化为原本的形态。她已经给尸体穿上了寿衣[2]，并

1　法兰（flange），又叫法兰凸缘盘或突缘，是轴与轴之间相互连接的零件。

2　原文为"tachrichim"，为犹太葬礼术语。

给尸体系了一条腰带[1]，但是她给腰带打的结不太对。它本该是字母ש的形状，意指上帝的一个名字[2]，可她那患有关节炎的手指今天格外僵硬。

要么放手不管，要么就叹口气，重来一遍。人这一辈子，多数时间都在叹气和重来，萨拉的这辈子尤其如此。与物质世界格格不入。耐心是冥想的一种形式。自丈夫二十二年前去世以后，她一直在犹太治丧志愿者协会[3]担任志愿者，帮死者做好下葬的准备。服侍死者便是崇敬神灵。此外，这还能打发时间。此外，你还可以结识新朋友。

她决定放手不管。于是上帝的名字出了点小错误，这很重要吗？到时候，一切都藏在棺材[4]里，没人看得见。再说这只有象征意义。有什么好怕的？还有许多更值得她操心的事，比如打理死者的面部。她

1　原文为"avnet"，乃犹太葬礼术语。

2　字母ש为希伯来语的第二十一个字母（原文中为英语"Shin"），在犹太教文化中，也可指伊勒沙代（El Shaddai），而伊勒沙代乃犹太教与基督教中上帝的名字。

3　犹太治丧志愿者协会（Chevrah Kadisha，希伯来文意为"神圣协会"）是犹太人社区的志愿团体组织，为犹太人逝者家属、社区提供哀悼和服务。

4　原文为"aron"，乃犹太葬礼术语。

不喜欢给他们用化妆品，给死人用比给活人用更不诚实，但这位死者的情况相当糟糕。她病了很久，很可怜，胳膊上长了疮，头发没剩下多少，牙龈发黑，面容憔悴。不给她化妆似乎是对她不敬，毕竟你能从要来的傻瓜相机拍的照片里看出来，她曾有过美丽的容颜。所有的人命都如同地上的草芥。

萨拉的生活也有需要出现在公开场合的另一面，那一面的她并不会拒绝满足自己那点虚荣心，她偶尔会佩戴一件首饰，喜欢在脸颊上涂些色彩。很久以前，在她还不算老的时候，她也施展过魅力。男人们注意到了我，是的，他们确实注意到了。有时候，一种怀旧的情绪裹挟着她，她便拿出自己的化妆盒，想修复一点点损伤。就是那里，亲爱的，没错。抹一点点胭脂，涂一点点粉。别的都不想做，真实很重要，而对她来说，真实意味着痛苦。终于结束了。太好了。再见，亲爱的。请安息吧。

最后，她梳了梳那女人头皮上稀疏的头发。手法温柔，不紧不慢，通常她都很喜欢整套流程中的这一部分，但今天，有几缕头发脱落了。柔软，几乎感受不到实体，像不存在似的。她把它们拢在手里，以待稍后放进棺材里。这一切都很重要，每一丝，每一毫。

末了，紧绷的面庞舒展开来，表情变得更加亲切，更受认可。甚至连蕾切尔的鬼魂也被这个与自己有着相似外貌的人吸引住了，她站在桌子上的尸体旁，好奇地盯着它的脸，试图好好辨认一番。她小心翼翼，不让自己妨碍萨拉干活，可在萨拉眼中，她没什么存在感，萨拉此时已眼花了。也许是偏头痛快要发作的迹象。每当她手中的肉体特别不配合时，她就很容易犯偏头痛。瞧瞧你都做了些什么，她对桌子上的女人说，不过是在心里默默说的。你为了寻求真相，让我讨厌起这份工作来了。真相，蕾切尔同样默默回应道，这就是她真实的模样吗？我好像在哪里见过她。

是的，肯定是偏头痛，萨拉往后一退，脱下橡胶手套，笨手笨脚地寻找她的栓剂[1]。如果你能及时使用，它们有时能派上用场。没必要将目光停留在这位内裤缠绕在脚踝上，一只手指插入肛门的老女人身

---

[1] 偏头痛很严重时，有时需要使用栓剂。栓剂分为好几种，其中一种为肛门栓。

上，在这样的时刻，她给人一种离上帝很远的感觉。

隔壁的房间里，看护人[1]离她们只有一墙之隔，他手里拿着《诗篇》[2]，正在一把硬邦邦的椅子上等候着。这个高大、瘦削的男人外表看起来既不像男性，也不像女性，头戴圆顶小帽，身着不太合身且款式保守的衣服，外面还围了一条晨裤时围的披巾。他即将履行自己的职责，不过眼下正高兴地做着准备，试图清空大脑，而他的大脑比大多数人的都要忙碌。

死者的家属在离看护人很远的房间里，正在咨询卡茨拉比，这位拉比将在明天主持葬礼[3]。他曾在精神层面引导蕾切尔回归本族，所以由他来主持再合适不过。可事实上，这是他头一回与她的异教徒丈夫，以及她丈夫的姐姐见面，尽管蕾切尔经常聊起他们；而他不得不说，虽然他确实不够宽容，可他还是没想到他们居然会如此愚钝。

刚开始进展还算不错。马尼受到了蕾切尔的姐

1　在犹太人的葬礼中，依照传统，须有专人看护死者遗体，看守时间从死者去世时起，直至死者下葬。男性看守被称为 "shomer"，女性看守则被称为 "shomeret"，此处原文为 "shomer"。

2　《诗篇》(*Book of Psalms*)，亦译《圣咏集》，是《圣经》中的诗歌集，收录 150 篇诗，皆以希伯来文写成。

3　原文为 "levayah"，乃犹太葬礼术语。

姐露丝的热情欢迎，她今天早上刚从德班[1]飞过来。

你好，马尼，她说。你还记得克林特吧。

不幸的是，他的确记得。克林特是个胖乎乎的大块头，曾效力于西部省橄榄球队[2]，如今在乌姆兰加开一家牛排餐厅。你好啊，曼尼，他一边过于用力地同马尼握手，一边说道。你看起来很不错嘛。

是马尼，他妻子纠正了他，语气里透露着疲惫，看来之前经常纠正她丈夫。很高兴见到你。

嗯，我也一样。

这倒不假。蕾切尔一家人里，就数露丝最好打交道，因为她也嫁给了异教徒，一度曾被逐出家门。不过她最近似乎又回归了原有的信仰。

然而蕾切尔的二姐马西娅和她丈夫本也在那里，和他们在一起时，气氛要紧张得多。彼此怀有敌意，感觉就像是以前受过伤，已经不记得具体怎么受的伤，但伤口还在。可奥吉在外面碰到他们时没说"节哀"，反倒说成了"祝贺"，此外，自从妻子回归原有

---

1   德班（Durban）是南非夸祖鲁-纳塔尔省的一座城市，位于该国东部。

2   西部省（Western Province）橄榄球队是一家南非职业橄榄球俱乐部，成立于 1883 年，位于开普敦的纽兰兹，曾赢得多个冠军。

的信仰之后，马尼一直在责怪他们；这些都无异于火上浇油。

听我说，在过去半小时里，拉比已经跟他们说了两次了，这件事真不怪莱维斯一家。这是她想要的。是蕾切尔要求的。

你的意思是，她之所以会这么做，是被洗了脑，马尼说。

冷静些，马尼那位不信奉犹太教的姐姐对他说道。还记得拉夫医生说过的话吧。

我没有给任何人洗过脑，卡茨拉比说。她来找我，完全是出自她个人的意愿。

都是因为这些人，马尼一边继续喋喋不休，一边指着马西娅和本，他俩在椅子上挪来挪去，显得很不自在。这么多年来，这是他们所有人头一回共处一室。这次会面也是他们安排的，据说是为了在明天的葬礼之前缓和一下紧张的情绪，可看看结果如何吧。

没必要说这种话，老弟，本看都没看马尼一眼，便说道。

所以，马西娅说，我们在这里干什么呢？我以为我们都在尽自己的一份力，难道说我错了？

莱维斯一家是我们会众的一分子，卡茨拉比随口说了一句。他们自然会来找我。

说真的，马西娅说，我可以告诉你，这一切都是蕾切尔的主意。是她突然找到了我。那时候，我都有十年没跟她说过话了——

都是因为你，老弟。说话别这么难听嘛。

你知道吗，马西娅说，我们这周都在自行哀悼。哀悼仪式本应该在她自己的家里，在蕾切尔的家里举行，本该把家中的镜子遮住，把蜡烛点上——

我们家已经哀悼得够久了，马尼对她说。不过我们是按照自己的方式来哀悼的，可不像那些异教徒。接着他便消停了下来，像一顶没了支柱的帐篷。他知道他们说得对，是蕾切尔找到了他们，他们并没有去找她。而且开车来这里的一路上，玛丽娜都在告诫他，等他看到莱维斯一家时，千万不要大动肝火，他也对此表示赞同。他现在仍是如此。不能怪他们。

也不该责怪这位容光焕发的小个子拉比，但马尼还是想对他做些什么。这一切都太不公平了，他对此感到很愤怒，却强压着怒火，而今天早上，令他格外愤怒的是，这些人居然打算把他的妻子放入一副朴素的松木棺材里，尽管他这些年来一直在给她买丧葬保险（结果她并不需要），可他们最终还是亏待了她。

请见谅，玛丽娜用最为舒缓的声音说道，也不知是对谁说的。我弟弟心里很不好受。

嗯，我当然知道，马西娅说。信不信由你，我们也很难过。你以为我们喜欢待在这里吗？

马西娅，她丈夫告诫道。

我只希望，马尼小声说道，她能葬在家族墓地里，葬在我旁边。我们能想办法安排一下吗？要是我捐点钱……

拉比坐直了身子。恐怕不行。如果她想要犹太式的葬礼，那么这就行不通了。哪怕你花钱，也无法改变我们的传统，斯瓦特先生。

她又不是真正的犹太人，马尼说。她骨子里就不是。

啊，所以你真的很清楚这件事，对吗？

嗯，说实话，我确实很清楚。我妻子想出了很多种法子来折磨我，她在这方面很有天赋。

也许你该对她更好一些，这样她就不会跟你闹得不愉快了，马西娅一边说，一边无缘无故地从手提包里拿出钱包，又把钱包放了回去。

马西娅，本说。

别拦着我，我说的都是实话。

这样下去是没有结果的，拉比说着说着，觉得眼泪都快掉下来了。他的公平观受到了巨大的冲击，让他有些不堪重负，上一回出现这种状况，还是他在道德层面接触以色列问题的时候。

马尼，我们走吧，他姐姐说。你把自己弄得这么不开心，什么好处也捞不到。

嗯，快点，咱们走吧[1]。到了现在，他们都很清楚，这次见面简直是在浪费时间。蕾切尔将会和她的族人葬在一起，而终有一天，马尼也会和自己的族人葬在一起。斯瓦特家的人最好还是回到农场上，为明天做好准备。

就在他们开车离开之际，蕾切尔的尸体已由众人抬着，放入了她最终的容身之处中，随后，棺材盖也用螺丝固定住了。将永远被固定住。看护人一直都在场，等其他帮手都走了以后，他继续坐在那把孤零

---

[1] 原文为"vamonos"，是西班牙语。

零的椅子上，靠着墙，诵读着《诗篇》[1]。因为必须有人一直陪伴逝者走完最后一程。《诗篇》代表了整个犹太民族，在这方面，文字很有魔力，但他作为人类中唯一的代表，对待起工作来非常认真，毫不逊色于其他代表。

有时候，他能觉察到逝者就在现场，发出窸窸窣窣的声响，刺激着他的感官。接着他便试着将《诗篇》中的文字直接唱给他们听，从他的心里唱进他们的心里。可今天，尽管绞尽脑汁，他还是接收不到信号。他觉得房间里空荡荡的。但他还是不管不顾地吟诵着；谁又能说明白那些文字将传向何处呢？

看着那些文字飞了起来，穿过房门，穿越过道，飞出窗外。看着它们飞到城市上空，展翅翱翔，排成《诗篇》的形状，成群结队飞向农场，寻找那个女人，它们吟诵的对象。它们绕过小山，潜到草坪上，从后门进入房子，脚踩高跷似的穿过厨房，仿佛光线发生了变化。

坐在桌旁的安东抬头瞥了一眼。那是什么？

1　原文为"tehillim"，乃犹太葬礼术语。

他问。

嗯？萨洛米还是像往常一样站在水槽前；她的倒影出现在窗玻璃上，正回望着他。

没事。我还以为……他醒来后依然觉得昏昏沉沉，正一边喝着浓咖啡，一边吃着玛丽娜姑妈做的鲜奶挞。糖分很快就会奏效，让他兴奋起来。他碰了碰额头上缝了针的地方，为这处陌生的伤口，以及它散发出的阵阵痛意感到烦恼。

他俩都没说话，却并不担心，反倒很自在。她曾见证他从蹒跚学步的婴儿成长为众人眼中的宠儿，继而成长为如今这副模样，并一路照顾着他。小时候，他经常叫她"妈妈"，还试图吸吮她的乳头，在南非，人们经常犯这种糊涂。两人之间没有秘密。

突然，一阵怒火涌上他的心头，他猛地将餐盘推开，盘子上还残留着甜得腻人的鲜奶挞。

（昨天我杀死了一个像你这样的女人。）等我服完兵役，我就离开这个国家。

是吗？

我要把这地方从我脚底抹去，再也不回来了。

是吗？餐具碰撞在一起，叮当作响起来。你要去哪里?

噢,他不太拿得准这部分计划,便说道,哪里都行。

是吗?

我打算去学英语文学。不在这里学,去国外的某个地方学。学完以后,我的主要目标是写一部小说。也许之后我会进入法律行业,又或许只是赚很多钱,但首先,我想环游世界。你不想环游世界吗,萨洛米?

我?我该怎么做呢?她叹了口气,开始用一块大抹布把餐盘擦干。我就要得到属于我自己的房子了,她问,这是真的吗?

啊?

卢卡斯昨天在小山上见到阿莫尔了。她说你爸爸会把我住的房子给我。

我什么都不知道。

好吧,她说。她显得很镇定,可自从话说出口以后,她就没想过别的。拥有属于自己的房子,手握着那些文件!

最好问问我爸爸,他说。

好的。

他注视着她难以捉摸的背影（那后背曾无数次背着幼时的他），看着她沿着厨房的台面来来回回，把堆在一起的盘子拿到橱柜里。

嗯，他心不在焉地说道。最好问问他。

房子的事从母亲口中传到妹妹口中，接着传到卢卡斯口中，然后传到萨洛米口中，现在又在他体内种下，仿佛一颗小小的、刚开始发芽的黑色种子。几小时后，在城市另一端的另一个房间里，在某个几乎算是随机的时刻，他在扣衬衫纽扣时又想起了这件事。

你知道我妹妹对萨洛米说了什么吗？

谁是萨洛米？

就是那个……就是我们家的女佣。

这段对话发生在一栋大房子二楼的一间卧室里，房子位于郊区，周围绿树成荫。他正在和一个胸部丰满的金发女孩说话，那女孩还在读高中，这是她高中最后一年，他刚刚如同野兽一般，暴躁地将自己的一腔欲火发泄在女孩身上。有纠缠在一起的床单、两人半裸着的身子、残存在腹股沟里的愉快回忆为证。

你妹妹跟她说了什么？

她说，我爸爸答应送那个女佣一栋房子。

真的？

真的什么？

真的答应了？

我不知道，安东一边说，一边站在梳妆台的镜子前，整理着自己的衣着，把松开的拉链拉好，把没扎好的衬衣扎好，不留下任何蛛丝马迹，所有这一切在德西蕾那位多疑的母亲眼中，都算得上是线索，她随时都有可能从美发店回来。他探身检查着自己的缝线处，伤口再次给他留下了深刻印象。如今我看起来像个士兵。

别让他把房子给女佣，德西蕾愤愤地说道。她只会把房子弄得破破烂烂。

我觉得房子已经很破了。不过这并不是重点。

外面传来一阵声音，是的，准没错，那位老妇人的捷豹呼噜呼噜地驶入了车道，在楼下停了下来，溅起一些小碎石。幸运的是，他们在二楼，毕竟一楼的窗帘开着，否则她往里一看，就有可能目睹自己的女儿在她男友拉上裤子拉链时扭着身子重新穿上衬衫。那一幕可不会让人有多大的误解。

快点，她到了。

你去跟她聊一聊！就说我在卫生间里。

好吧。他猛地拉起床罩，回头看了看她，只瞧见一个披着金发的模糊身影关上了卫生间的门。没办法和过去几个月他去那些偏僻地区时，随身带着的照片里的形象相提并论。德西蕾的哥哥莱昂从高中起便是安东的朋友，而她在很长一段时间里并不起眼，只是个惹人厌的小妹妹，可后来，她体内的激素让她的身体起了变化，也让安东对她有了新的认识。这些天来，像倭黑猩猩那样交配的需求压倒了一切，他今天来这里，当然不是出于什么高尚的目的。自从得知妈的消息以后，我脑子里就只容得下一件事了，真好笑，居然会这样，厄洛斯和塔纳托斯[1]做起了斗争，但你并不着迷于性事，而是饱受其苦。仿佛地下室里有个活物，它奇痒无比，饥饿难耐。又仿佛受到了那些下地狱的人所受的折磨，地狱之火永不熄灭。然而，尽管渴望肉体，他仍然觉得自己在追逐某种难以

---

[1]　厄洛斯（Eros）和塔纳托斯（Thanatos）分别是古希腊神话中的爱神与死神。

名状的情感。甚至有可能是爱，不过那会让他大吃一惊。她今天的确抚慰了他。是的，久久地躺在身材丰满、前凸后翘的她的怀抱中，的确会给他带来安宁。

相反，半勃起的他却慌慌张张、蹑手蹑脚地穿过二楼铺着厚厚一层软垫的过道，看了看两边的其他几间卧室和卫生间。然后看了看某间书房，并瞥见了一张书桌的一角，以及一张波斯地毯和一盏落地灯。不管经历过什么，家具看起来都很无辜，为什么会这样呢？

他不该出现在这里，从各方面来看都过于私人。他把第一次给了德西蕾，她将一直在他心中留有一席之地，但他这次来她家，之所以会这么兴奋，并不只是因为她。德西蕾的父亲是一位大权在握的内阁部长，有着令人作呕的外表与品行，双手沾满了无辜人士的鲜血；安东想痛痛快快地恨他，却发现自己暗地里深受权力的外在表现形式的触动。入口处岗亭里相貌凶狠的警卫，殖民罪犯（都经过了历史的精挑细选）的半身像和油画，随口一提的可怕大人物，这一切让他既恐惧，又兴奋；而他最难以忘怀、电闪雷鸣般的一次高潮则发生在司法部部长的屁股不久前休息过的椅子上。

这个从容不迫的可怕男人的妻子，德西蕾的母亲，则以一种截然不同的方式让他感到不安。她就像个有些年头的雅利安娃娃，虽然漂亮，却硬邦邦的，表面全洗过，抹了粉，涂了漆，修缮过，于是你不禁渴望刺破那层脆弱的虚假外表。他冲下楼，刚好先她一步进了厨房；当她从后门走进来，脚下的高跟鞋恨不得在瓷砖上敲出火花时，他正靠在台面上。

真没想到！我还以为外面停着的是你那辆可爱的小汽车呢。她让他在自己的一侧脸颊上冷冷地吻了一下。你的脑袋怎么了？

因为战争受了伤。只是被一块石头砸到了，不严重。

所以你在休病假？

不。我妈妈昨天死了。

噢，安东！终于还是来了……我真的很难过。她让珐琅般的面孔裂开了几道缝，足以模拟出一种真实情感来，做过发型的头发也因这股张力而颤动起来。至少她不会受苦了。

嗯，至少是这样的。

她把手放在他的脸颊上，他几乎都快哭了，后来真的哭了起来。这个小小的弱点到底从何而来？幸运的是，德西蕾再度现身了，为有些失礼的他解了围，此时的她换了身衣服，把自己裹得严严实实，还喷了香水，重新涂了口红。

妈妈！／我的宝贝儿！[1]亲亲！他们最近去了趟欧洲，自此以后，母女俩便用这种充满异域风情的方式称呼起彼此来。她们是同一种生物，安东还记得，去年在约翰内斯堡，有天晚上，她俩相互用勺子喂对方吃冰激凌，像窗台上的鸽子一样扑腾着，咕咕叫个不停。

德西蕾的妈妈今晚很喜欢安东，或者至少为他感到难过。她并不介意给他按摩肩膀，却退而求其次，选择鼓励他做自己不想做的事。你想来片安定吗？能让你镇定下来。我柜子里有一些。我原本打算开一瓶红酒。我知道，今天对你来说是个悲伤的日子，所以很确定你不想……

老实说，他说，我想来一杯。

1 　此处的"妈妈"（Maman）和"我的宝贝儿"（Mein Schatz）分别为法语和德语。

他本该待在农场里。他没跟别人说自己要去哪儿，未经允许，便开走了那辆凯旋，他知道父亲会非常生气，这些理由足以让他不用急于回家，而是留下来，吃片安定，然后喝上一杯，或者两杯。

此时的农场里，一场露天烤肉派对才刚刚开始。今早和那些人见完面后，回来的路上，爸觉得有必要宰杀一些活物。现在，一张桌子摆在草坪的尽头，而血淋淋的太阳正沉入草原，与正在碗里腌制的大肉块不无相似之处。奥吉站在火堆旁，烧起煤来。他也出了一份力！羊排在烧烤架上烤着，啤酒在手中，如此一来，男人便会感到安心。沙拉是女人的分内之事；如果你仔细听，你会听到玛丽娜在厨房里发号施令的声音，把这个洗了，把那个切好。是谁让她掌管这个世界的？

在这里，也有人打开了一瓶红酒，几乎所有的成年人都喝了点。妈过世才一天，他们便低调地办起了庆典，简直堪称奇景，可转念一想，人们必须吃饭，生活也得继续。你过世以后，他们很快也会边喝着酒，边讲着下流的笑话。

出席的不止家里人。现场还有几个逢迎拍马之徒，包括西默斯牧师和他的助手。牧师此时心情很放松，也很健谈，他一边含糊地笑着，一边向周围抛出一些妙语。每个人都喜欢受到特别对待。可问题在于，除了爸和玛丽娜姑妈以外，几乎没有人喜欢阿尔文·西默斯。派对进行时，他坐在这两人中间，眼睛藏在"防弹眼镜"之后，头顶上是沐浴在黄昏中的木棉树，空气中传来烤肉的咝咝声和香味。

桌子的另一边，阿莫尔边看边听，但自己很少说话。两天过去了，她的头依旧很痛，仿佛她戴着一顶黑色的帽子，可帽子太紧，不适合她的头骨。阿斯特丽德在她旁边，正一边去除指甲根部的表皮，一边摇晃着一只穿着凉鞋的脚。

不远处，爸正若有所思地看着她们，他的两个女儿。可另一个孩子在哪儿？孩子里的老大，那个男孩，竟然一下子想不起来他叫什么了。他们，他的子女们，本应该都在这里，排成一排，就像电线上的鸟儿。他们名字的首字母都是 A[1]，他和蕾切尔当时是怎么想的？我们只是很喜欢这个字母的发音，他妻子总

1　三个孩子的名字分别为"Anton"（安东）、"Astrid"（阿斯特丽德）、"Amor"（阿莫尔）。

是对人这么说，可这个发音如今却让他感到非常尴尬。如果他们当时给老大起了另外一个名字……

安东在哪儿？他突然有些恼怒，于是发问道。

阿斯特丽德觉得捣乱的机会来了。他开着凯旋，偷偷溜出去了。我看见他了。

去哪儿了？

她意味深长地耸了耸肩，可说到魔鬼，魔鬼便到了[1]，只见山脊上照来了一道由车灯发出的微光。此时想必已经入了夜，但每个人餐盘里的食物都能看得一清二楚，原来是因为灯光慢慢飘下山脊，飘向房前，又一时间打在了聚会的人群身上。灯光灭了，引擎熄了火，车门开了又关，随后安东故作轻松地穿过草坪，朝他们走去。他咧嘴笑着，目光有些呆滞，膝盖没有完全伸直。

同样的情况也困扰着在场的一些人。去给自己拿些肉来，奥吉扯着嗓子冲他喊道。快来加入其他罪人的行列吧！玛丽娜姑妈则轻轻拍了拍身旁的椅子。坐这里！她看得出来，她那个疯狂的侄子，那个

1　原文为"speak of the devil"，类似于我国的"说曹操，曹操到"。

不该出生的孩子，最近犯了些错，今晚可能需要一些点拨。

自从安东现身后，马尼的目光就没从他身上挪开过。他绷着张脸，点了点头，从儿子身上看见了先前那个堕落的自己。很好。嗯。好极了。

怎么了？他把车钥匙放在了桌子上。

你妈妈昨天去世了，可你居然有时间喝酒，找不三不四的女人。很好。

不三不四的女人？奥吉突然来了兴致，边说边环顾四周，惊讶不已。西默斯牧师喃喃地说了些什么，像是在做祷告；安东则悄悄坐到座位上，不声不响地笑着，都抖了起来。

嗯，笑吧。嘲笑我吧。所有的罪过都会被记录在案，到了最后那一天——

你的罪过也一样，亲爱的老爹[1]。贪恋女色，嗜酒无度。

那些日子已经过去了。我早已洗心革面，请求上帝的宽恕，过上了新的生活。反倒是你，瞧瞧你这

1　原文为"Father"，其中"F"为大写，多用于称呼老人或牧师，以表尊重。此处则有反讽效果。

副模样吧!

桌子的另一边，西默斯牧师默默叹了口气。就在那个该死的儿子回来之前，他一直在和马尼谈话，而且进展得很顺利。再过一小会儿，他就会把话题引向那个重要的问题，他能感觉到当时的气氛是对的，可现在，一个跑调的音符闯了进来。那男孩（总是记不住他的名字，是安德烈吗，还是艾伯特？）身上，那男孩身上有些不一样的东西。

你父亲今天不太高兴，他很热心地打起了圆场。因为这场犹太式葬礼。

你真该去看看那副棺材，看起来真的很廉价，玛丽娜姑妈说。而且拉手居然是木头做的!

在这之前，他一直都在买保险，奥吉兴奋地说。已经买了二十年了!

我希望，马尼呜咽着说道，我只希望，我能永远躺在我妻子身旁。这个要求很过分吗？

可她将躺在犹太人的墓地里，玛丽娜说。

这很不公平，牧师评论道。

为什么不公平？

你父亲的意思是，他希望你敬爱的母亲葬在这个农场上。和家里的其他人葬在一起，葬在他身旁。葬在她应该被埋葬的地方。

葬在她的家所在的地方，爸补充道。

由一位真正的牧师来主持葬礼。

说的就是你自己吧，安东说。

寂静蔓延开来，又被脂肪滴入火里时发出的咝咝声打破。

这是你父亲的意愿……

但不是我母亲想要的。

死去的人什么都不需要！爸说；确切地说，他因一时失态，喊出了这句话。他说完后，大家都沉默不语，咀嚼声也因此显得格外响亮，让人觉得很不舒服。人们为这次聚会感到有些羞愧，也很不知所措；过了一阵子，才有人重新聊起天来。

马尼没再继续参与谈话。他耷拉着脑袋坐在那里，显然是泄了气，可人们应该记得，他今天下午还去了牲口棚，宰了一只羔羊，就是他们此刻正在吃的那只。是的，他割开了它的喉咙，在他感到无助之时，一朵小小的暴力之花也就此绽放，噢，感觉真棒。所以说，人们会怜悯自己，沉浸在蒙受损失的悲伤中，却没意识到他们造成的其他损失近在咫尺。羊妈妈的悲伤，那算什么？然而，它与人类的悲伤相似，会在空气中留下痕迹，无法洗刷掉。

阿莫尔放下她的餐叉。

你打算吃那块肉吗？阿斯特丽德想知道。

她摇了摇头，觉得自己可能会吐。过去两天里，她一直觉得很痒，很恶心，极有可能心生叛逆，做出些匪夷所思的事。她不断想起最近在父亲的爬行动物公园里看到的那一幕。发生在鳄鱼园的用餐时间：一个身穿狩猎服的和善大叔抓起一把把小白鼠，扔向在水中缓缓移动的原始生物。粗野地咬住猎物。猎物的尾巴从露齿而笑的嘴里伸了出来，仿佛一根根牙线。她试图把那段记忆从脑海中抹去，却做不到。为了活下去，我们得吃掉其他肉体，那我们到底算是什么？她厌恶地看着阿斯特丽德把手伸向她的盘子，将一块块肉，一片片脂肪塞入她那闪着油光，不断咀嚼着的嘴里。

你这手镯是妈的，她说。

不，不是的。是我的。

妈之前一直戴着它。

你是说，我是个骗子？

安东放下餐盘，在纸巾上小心翼翼地擦拭手指。对了，他说，我听说你要把隆巴德家的房子给萨洛米。

啊？爸说，不过他觉得这话听起来似乎有那么一点耳熟。

哈！玛丽娜姑妈哼着鼻子说。胡扯！

安东扭头看向阿莫尔，她在椅子上晃了晃。

爸说……

我说了什么？

你说你会把房子给她。你承诺过。

听到这个消息后，她父亲大为震惊。我什么时候说过那种话？

那个女佣是不会得到一栋房子的，玛丽娜姑妈说。不，不，不。实在是抱歉。你现在可以忘掉这件事了。她忙着收拾，尽管并不是所有人都吃完了，餐具碰撞在一起，发出咬牙切齿一般的声音。

爸试图解释。我已经在供她儿子上学了……我就必须帮她打点一切吗？

阿莫尔很困惑，一副欲言又止的模样，她哥哥则一直微笑着。他突然凑向阿尔文·西默斯。我们能开诚布公地聊一会儿吗？

牧师张开手掌。当然可以，阿兰。请讲。

我母亲之前很怕死，无法接受她就快死了。可即便如此，她也很清楚自己想要什么。她想要的不多。只有几个愿望。其中之一就是回归原有的宗教信仰，并且和她的娘家人葬在一起。她特别嘱咐过。

诚实是非常重要的，牧师说道，他的嗓音有些沙哑。

爸突然变得非常激动。你这是怎么了？

我总在问自己这个问题。

你就不担心你终有一天会烧死在地狱里吗？

这是他能想到的最坏结局，但安东像往常一样，表现得非常高兴。我已经在那里了，他一边说，一边擦去欢笑的泪水。你闻不到烤肉的味道吗？

我是她丈夫！我比你更了解她！我知道我妻子有什么样的信仰。

真的吗？大多数时候，我几乎都不知道自己到底有什么样的信仰。我不想跟你斗嘴，我只希望怎么简单怎么来。你应该照她说的做。实现她所有的愿望。包括把房子送给萨洛米，如果你真承诺过的话。

我从来没有，爸说。我从来没有承诺过什么！

阿莫尔冲他眨了眨眼，真的很惊讶。可你确实承诺过，她对他说。我听你说过。

你们这都是怎么了？爸吼道，接着站了起来（不知怎么回事，他显得很费劲），迈着僵硬的步伐走进花园，一边走，一边还在语无伦次地咆哮着。

玛丽娜姑妈把自己的项链扭来扭去，到最后，她说起话来就像是被勒住了脖子。他都哭了，她说。你们现在高兴了吧？

高兴？安东一边琢磨着这个词，一边说道。不，我不这么觉得。但如果我现在跟大家说晚安，也许我们离高兴就更近一步了。

离开时，他抛下突然间乱了套的客人，让他们各怀心思，针锋相对，三五成群地争论个不停。近来，他经常一走了之，留下个烂摊子给大家收拾。上楼回自己的房间，那里堆满了书和文件，墙上贴满了五花八门的名言和备忘便笺。从房间钻出窗户，爬上窗台，又从窗台杂耍般地爬上屋顶。他喜欢坐在屋顶最上面的位置，任由和风从他头上吹过，眺望着漆黑的土地，土地被光刺伤了，伤口随处可见。

他曾在一块松动的瓦片下藏了个塑料袋，这时他从里面拿出一个打火机和一小截叶子卷烟的烟屁股。点燃后便一口一口抽起来，甚至还没等掐灭它，他便体验到了大脑放松、思绪膨胀的美妙感觉。啊，就是这个滋味。感谢上帝。我几乎成了另一个人。

长子安东，独子安东。他是家里的继承人，虽然不知道能继承什么，但未来是他的。你想要什么？想旅行、学习、写诗、领导国家，他想抓住一切，所有的愿望都有可能实现，他想吃掉世界。虽然他的生活如同牛奶一般纯粹温和，但他的喉咙深处似乎总有一丝酸楚。这种感觉从何而来？万事万物的核心都存在一个谎言，我刚刚在自己身上发现了它。把它吐了出来。你是不是有些不对劲，伙计？我没什么地方不对劲。我浑身上下都不对劲。

他依然可以看见有些身影在火堆周围打着手势，说着话。骚动由他而起，泛着最后一丝涟漪，尚未平息。在你试图站稳脚跟时，你会拼命乱动，不断挣扎。

这场家庭闹剧余波未平，阿尔文·西默斯深陷其中，在挣扎着起身时弄丢了眼镜，周围则乱作一团；他在慌乱中听见眼镜在鞋底咔嚓一声断裂，就好像骨折声。没了眼镜，他如同一条瞎眼蚯蚓，看什么都像是雾里看花。

西布里茨，他大喊道，西布里茨！

牧师本来很讨厌助手，却还是呼唤起他来，但西布里茨不会答应。露天烤肉派对上发生的这一幕让他心烦意乱，他不由得想起了自己的生活，要知道，不论是在危急关头，还是在和谐时刻，一切事物都是相互联系的，而此时，他正在开车回镇里的半路上。他受够了那一家人，受够了教会，尤其受够了那位牧师。到此为止！

西布里茨！西布里茨！

你在急需帮助之时却遭人抛弃，阿尔文，你的救星在哪里？请记住，只有正直的人才会受到考验！如果你等着，就会有人来帮忙。

他要是能认出她来，就会发现有一个身影正安静地坐在不远处。是阿莫尔。其他人都走了，她却没有离开餐桌旁的座位。事实上，过去的几分钟里，她的四肢和眉头都纹丝不动，她陷入了沉思之中，也有可能被别的什么给迷住了。

她在凝视着自己的哥哥安东,安东则反过来从屋顶上打量着她。不过,她其实是在心中凝视着哥哥。她有点惊讶。惊讶于他居然可以那样说话。可以说出他的所作所为。做个男人的感觉一定很棒。她有种奇特的渴望,想牵着他的手。并不想领着他去哪里,只是想紧紧握住。或许想被他牵着走。

她早就习惯了被当作一个模糊的身影,一个大家用眼角余光瞥见的污点。太过年轻,太过愚蠢,所以不受重视。而且也太过奇怪,是个奇怪的孩子。不同寻常,或许还很悲惨,容易遭人忽视。可今晚,坐在高处的哥哥,似乎注意到了我。

阿尔文·西默斯也在附近,他终于得救了,救他的是玛丽娜姑妈,她把丰满的前臂伸了过去,又给了他一盘自制的土豆沙拉。不用了,谢谢你,我的司机呢?他似乎不见了。牧师有些胀气,还很失望,现在只想回家,回到他和他妹妹合住的小房子里。他急着想回去,甚至急得在草地上跺起脚来。

很快,他们便确定西布里茨已先行离开。可以让莱克星顿送你,玛丽娜一边说,一边拍着手,她的手镯碰撞在一起，发出刺耳的声音。莱克星顿！莱克星顿！

莱克星顿匆匆从房子后面赶来，边走边戴帽子。怎么了，玛丽娜夫人？送牧师回家。牧师乘坐凯旋离开，没过多久，他们便疾驰在公路上，朝隐约闪烁着黄色灯光的比勒陀利亚驶去，那些灯光只有司机能看见。

跟我说说，牧师问他道，你为这些人工作多久了？

十二年了，先生。

你觉得他们怎么样？我是指他们一家人。

莱克星顿犹豫了一番，紧张得咧嘴笑了笑，却没什么用。他们对我不错，先生。

他们对你不错，是啊，是啊。可你觉得他们怎么样呢？

不，我没在想他们，先生。我只做事，不乱想。

这不是实话，但莱克星顿没办法如实回答。他察觉到牧师想问出些什么来，但若是给牧师他想要的答案，自己的饭碗可能会不保。并不是总能同时讨好两个白人。

好吧，我会想一些跟他们有关的事，牧师说。我不会说具体是些什么，但我会想一些事情。尤其是关于那个儿子的事，他叫什么来着？亚当，对吧？

是的，先生，莱克星顿急于讨好牧师，说道。

他有些不对劲。你记住我的话。他这个人就是头野驴。他跟所有人都过不去，所有人也跟他过不去！

西默斯牧师今晚很恼火，他的灵魂里有一股压抑他的力量，总是会激起他的《圣经》情结。若你用高雅语言[1]去描述上帝的造物，其形象便会变得高大起来。

这个国家！他喊道。他不知道为什么这个国家要受到指责，却还是重复了一遍。这个国家！

是的，先生。莱克星顿回应道；一时之间，两人真的达成了一致，他们都为南非感到苦恼，但原因不同。阿尔文·西默斯自觉与这位黑人同胞情投意合，在他看来，他们在上帝眼中是平等的，虽然不论什么时候，他们在车里的位置都应该隔开。此乃上帝

---

[1]　原文为"heightened language"，指一种非常正式且复杂的语言，该语言有别于日常口语，多使用押韵、比喻等修辞手法，常见于古希腊史诗、宗教文献等文本中。这一词语并无中文通译，译者在此根据其解释，做了一定的意译处理。

之意，同样，依照他的意思，蕾切尔应该在命定的时间离世，她的家中应该挤满为她哀悼的人，他也希望含[1]的子女应该在其他房间里替他们的男主人和女主人辛苦劳作，砍柴、打水；让那些背负领导重任之人过上舒适的生活。有些人可能不愿接受这一负担：把圣杯从我身旁拿走，可如果圣杯是你的，你就必须喝下杯中之物，不论那残汁有多苦，都别和上帝争论。

利蒂希娅在家里为哥哥留了一副备用眼镜，以防发生这种紧急情况；第二天一早，阿尔文·西默斯恢复了本就很差的视力，他搅拌着他今天的第一杯咖啡，觉得心情好多了。他越是思索着昨晚发生的事，越觉得自己的前途愈发光明。那样的混乱场面对他有利，也许主本就希望如此，因为马尼如今和他那些忘恩负义的孩子已愈发疏远，可能更加倾向于将自己的慷慨表现在别的方面。但重要的是在局势发生变化前尽快行动。如有可能，今天就得行动起来！不过马尼的妻子将在今天下葬。噢，想起来了，现在几点了？葬礼甚至有可能正在举行，就在此时此刻，在我们说

1　含（Ham）是《圣经》中的人物，乃挪亚的次子，传说中也是非洲种族的祖先。

话的时候。

是的，毋庸置疑，葬礼正在进行。那个小房间跟她的棺材一样朴素，里面挤满了人。蕾切尔是个善于交际的人，她有许多朋友，可在长椅上挤作一团的，大多数是她娘家那些犹太人。这一点倒是很像那些阿非利卡人，没有什么比血缘关系更能凝聚人心。她有许多年没见过其中的大多数人，也没跟他们说过话，所以他们就像隐身了一样。可他们今天都在现场，这么一大群你多年未见的面孔，你还记得其中几位的名字，都是些舅妈、舅舅、表兄弟姐妹，以及他们的后代与密友。蕾切尔的母亲（你的宿敌）一看到你便猛地转过身去，即使是现在，她也一点不同情你。

马尼耸起肩膀，似乎同他们都过不去。已经发生了太多事情，不可能假装没关系。他昨晚诚心祈祷了很久，并且坚信，主希望他作为基督徒的代表，来这里展现恩典。心怀信仰意味着你必须同自己斗争，不能什么都不做，只是恨他们。可对他来说，坐在这些人中间并不容易，比他想象中的还要不容易，他们有着奇怪的习俗，还把她从我身边带走了。他们为什么非得撕破自己的衣服，让我在心口处系着黑丝带，在头上戴着没有帽檐的便帽[1]？他们为什么一直祝我长命百岁？他不希望自己长寿，今天不希望，他希望自己短寿一些，他早就活得不耐烦了。他尤其希望放弃接下来的几个小时，将它们从上天分配给他的时间里剔除，拿走它们，自己留着吧，我不想要了。

他那边的亲朋好友人数要少得多。其中包括他的工作伙伴布鲁斯·赫尔登赫伊斯，还有教会里的几个朋友。显然，还得加上他的家人，不过马尼故意让玛丽娜坐在他和孩子们中间，以便和儿子保持距离。他甚至没办法看安东一眼。昨晚在烤肉派对上发生的事依然历历在目，依然困扰着他，仿佛他的肠道一直在灼烧。

一直有人在用希伯来语祷告，而现在，轮到卡茨拉比念悼词了。他决定为自己的悼词[2]选择一个兼容并包的主题，以此来弥合这家人的分歧。六个月前，他对他们说，蕾切尔找到了我，那时她已知道自己命不久矣。此前，她已远离自己的族人、自己的信

1　原文为"skullcap"，这种无檐便帽多为犹太男子或天主教主教所戴。

2　原文为"hesped"，乃犹太葬礼术语。

仰多时。好多年了。她没想过要回来。可生命自有奇妙之处。有时候，只有当你知道生命即将结束，你才终可赋予其意义。蕾切尔也是如此。我相信，她若能于今日在这里见到你们——不论是她婆家的人，还是她娘家的人，不论是犹太人，还是非犹太人，不论是讲英语的人，还是讲南非荷兰语的人——定会感到非常高兴。她会觉得大家为她聚在一起是一件好事。诚然，世界并不完美，但此时此刻，世界可以很完整……你明白他的意思了，蕾切尔做过一些不够有远见的选择，这让她很不满意，可她最终还是回到了原点，从而画了个圈。拉比对数学，尤其对几何形状很着迷，对他来说，圆圈显然很完美，在它面前，所有的分歧都应该消失。

拉比说话时反复挥舞着又粗又短的双手，但他的说话声让人感到安心，语调既平和，又冷静，像是牙医和空姐用的那种语调，很适合听众沉浸在自己的白日梦里。聚集在他身前的许多人，脑中的思绪此时已不知飘向了哪里，同他讲的内容大相径庭。为了对抗周围的异教思想，玛丽娜姑妈正轻声念诵着《主祷文》[1]。她觉得自己的信仰几乎在体内膨胀，如同一颗肿瘤。哎呀，真恶心。杀死蕾切尔的，正是一颗肿瘤。奥吉时常想起那颗肿瘤，想知道要是把它举起来，拿到光亮处，它究竟会是什么样子。一团橡胶似的血块，就像堵住水槽的什么东西，又或许更难察觉？一种渗入你身体的异物[2]，这东西让人记忆犹新，搅动着你的细胞；阿斯特丽德在硬邦邦的长椅上坐立不安，觉得身上湿漉漉的，还很不耐烦。她昨晚和迪安·德韦特在马厩的一间马舍里做了爱，尽管闻得到新鲜马粪的味道，但感觉还是很棒。当时马儿就在隔壁的马舍里跺脚，用马蹄把稻草踩得沙沙作响。简直是胡扯，安东心想，这一切都是胡说八道[3]，你们说的每件事、每个字都是假的。我杀了她。是我在卡塔翁开枪打死了她，过早夺走她性命的，并非上帝。但你们觉得凡事都有秩序，觉得你们的行为很重要，觉得

1　《主祷文》(*Lord's Prayer*)是基督教非常著名的祷词，亦为信徒非常熟悉的经文。

2　原文为"a foreign object penetrating your body"，既可指"渗入身体的异物"，也可指"插入身体的异物"。此处的异物即阴茎，从而引出下文中阿斯特丽德的遐思。

3　前文的"胡扯"(shit)也可以指屎，而此处的"胡说八道"(horse-shit)也可以指马粪，这两处都为双关，与前文相呼应。

它们的价值将在最后的清算中得到权衡和评估。可清算并不存在。对我们每个人来说，死去的那一天便是最后一天。

因此，对蕾切尔来说，拉比总结道，知道自己即将死去便意味着新生拉开了序幕。

阿莫尔坐在一排座位的边上，被她的哥哥和姐姐夹在中间，孤身一人。她感到很孤独。这群人就像一片森林，她身处其中，感到前所未有的孤单。她周围什么都没有，空无一物，空无一人，只有一个木头箱子，而在箱子里——别想了，别想箱子里有什么。箱子是空的，有四个面，不，有六个面，不，不止六个面，可这有什么关系呢？毕竟它都快要埋到地里了。

其实，我妈妈去世了，躺在箱子里的就是她。她这样想的时候，这个坚实的世界便走向瓦解，开始变为液体。她觉得它在滑动。她牢牢抱住自己，紧紧并拢大腿。让它停下来。

这时候，所有人都起身准备吟诵。但阿莫尔突然觉得头晕，坐回了长椅上。先是靠向安东，接着又猛地靠向另一边，朝她姐姐倒了过去。用力拽住阿斯特丽德的胳膊，拉着她也坐了下来。

怎么了?

她第一次试着张口说话时,听起来仿佛被扎了个洞。

什么?阿斯特丽德皱着眉头,生气地问了一句。

我觉得我好像……

好像怎么了?

呃。流血了。从下面流出来了。

阿斯特丽德慢慢眨了眨眼。噢,你不是认真的吧?你身上没带那东西吗?她怒视着自己的妹妹,然后靠向另一边,拉了她们的姑妈一把,想把情况告诉她。对她耳语。

怎么了?玛丽娜姑妈问。嘘——

阿斯特丽德犹豫了一番,又试了一次。这一次,她说话时声音稍微有些大,惊扰到了她们身后那位原本做着白日梦,怀念着过去的女士,那人是蕾切尔的旧友,两人上学时便认识了。

玛丽娜花了好一会儿才明白过来她听到了些什么。她自己上一次来月经是很久以前的事了,就在她最后一个孩子出生后不久;近来,一想到这样的事情居然有可能发生,她便觉得不舒服。可是,很明显,它确实存在，并且正在发生，就在可以想象到的最糟糕的时刻。

我必须说，她异常愤怒地耳语道，她太自私了。难道她没有……？

阿斯特丽德耸了耸肩膀。她可不是她妹妹的监护人！

这时，大家开始拖着步子走来走去，还咳嗽了起来，抬棺人要去前面抬棺材。祷告仪式似乎已经告一段落，外面有一支队伍，将由他们负责下葬。玛丽娜知道她应该帮帮自己的侄女，但现在离开绝非明智之举，就好比奥吉一不小心误删了录像机里《达拉斯》中涉及"谁射杀了 J.R."剧情的那一集[1]，她却还没来得及看。她抓住阿斯特丽德的胳膊肘，小声对她说。带她出去，你来照顾她。等我们忙完了以后再来处理这件事。

我？凭什么我得照顾她？

因为你是她姐姐。

1　《达拉斯》(Dallas)，又译《朱门恩怨》，是美国哥伦比亚广播公司推出的一部展现豪门家族命运的电视连续剧，首播于 1978 年，完结于 1991 年。"谁射杀了 J.R." 为观众设置的一大悬念，甚至成了宣传该剧的著名广告语。此处的 J.R. 指的是剧中的石油大亨 J.R. 尤因。

阿斯特丽德很惊讶。她从没想过阿莫尔也有长大成人的一天，也会成为一个有乳房，会来月经，有主见的人，更没想到阿莫尔居然有能耐逼她离开她们母亲的葬礼现场，并趁机羞辱她。可现在，当大家都在朝着同一个方向缓慢前行时，她俩却在朝另一个方向走去。到了外面，她将矛头指向了妹妹。你怎么能干出这种事来？她说。

我控制不住自己，阿莫尔说；此时此刻，她感到身体内部在抽搐，一股热流涌向了她的心脏附近，绞得她生疼。和她上次在草地上奔跑时踩到钉子的感觉很像。当时她哭得特别厉害。妈，妈，请帮帮我！

阿斯特丽德一脸憔悴，看了看四周。她觉得做不了什么。就这么干坐着，直到事情结束。

她本打算坐在正门旁的一把长椅上，但阿莫尔发现附近有个厕所，走了进去，进了一个味道很冲的浅绿色空间，找到一个隔间，又退了出来。到处都在滴水，水声依稀可闻，或许是某条管道破了。身体深处又是一阵抽搐。她脑海中闪过这个场景，如同黑白电影一般。她无法相信这一切正在发生，她居然靠在公共厕所贴着瓷砖的墙上给额头降温，而不是穿过灌木丛般的墓碑，陪妈的棺材走完最后一程。正值春日，天气晴朗，光线透过长满花蕾的树木洒下了来。葬礼进行得很慢，人们在诵读《诗篇》第九十一篇时顿了顿，稍事停顿后，仪式继续进行。蜜蜂的嗡嗡声听得人昏昏欲睡，脚踩在蓝花楹上，发出了怪声。还没走多远，人们又像刚才一样顿了顿，吟诵着同样的诗篇，仪式似乎会像这样，分阶段继续进行下去，直至众人抵达坟墓，但阿莫尔并不在现场，什么都没看到。她弯下腰来，心想，我需要止痛药，我必须吃止痛药。可是，在棺材放入坟墓的时候，什么样的药才能止住她不在场的痛苦？什么样的药才能止住她没办法像那些人一样在此时向前几步，拿起铁锹，将满满一铲土抛到棺材上的痛苦呢？

砰！泥土扑通一声落在木头上，不容更改，仿佛一扇大门重重地关上。

可阿莫尔去哪儿了？阿斯特丽德去哪儿了？

安东困惑地转过身来，不清楚该把铁锹递给谁。

她俩得去某个地方，玛丽娜姑妈生气地低声说道。把那玩意儿给你姑父。

她俩得去哪里？这个问题不断困扰着他，与此同时，大家排着队慢慢从他身旁经过，每个人都往坑里添了一铲子土。棺材就这样一点点消失，仿佛大地一口口将它吃了进去。和我们的习俗没有太大区别嘛。砰，再见，总算解脱了。

阿斯特丽德就这么远远地看着；等大家念完哀悼死者的祈祷文[1]，一小群人渐渐散去之后，她哐哐敲起了厕所的门，大声叫妹妹赶紧出来。阿莫尔跟踉跄跄地走出厕所，双腿紧紧并拢，庆幸自己穿的是黑色的衣服。家里人离她们越来越近，随之而来的还有需要她们回答的问题：你俩去哪儿了？你俩怎么了？而她们手头似乎没有答案。

好在玛丽娜姑妈终于看到了她们，并且知道发生了什么，又顺利赶在其他男人前面来到她们身边。别担心，交给我吧。身经百战的她早已练就了一套吐露秘密、传递指令的办法，只见她将嘴巴贴到了那些顺从的耳朵旁（这一次，耳朵的主人是她的丈夫 / 儿子 / 弟弟），然后奥吉和韦塞尔便跟着马尼走开了，她则领着侄女们朝自己的汽车走去，边走边把手塞进

1　原文为"Kaddish"，乃犹太葬礼术语。

那双小小的白色高尔夫球手套里。很好，说真的，我很高兴这一切都结束了。

不过，事情实际上还没结束，因为所有人都要去莱维斯家参加聚会[1]（或是某种性质类似，但叫法不同的活动）。死者刚下葬不久，马西娅找到了马尼，当时的马尼有些摇摆不定，她却看起来兴致勃勃，干脆利落。可直到现在，他依然不相信自己答应了。很明显，她也不相信。本以为他这么讨厌她，肯定不会答应。嗯，我们还住在原来那个地方。我确信你还记得去我们家的路。他当然记得，可他倒是希望自己能忘掉。但我们不会待太久，他们上车时，他告诉奥吉。稍微露一下面就行，然后我们的任务就完成了。

可阿斯特丽德和阿莫尔去哪儿了？安东仍然很困惑，更何况他还紧紧靠着自己那个讨人厌的表哥韦塞尔，韦塞尔身上总有股味道，像是很久没洗过澡。马尼死活不愿再回答儿子的问题，所以只能由奥吉姑父来解释。她们上了玛丽娜姑妈的车，他说完后便没再多说。真是奇了怪了！怎么还会有人换车坐呢？这

1　原文为"after-party"，指在大型聚会或活动之后的小型聚会。

111

两个女孩为什么会在关键时刻离开她们母亲的葬礼现场呢?

她俩要和玛丽娜姑妈坐车去同一目的地,但路上得绕个弯子。她们在几个街区外发现了一家购物中心,一排排汽车正在阳光下欢快地闪着光。准备把车停在另一辆车旁[1],就停一会儿。她数了数钱包里的钱,拿出一些,放到阿斯特丽德手中。我就在这里等着。记得把零钱拿给我。购物中心的入口处排着长队,每个人的包都要通过金属探测器,以防有人携带炸弹,然后,她们得走很长一段路才能到另一头的药店。阿莫尔在路上不得不两次停下来,靠在墙上,等痉挛过去。再然后,她和姐姐在药店里排起了队,周围全是货架,上面摆满了药品,压得货架嘎吱作响,有提高人体机能的,有止血的,有缓解病痛的,还有消毒的。与此同时,她惊恐地翻转着手中柔软的包装袋。阿斯特丽德把钱塞给她,给,你来付钱,东西是买给你的,不是吗?等待的时间不长,只有一两分钟,但痉挛此时已变得很有规律,一波接着一波。一

---

[1] 原文为"double-park",指的是将车停在已停放于路边的车辆旁(属于违规停车)。

直以来，我都觉得我很讨厌妈。她低头看着自己的脚，当它们是整个世界，直到她来到柜台前，而那个穿白大褂的女人正同情地看着她。

她们其实应该在购物中心解决这个问题，可她今天没办法再次面对公共厕所，便一直走啊走，走啊走。等我们到了那里再说。马西娅和本住在沃特克鲁夫[1]一栋无比宽敞的两层楼房里，周围是两英亩的树林。夫妻俩经常大宴宾客（不过今天用这个词不太合适），而且已经请了他们常请的那家餐饮公司来招待大家。不论是婚礼、葬礼，还是别的什么活动，人们都得吃饭。屋后的露台上摆着两张长桌，现场能喝到茶和咖啡，还能吃到一些小点心。一切都显得既节制，又有品味。马西娅做起女主人来，颇有些社交能手的风范，也知道怎么把一切都打点好。

在这里，她们刚从正门走进屋里，玛丽娜姑妈便又一次鬼鬼祟祟地低下头，悄声对马西娅说起话来；阿斯特丽德和阿莫尔很快被引到一条侧廊里。屋子里到处点着蜡烛，连客人用的卫生间里的镜子都被

1　沃特克鲁夫（Waterkloof）是比勒陀利亚的一个郊区，位于市中心的东部。

遮住了，这让你感到毛骨悚然，觉得仿佛有人在监视你。就好像阿莫尔还不够难为情似的！

好吧，我在外面等，阿斯特丽德说。她们已经很久没有见过对方赤身裸体的模样了，甚至连想都不敢想。

帮帮我，阿莫尔小声说道。

不，不。她妹妹永远不会变漂亮，不，不会像我一样；阿斯特丽德不想看着她做她必须做的事情。没门儿，她说。别这么孩子气，把它塞进你的内裤里就行了，只是块卫生巾而已，就算是你，也可以自己搞定，看看说明就能明白！我在外面等你。

她走了出去，随手关上了门，留阿莫尔独自待在卫生间。独自待在这世上。妈在哪里？眼下，她本该在这里，在此时此刻，给她搭把手。她却在我不在的时候走了。

房子里的表面都是用某些昂贵的材料制成的，钢铁、大理石，或是玻璃，零星有些地方用到了木料，都经过打磨，还上了漆，所以既光滑，又柔顺；这正是阿斯特丽德想要的，她希望整个世界都是由这样精雕细琢过的表面组成的。会让你意识到家里的一切太过粗糙，太过棱角分明。爸会说，这才真实，但谁需要真实呢？眼前的一切要好得多。阿斯特丽德用指尖抚摸着墙纸，感受着上面凸起的纹路。

一个男人沿着过道走了过来，在她附近停下脚步，显得很迟疑。这里面有人吗？

嗯，我妹妹在里面。

他在一旁晃来晃去，用双眼打量着阿斯特丽德的身体，尤其是她的乳房和腿。他年纪不小了，起码有四十岁，长得不帅，头秃了，皮肤很差，可她还是情不自禁地对他的凝视做出了回应。屁股扭来扭去，把一缕头发塞到耳朵后面。有趣[1]的是，你总能感觉到来自男性的目光，尤其是那种隐蔽的目光；她觉得这个老男人想对她说点什么，他想到了一个脏字，想把它说出口，而她身体里的一部分也想听。

过了一小会儿，她敲了敲门。快点！

他继续凝视着她，却没说出那个字来，而就在这时候，阿莫尔出现了。她做完了不得不做的事，并且感受到了变化，就像身体中央承受着一种微弱的压

1　原文为"funny"，既可指有趣，也可指奇怪，此处为一语双关。

力。体内有个怪东西，而她其余的部分都是围绕这个东西组成的。

你搞定了？阿斯特丽德说，声音特别大。没别的事了吧？希望我不会因为你再次错过其他重要的事了。她晃动着屁股，走在阿莫尔前面。

客厅里挤满了人，像一窝蜜蜂一样嗡嗡作响。阿斯特丽德猛地冲了进去，她妹妹则停了下来。最好还是和他们保持距离，就停在入口处。她似乎就应该待在门口，一个无法定位、无法归类的地方。

安东在房间另一头看见了她。他已经在那里站了一会儿，观察着人们打着手势，仿佛这一幕发生在水族箱里。房间里有我的亲戚，有近亲也有远亲，都是来悼念我母亲的。房间里还有我父亲，他一看到我，就把头转了过去；门口站着我的小妹妹，不过她变得有些不一样了。他一眼就能看出来。

你换发型了吗？

没有。

那你换上衣了吗？

没有。

安东又一次好奇地打量着她。他知道自己是对的，也看得出来她知道他知道。她心里有些纠结，很窘迫，表面上却显得很平静。得把重要的事情藏在心里，她早就学会了这一套。

你肯定换了些什么，他说。

这番对话发生在晚些时候的屋外，爸去找莱克星顿了，后者将车停在了不远处。阿斯特丽德也在那里，不过正和玛丽娜姑妈说话，把阿莫尔和安东单独留在了一起。道别的话都已说完，仪式已经结束，我们的母亲也已入土为安。

你去哪儿了？

什么时候？

葬礼的时候。你，还有阿斯特丽德。你俩去哪儿了？

再次纠结起来。发生了些事情。他不明白，或者只是一知半解，只想一知半解。最好还是别知道了！或是借由他人之口知道。

车总算来了，开车的是莱克星顿，爸爸在他身旁瞪着眼睛。他探过身去，不耐烦地按着喇叭，他们随即在后排安顿下来，两个大孩子坐在两边，阿莫尔坐在中间，身体向前缩成一团，仿佛体内有一堆烧热的煤块；然后，他们默默坐车离开，朝农场和那栋他们称之为家的房子驶去，斯瓦特一家如今就剩下他们，每个人既疲惫，又悲痛，各有各的复杂情绪。

此刻，房子里空荡荡的。它已经荒废了几个小时，表面上看起来毫无生气，私底下却有一些细小的动静，阳光悄悄穿过房间，风把门刮得嘎吱作响，这一处有些膨胀，那一处有些收缩，发出微弱的爆裂声、嘎吱声、打嗝声，仿佛一具衰老的身体。它似乎活了过来，许多建筑物都给人这样一种错觉，又或许是人们自以为它们活了过来，有着丰富的情绪和表情，一扇扇窗户就像一只只眼睛。可是，没有人在这里见证这一切，没有任何动静，除了那条待在车道上的狗，它正惬意地舔着自己的睾丸。

甚至连萨洛米也不在，她通常都在的。你本以为会在葬礼上见到她，但玛丽娜姑妈明确告诉她，不会允许她参加葬礼。为什么不让去？哎呀，别傻了。于是萨洛米只好回了自己（哦，不好意思，是隆巴德）的家，换上了去教堂时穿的衣服，她本来会穿着那身衣服去参加葬礼，是一条打了补丁的深色连衣裙，还配上了黑色的披肩、她仅有的一双好鞋、手提包，以及帽子；她打扮成了那样，坐在自己（哦，不好意思，是隆巴德）家门口的一把二手扶手椅上（里面的填充物都胀出来了），为蕾切尔祈祷。

噢，上帝。我希望您能听见我说的话。是我，萨洛米。请在您所在的地方欢迎夫人，好好照顾她，毕竟我希望有一天能在天堂里再次见到她。我认识她很久了，甚至在她还不是夫人时，在她和我都还年轻时就认识了；过去的这些天里，我俩有时候都合二为一了。我相信您明白我这番话是什么意思，因为是您给她带来了这么大的痛苦，也使得我能够照顾她。她因此承诺要把这栋房子送给我，我也因此很感谢您。阿门。

或许她在祈祷时并没有说这些话，或许她什么话也没说，许多祷告都无须言语，但也会像其他祷告那样飞升。又或许她为其他事情做起了祷告，因为祷告终究是一件很私密的事情，而且祷告的对象并不是同一位神。但不管怎样，过了一段时间后（这当然是真的），瞧瞧蚁穴的影子是怎么移动的吧，要知道，太阳早就不在最高点了，她从椅子上缓慢而僵硬地站起来，走进了屋里。不知又过了多久，等她再次出现时，她已经换回了平时穿的衣服，穿着破旧的连衣裙和拖鞋，头发上还绑着一块布，然后动身走上了小山附近的那条小道。

今天也许和其他日子没什么不同。她每天早上都会走这条路，晚上再走这条路回来，有时候，早晚之间还会走几次。不论白天还是黑夜，不论刮风还是下雨，都照走不误。这条路走来走去，几乎都一个样。等她走到后门之后，她把拖鞋留在外面，光着脚走了进去。她的制服都挂在食品储藏室里，蓝色的裙子、白色的斗篷，以及白色的围裙；主人家允许她在卫生间里花上两分钟换衣服。然后她把自己的衣服挂在储藏室的角落里，不让人看见。

唯有这时，她才能继续向前，往房子里边走。房主一家人已经回来了，或者说，他们也许从未离开过，给人一种深埋并扎根于此的感觉。

假设他们正围坐在餐桌旁。或者站在客厅的不同位置。或者分为两拨人，一拨人站在下面的车道上，另一拨站在屋外的游廊上，处在居高临下的位置。这并不重要。以下对话发生在马尼和他的长子之间，地点不详。

我想了想你那天晚上说的话，爸说，我很生气。

在这样的时刻，他喜欢模仿《旧约》中上帝的语气，希望别人能因此服从他。

嗯？

不是为了我自己，而是为了别人。你对我没礼貌并不是什么新鲜事。我早料到了。但你居然这么跟牧师说话！他可是个高尚的人，是个传道之人。

安东笑了笑，不以为然地说道。还是个傻子，是个骗子。

够了！这种不敬的行为今天到此为止。听着，好好听我说。如果你不向他道歉，你就滚出这个家。我就再也不会和你说话了。

马尼依然对前一晚发生的事情耿耿于怀，活像只孵着巨大黑蛋的母鸡。你冒犯了我的婚姻，也冒犯了我的宗教，因此得付出代价。

你要知道，爸，我永远也不会这么做的。

我帮不了你。到底是做自己，还是讲良心，全看你自己。

我是不会跟那个人说对不起的。凭什么？我只是说出了真相。

真相？马尼又一次燃起了怒火，连下巴上的楂儿都竖了起来，像小小的尖刺一样。跟我妻子有关？跟我没有承诺过的事情有关？你自己选择立场吧，随便你怎么选。但如果你敢口出狂言，你就会被赶到荒野中去。

他们的父亲走了，离开时弄出了很大的动静，显出一副道貌岸然的模样，直到这时，他的小女儿才出现，她从一株盆栽后走了出来，如同一场闹剧中的某个角色。安东，安东。我听见他说什么了。

怎么了，阿莫尔？

他说话时显得很不耐烦，因为她扫了他的兴，要知道，他原本沉浸在一种非常兴奋、轻松的情绪之中。他被逐出了家门，摆脱了这一切！

我听见爸对你说什么了，他说得不对。

哪里不对了？

他确实承诺过。我听他说过。他答应过妈，说他会把房子给萨洛米。

她那张小小的脸被心底的那份确定给照亮了。

阿莫尔，他柔声说道。

啊？

萨洛米不能拥有那栋房子。哪怕爸愿意，他也不能把房子给她。

为什么不能？她困惑地问道。

因为，他说。因为这么做违反了法律。

法律？为什么？

你不是认真的吧。这时他才看向妹妹，发现她非常认真。噢，天哪，他说。你不知道你生活在一个什么样的国家吗？

是的，她不知道。阿莫尔才十三岁，历史还没有将她踩在脚下。她不知道自己生活在一个什么样的国家。她曾见过黑人因为没有携带身份证[1]，一看到警察便跑得远远的，也曾听到成年人急迫地小声谈论着黑人居住区里发生的暴乱；就在上周，他们还不得不在学校里接受了一场培训，学习如何在遭遇袭击时躲到桌子下面，可她依旧不知道自己生活在一个什么样的国家。眼下正处于紧急状态，人们未经审判就被逮捕和拘留，谣言满天飞，但没有确凿的证据，因为新闻被封锁了，出现在媒体上的，净是喜讯或虚假消

1　此处的"身份证"（passbook）特指南非种族隔离时期所有黑人携带的身份证。

息，但她通常都会信以为真。她昨天看见哥哥的头被一块石头砸破了，流了血，可直到现在，她仍然不知道是谁扔的石头，为什么会扔石头。都怪那道闪电。她一直是个迟钝的孩子。

不过，有件事让她感到不安。

可为什么呢？她说，既然你知道爸做不到，你为什么还让他把房子给萨洛米呢？

他耸了耸肩。因为，他说，因为我乐意。

就在这时候，虽然连她自己都没意识到，她隐约开始明白自己到底生活在一个什么样的国家。

第二天，她拎着手提箱，被送回了宿舍。在她试图抗议时，爸对她说，再坚持几个月。等一切都安定下来。她知道最好不要争辩，听他说话的语气，她明白，争辩毫无意义。虽然他承诺过，虽然基督徒从不食言，但她的需求并不重要，她这个人也无足轻重。于是，莱克星顿载着她去了学校，把她送到了鱼塘边；她必须慢慢爬上狭窄的楼梯，朝自己的寝室走去，那里铺着冰冷的油布，床一排又一排地整齐排列着，全都一模一样；她的床在角落里，没有任何变化。

她哥哥是在第三天早上离开的，又或许是在第四天早上，春天的清晨都一个样。他带着军包和步枪，穿着萨洛米为他熨过的制服，不过他自己擦了靴子。没人为他送行。阿斯特丽德还没醒，爸已经去爬行动物公园上班了。莱克星顿把凯旋开到了门前的台阶旁，安东将包放进了后备厢。随身带着步枪，随时都能看到，以防万一。

再见了，家。再见了，爸，虽然你不会理我。他们颠簸着行驶在车道上，这时候，曙光在天空中开了一道口，从里面溢了出来。安东下了车，先把大门打开，然后又关上，接着他们驶向远方，离开了城市，在孤独的道路上前行。

约翰内斯堡附近有个地方，是一处军事搭车点，他可以从那里出发。已有两个列兵在那里等着搭车。他从后备厢取出军包，身子探进了副驾驶座那一侧的车窗里。高兴点，莱克斯[1]，开着凯旋得胜而归吧。再见，安东。下次见。

临近中午时，他已经接近了自己驻扎的军营。

1　莱克斯（Lex）是莱克星顿（Lexington）的简称。

搭完最后一程便车后，还剩下半公里，他得穿过郊区一条长长的街道，朝正门走去。透过顶部带有刺铁丝网的高大围栏，他能隐约看到一排排帐篷和用预制板搭建的平房，其他像他一样的年轻人穿梭其间，有的在洗衣服，有的抽烟，有的在说话。

其中一个人离群走到围栏边。嗨，他喊道，叫你呢！

安东花了一小会儿才想起来。深夜时分，柏油碎石路上的影子。佩恩！我跟你说过我们会再次见面的！

你去哪里了？

回家了，去参加我母亲的葬礼。

还在拿这件事开玩笑呢？

因为佩恩想了起来，几天前的某个晚上，在他值班的时候，他曾遇到这个奇怪的人，并且认定他的这位访客在闹着玩儿。借着白天的光，隔着横在两人之间的围栏，佩恩发现，他只是个非常普通的年轻男子，也许还很微不足道。显然没什么好怕的。

安东一只手抓着围栏，眯眼看向尽头的营地正门，以及他依稀瞅见站在那里的两个哨兵。此时此刻，他清楚地意识到自己没办法再次穿过那道门，回到营地里，没办法再次融入军营里的生活。他做不到。也说不出原因。如果有人问他，他只会说，出事了。我出了点事。

你正在见证一个重要的时刻，他对佩恩说道。

啊？

你正在目睹我换一种活法。你正在目睹巨变发生。

什么样的变化？

我变得敢于说"不"了。我花了很长时间才来到这里，可我受够了。我最终打算拒绝。

拒绝什么？

这一切。我的意思是，到此为止，我不会再往前一步。不，不，不！他想了想，又补充道，当然，你可以跟着我。

跟着你去哪里？我甚至都不了解你。

这种情况很快就会改变。

你疯了，佩恩边说边笑。这家伙真会开玩笑。他先是杀了自己的妈妈，接着一回到营地就擅离职守！呵，呵，呵！他确信斯瓦特肯定会像其他人一样，继续朝大门走去，也确信他们稍后会再次偶然相遇，也许会在乱局中相遇。

可他没这么做。

嘿！你要去哪儿？

很明显，他正朝来时的方向走去。佩恩不得不沿着围栏一路小跑，这样才能跟上他。

别犯傻，他说。他们会把你抓起来的。他们会把你关进拘留所的！嘿！这到底是怎么回事？这一点也不好笑。你没事吧？等一等。别这么做。你难道不知道正在打仗吗？你难道不关心你的国家吗？

安东没有回答，因为他没听见。他身后有一股推力，仿佛出自一只巨大的手，而真正推着他走的，是一种简单、盲目的欲望，一种想要逃走的欲望。

穿着制服逃走既有危险，也有好处。如果你是军人，搭车不是什么难事，但你也会成为宪兵的目标，他们会检查你的证件。最好赶紧做出改变；几小时后，为了遮住脑袋，他在一条通往南边的公路旁的一家通宵经营的商店里买了顶帽子。前面有"阳光南非"几个字。戴上帽子后，他显得很傻，但也遮住了头发和额头上缝着线的伤口。他在商店隔壁那家温比[1]的卫生间里换上了便装，包括牛仔裤、T恤衫、针织套头衫，还有休闲鞋。他看着镜子里的自己，觉得自己的模样还算过得去，一个正在赶路的年轻人。

阳光南非。他心中有这样一个念想。从他今天早上离开营地的那一刻起，他的脑海中就一直萦绕着一个画面，画面中有一片纯净的白色海滩，牛群站在沙滩上，一边啃着什么，一边低声叫着。远处，缥缈的悬崖耸立于茂密的绿色树林中。他未曾去过世界的这一角，但他有一次曾在学校里听到一些更年长的男孩谈论特兰斯凯[2]，也曾听他们谈论在丛林里风餐露宿、捕鱼、冲浪、飞叶子，他也想过一过这种日子。他几乎身无分文，没有任何打算，也不认识什么人，但所有这一切连同其他原因，都很吸引他；他相信，如果你铁了心想销声匿迹，你可以去那种地方。

首先，安东，你得去那里！此刻，时候已经不早，快到午夜了，路上的车不多。在远离街灯的地方，夜色蔓延开来，空洞而危险。隔壁车库的后面是

1　温比（Wimpy）是一家跨国快餐连锁店，目前总部设在南非的约翰内斯堡。

2　特兰斯凯（Transkei）是南非东开普省的一个地区，也是种族隔离时期四个独立的黑人家园之一。1976年宣布独立，1994年重返南非。

一片泥泞的田野，边上有一条长满野草的沟渠。他把步枪扔进沟里，接着是装着军装的袋子。他只留了一些自己的衬衫和裤子，以及一些随身携带的东西，全都装在一个塑料袋里。我刚才所做的一切是在犯罪，他想，我却感到如此轻松。

他咽下一时的恐惧，觉得这个世界竟如此广袤，然后步履蹒跚地走到公路匝道附近一个看起来很合适的地方。出现在荧光灯的强光下，满怀希望地伸出一只大拇指。一定要有信心！兴许得等一等，可如果你不断尝试，迟早会有人停下来载你一程。

PA

爸

他刚从淋浴间出来，电话铃就响了。这不是他的公寓，电话也许不是打给他的；他一直在努力避开一些人，但还是去接了电话。他心里有种感觉，仿佛有事要发生。

打电话的是阿斯特丽德。虽然只听到了只言片语，但他听得出来就是她。也许她用的是自己那部新手机，她为此很得意，只不过是块带有按钮的笨重砖头罢了。这项发明很快就会被淘汰。我听不清你在说什么，他告诉她。他边说边在客厅擦干身子。你就不能用座机打吗？

听筒里传来了嘶嘶声和吱吱声。他恼怒地放下了听筒。只有两三个人知道他的号码，她是其中之一，可她的电话打得过于频繁。阿斯特丽德视打破家人的沉默为己任，主动充当起他们之间的信使与传话人。她既需要这个角色，又很讨厌它，这个角色反过来也让她既被人需要，又遭人讨厌。

安东一边等着，一边迅速穿好衣服。正值正午，约翰内斯堡的天空完美无瑕，不过仲冬的空气仍有些刺骨。电话铃声再度响起时，他正把针织套头衫往头上套。依然听不到完整的句子，不过这次他意识到，其实她并不是在说话。他能听见她正发出一种奇怪的声音。像是呜咽声，几乎像是。

喂？他说。怎么了？就在这时，一朵云遮住了太阳，一道阴影随即将他笼罩，他有一种直觉，就像拿着一个漏斗，顺着漏斗，他可以看到一幅小巧而明亮的未来图景。这种令人费解的时刻又一次出现了，在这样的时刻，时间似乎在流往错误的方向。

等她终于开口说话时，他专注地听着她把那些他已经知道的事情讲给他听，既包括事实（他们的父亲／今天早上／中毒了／在那个玻璃笼子里），也包括她的恐惧；他听得一清二楚，跟阿斯特丽德描述的一样清楚，并且感觉到方寸大乱的她很害怕发生在父亲身上的事情也会发生在她身上。仿佛命运也会传染。

你还想得不够充分，等她总算停下来以后，他说道。

什么？

所以你才会这么害怕。你得有足够的想象力，才能正视你害怕的东西。

我害怕什么？

死亡。

可他没死，她一边说，一边再次发出了呜咽声。

还没有。这也是他先前看到的画面的一部分，未来为他开启的一扇袖珍窗口。而现在，他们能确认的，只有她告诉他的那些消息：父亲昏迷了过去，正在比勒陀利亚的 H. F. 维沃尔德医院的重症监护室里抢救。

我正和迪安一起去那里，阿斯特丽德说。

好。

沉默随即降临，沉默之下却藏着一个问题。

我不知道，安东终于说道。也许是在自言自语，她却觉得这话另有所指。

是时候了，她告诉他。

我不知道。我得想一想。

安东。是时候了。

我会做出决定的，他说；他很生气，却几乎没办法把话说出口。他的声音苍白无力，仿佛出自鬼魂之口。我不知道我能不能做到。

去看看他吧。他都昏迷了，你连话都不用说。

已经将近十年了，阿斯特丽德。

对啊！真的够了。噢，随你的便，你想怎么样就怎么样，反正你一直都这样。

十年，两人已有将近十年互不往来，在这期间，他经历了一些可怕的事情，过着离群索居的生活。难道这便是他的归宿？难道他要冲到被蛇咬伤的父亲的床边，苦苦琢磨问题到底出在哪里？这有什么意义呢？是为了彰显血浓于水的骨肉亲情吗？我不爱他。他也不爱我。

他知道自己惹恼了阿斯特丽德，但她还是会死缠住他不放，仿佛她有三头六臂一般。需求和渴望是不分边界的，但安东喜欢界限分明一些。他想换个话题，便问，你和阿莫尔说了吗？

我给她留了言。但愿她还在用那个号码。我已经好久没有她的消息了。

你是不是也跟她说是时候了？你是不是也跟她

下了命令，让她回家？

我从来没有命令过你，阿斯特丽德说。而且你跟爸的关系显然不一样。这你也知道。

打完电话后，他继续在原地站了很久，凝视着窗台上的一道裂缝，一队蚂蚁源源不断地从里面冒了出来。到底有多少只？多得你数不过来。只有这些小黑点足够多，它们才会有意义。为什么这会给人带来慰藉？

阿斯特丽德说得对，是时候了。他一直都知道，这一刻无论如何都会到来，却与他设想的有些出入。没想到救赎会如此模棱两可，如此让人心里没底。或许非这样不可。离开家后的每一天都留在他的脑海里，每一天，他都靠着直觉与天性努力活着；他不会纠结于其中任何一天，没什么值得回味的时刻。生存不会让你获益匪浅，只会让你颜面尽失。他清楚记得的那些事，他却努力不愿想起，只想将它们掩埋。为了坚持下去，你得这么做，但这么做还不够。

你之所以坚持下去，是因为若能如此，终会有熬到头的那一天。南非已经变了，两年前便已停止征兵。天哪，他当了逃兵，反倒成了英雄，而不是罪犯，变化之快，令人惊讶。不过也没人在乎他是什么。都已经过去了。你不过也是个衣衫褴褛之徒，过了几年亡命天涯的日子，先是躲在特兰斯凯的荒野里，后又躲进了约翰内斯堡，也不知哪片丛林更险恶。可若想活下来，就得做自己该做的。你明白，即使放下尊严也在所不惜。哈，拜托，安东，首当其冲的就是自尊，你把它像脏抹布一样扔在路边，而这只是堕落的第一步，接下来会更惨。一幕又一幕：在肮脏的房间里干一些龌龊的勾当，煞费苦心地伤害他人的肉体和灵魂，做起这一切来毫不犹豫，只是为了能无所事事、无所作为地多活一天，而你的大好青春……那又怎样，谁会在乎呢？别人比你痛苦得多，不过，每个人都或多或少有过这样的经历。到最后，你只能说，你已经走了很远，远到事情已经起了变化，变得更加容易，远到再也没必要躲躲藏藏了。南非有个老法子：坚持，再坚持。

他焦躁地在公寓里踱了好几小时的步，透过光秃秃的树枝看着楼下，看着伊奥威尔[1]的那些街道，

1　伊奥威尔（Yeoville）是约翰内斯堡的一个郊区。

打开橱柜，然后又关上。他似乎在寻找什么，但其实并没有。他已下定决心，现在只是在进行某种盘点，某种总结。除了几件衣服和几本书外，这里没一样东西属于他。其他东西都是某个女人的财产，她比他年长不少，有时会和他一起住在这些房间里，有时则不会，就这样，他在这里住了许多天。住了太多天，他俩早都意识到了这一点。

他给她写了张便条，放在了厨房的桌子上。我最亲爱的／我那愚蠢的父亲自作自受，昏迷了过去，之所以会这样，是因为他想满足自己注定无法满足的野心，打破和毒蛇共处的吉尼斯世界纪录，同时也想挑战圣灵，与其殊死搏斗[1]。我已做好最坏的打算。你也知道，自从我母亲下葬后，我就再也没和他说过话，但我已下定决心，嗯，该回家了。我可能需要些时间。／我对这件事，也对许多别的事感到抱歉。其中包括一个请求，但愿是最后一个：我需要钱。我知道我之前也说过这种话，可鉴于情况有变，你一定会

1　原文为"a bout of Russian roulette"，"Russian roulette"指俄罗斯轮盘赌，是一种危险游戏，参加者会用装有一发子弹的转轮手枪对准自己头部射击。

体谅我的。我真的很绝望，但事态的变化意味着我也许很快就能偿还欠你的一切。我的账户信息一直没变。/ 我依然爱着你，有诸多证据为鉴，A。

他打了一圈电话，问了几个人，才找到愿意开车送他过去的人。平时太过依赖几乎所有的熟人，把他们逼得太紧，事到如今，他们都对他心怀戒备，感到厌烦，他能从他们的声音里听出来。就连答应送他的那个家伙也有这么做的理由，他们刚离开约堡[1]，驶上公路，那人就说出了理由。不想在这时候提这件事，可我现在压力很大。所以，要是可以的话，我会非常感谢……

我明白，安东对他说。我会把钱还给每个借我钱的人，但我发誓，你会是第一个。

最近几个月里，他也向另外几个人做出过同样的承诺，而且每次都很恳切，可今天他格外诚恳，因为这一次，事情真的有了转机，他能感觉出来。逃亡期间，他犯下了大错。只有回头，才能纠正错误。这件事已成定局，迟早会发生。随着他越来越接近错误

---

1 约堡（Joburg）是约翰内斯堡的简称。

的源头，他已经能感觉到自己的未来充满希望，仿佛手里拿了一个正在成熟的甜瓜。

世界因此而熠熠生辉。自从母亲去世后，这是他头一次行驶在这条通往比勒陀利亚的公路上。九年了！眼前的一切竟如此陌生，棕色的草原迸发出巨大的财富，路两边都是全新的开发区，包括办公室、工厂和联排住宅，经济全速发展，国家重现生机。在联合大厦[1]里主持大局的，是一个全新的民主政府！当他们驶入城镇时，他看到那些背靠山脊的古老砂岩建筑出现在远处，在冬日暖阳的照耀下闪烁着光芒。不知曼德拉[2]此刻是否在那里，在他的办公桌前。从阶下囚到总统，没想到有生之年能看到这一幕。奇怪的是，这件事很快就变得稀松平常了。而在此之前，天哪。

他被送到了医院正门口，不得不在长达几英里

1 　联合大厦（Union Buildings）竣工于1913年，坐落在比勒陀利亚一座俯瞰全城的小山上，是南非政府及总统府所在地。

2 　即纳尔逊·霍利萨萨·曼德拉（Nelson Rolihlahla Mandela，1918—2013），南非特兰斯凯人，为南非反种族隔离革命家、政治家及慈善家。1994年至1999年间任南非总统，是第一个由全面代议制民主选举选出的南非元首。他在任内致力于废除种族隔离制度、实现种族和解，以及消除贫困、不公。

的走廊里找路，仿佛他是一个小小的细菌，而走廊则是肠道。这比喻很夸张，在这种环境里却恰如其分。那些在医院里无所事事的人总是显得很悲伤，很狼狈，而他们都还只是访客。很明显，病人们已经去了更深处。来这里只有一个原因——你或你身边的人生病了，或是受伤了。在这种处处受限的地方，压根高兴不起来。

重症监护室是最最糟糕的，位于某个绿色的幽暗区域，仿佛置身海底，连一扇窗户都看不见。监护室外同样有一大群忧心忡忡、悲痛不已的人，不过在这里，显然有更多需要担心的事情。就在阿斯特丽德看见他的同时，他也发现了她，她的脸本来就很宽，此时则因为惊讶而变得更宽了。

你能来我真高兴，她一边在他耳边轻声说着，一边拥抱他，抱得实在是太紧了，在他身上留下了一股鬼魅而甜腻的香水味。这些年来，他也见过阿斯特丽德几次，她曾在金钱上给予他帮助，也是他与家人的唯一纽带，但他还是非常惊讶于她已变得如此丰满，与少女时代相去甚远，怀孕后她的身形一直没恢复，如今看起来和丈夫很相像，只不过更为圆润，迪安也很圆润，但体型稍小，他快步走了过来，伸出一只手指很短的手。你好啊，安东，很高兴见到你。

瞧瞧这是谁呀，奥吉姑父惊呼道，哎呀，嘿。天哪。

他的语气里透露着戏谑与惊讶，毕竟侄子有了很大的变化。他自己虽然依旧披着过去那副皮囊，却患上了肺气肿。他们所有人都不一样了，这一点毋庸置疑，时间已然在大家的脸上奏响了它的乐曲。

所有人中，玛丽娜姑妈的变化最小，也许稍微虚弱了一些，而且不知怎的，信念也没那么坚定了。安东知道，只要是与他有关的事，但凡父子间有任何分歧，她都会站在他父亲那一边，这并不奇怪，可你当即就知道，她今天没心思跟人斗嘴。她那个正值盛年的宝贝弟弟倒下了，可他本该比他们都长寿！家里人事后才意识到生命有多脆弱。她一直在哭，连化的浓妆都花了。他匆匆吻了吻她的脸颊，闻到一股洁面乳和盐的味道。

然后他们站在那里，都没怎么说话，重头戏就此结束。他的到来最终只引起了小小的轰动，浪子回头，这样的戏剧场面大家以前也见过。众人很快便心生厌倦。消失许久之后，你再度归来，表面的缺口旋即弥合，仿佛你从未离开过。家庭就如同流沙。

安东的大部分心思都不在近在咫尺的父亲身上。他到底怎么样了？

不太好，迪安小声说道。他昨天晚上一度停止了呼吸。

可他现在很稳定！

那东西咬破了他的动脉，迪安说。很不走运。这是拉夫医生告诉我们的。而且他还有某种过敏反应……

我不怪那条蛇，玛丽娜坚定地说。杀死我弟弟的是那个牧师。

可他还没死。阿斯特丽德一边哭，一边颤抖着。为什么所有人都一直说他死了？

我能看看他吗？

一次只允许四名访客进入，每次可探视十分钟，早晚各一次。不过有一位护士专门负责这间病房，是个剃着光头、不苟言笑的人，她略显郑重地对他表示同情。

你是病人的儿子？她说道，听起来有些生气。

你可以溜进去待一小会儿。

他觉得这不是个好兆头，时间恐怕不多了，但还是依照指示，戴好外科口罩和手套，跟着她走进了嗡嗡作响的阴森内室，那里像个洞穴，给人一种安静且忙碌的感觉，所有的焦点都汇聚在那些躺在床上受病痛折磨的人身上。爸在远处的角落，身上插着各种各样的导管，可它们却给人一种截然相反的印象，仿佛正从他体内吸取活力，给另一具躯体提供能量。他盖着绿色的被子，看起来皱巴巴的，像是被剥了皮。倒不至于瘦得皮包骨，但也很接近了。比我印象中还要不成人样。

你好，爸。是我。安东。

他大声说出口了吗？总之，他仿佛被一种意想不到的久违情绪击中。他惊讶地发现，我身体里的一部分是在乎的。是啊，我身体里的一部分真的很在乎。

我会让你单独待一会儿，那位表情冷酷的护士说道。

她把他周围的幕帘拉上，但不足以将整个病房挡在外面。安东可以看到隔壁床上有个黑人，全身绑着绷带，活像个木乃伊。维沃尔德一定正在他的坟墓里打转，不敢相信他们还没有给医院改名。那个被包裹住的男人大声呻吟着，不像是在说话，除非说的是某种陌生的语言，痛苦的语言。种族隔离制度已经倒台，你瞧，现在我们离彼此很近，如此亲密，会死在一起。我们仍需解决的，只有那些针对活人的遗留问题。

你好，爸，他又说了一遍。

然后坐在那里，等待着。等待着什么？永远不会有答案。必须做点什么的，是我。可他必须做的那件事，我之所以会来这里的原因，我不知道是什么。

听着，他对父亲说道。他们之所以让我俩单独在一起，是因为我应该对你说些什么。我应该说对不起。但你永远不会从我口中听到这句话。你听到了吗？

（我没听到。）

妈死的时候，我简直疯了。我一度真觉得是我杀了她。我当时精神状况不太好。但我说过的每句话都是认真的。在你找到宗教信仰之前，对我妈妈来说，你就是个爱喝酒的混蛋，在此之后，你又变成了一个清醒的混蛋。你对不起她，可即使在她死了以后，你还是觉得是她对不起你。你误解了她，也误解了我，我永远不会跟你说对不起。你听到了吗？

不，他没听见。从此以后，马尼什么也听不见。虽然他躺在那里，备受关注，但对他来说，医院、床、幕帘和儿子都不存在；当然，安东此时说给他听的那些话也不存在，它们和他并不处在同一个世界。尽管很难描述他到底在哪个世界。

想象一条暗无天日的地下隧道。某个类似的地方，他骨子里的一道裂缝，爸已退到了那里。他血液里的激情（哦，不，是毒液）驱使他沉入那里。还将驱使他去往更深处。漂浮在烟雾之上，那烟雾来自邪恶且有毒的梦境。伴随着最后的微光和余烬，源自某个声音。在说些什么？什么也没说。我如今、过去都活得很荒唐。偶尔会有一个粗糙的身影猛然掠过，还没完全认清，便已消失不见。我的生活。那个时候。阴影的阴影。往下沉，接近事物粗粝的真相。然后进入其中。

赫尔曼·阿尔贝图斯·斯瓦特于一九九五年六月十六日凌晨三点二十二分逝世，当时等候室里空无一人。他的亲人都回了家，回到了各自的床上，打着鼾，放着屁，喃喃自语，翻来覆去，直至黎明到来。他去世时只有一个人在场，是位名叫瓦西达的穆斯林护士，她偷偷在他面前背诵了一段《古兰经》，我们来自真主，必将归于真主[1]，但并不知道这样贸然介入是否会对他的灵魂产生任何影响。

一小时后，消息传到了阿斯特丽德那里。诺基亚的铃声将她从睡梦中唤醒，这声音她还没听习惯，这台该死的机器才到手几周，还不清楚那些按键的工作原理；手忙脚乱的她花了很长时间才把灯打开，然后总算接通了电话。事到如今，她已经知道接下来会发生什么，否则他们怎么会在这个时候打来电话呢？她能做的，就只有抗议，仿佛这么做会改变结果。不，这不是真的！可这确实是真的，从今往后也永远不会改变。

她丈夫给了她一个拥抱，他非常肯定此时有必要这么做。阿斯特丽德的脸色很苍白，显得很虚弱，于是他决定接下来应该给她来一杯加了糖的茶，随后

1　原文为 "Inna lillahi wa inna ilayhi raji`un"，是《古兰经》中的一句经文，本为阿拉伯文，此乃经拉丁文转写的对应版本。

便穿着秋裤，拖着脚去了厨房沏茶，却没注意到自己的妻子正身处风暴之中。

是的，此时此刻，阿斯特丽德正被一股可怕的疾风卷走，这股无形的巨大力量将原本牢牢抓着什么的她夺了过去。她一边飞，一边到处乱抓，大声叫喊。最后，她发现自己被吹到了一扇门上，门位于某条走道的尽头；她虽然很虚弱，但还是用尽全力敲着门。

谁啊？

是她哥哥的声音，轻柔而冷静。仿佛他一直在等她来。

她的力气太小了，几乎拧不动门把手。灯亮着，安东挺直身子坐在床上，膝盖上搁了个笔记本。他看着她试图开口，却失败了。

出事了，他说。

她拼命点着头，随即瘫倒在床上，发狂似的抓起床罩。虽然说错了话，但总算是开了口。我们现在都是孤儿了！

他心平气和地看着她，有些心不在焉。什么时候的事？

什么时候？我不知道。医院刚才打来了电话。我们本该陪在他身边！他们为什么让我们回家呢？

有什么区别呢？

什么区别？你怎么能问出这种问题来？

这已不是她哥哥头一回让她大吃一惊了。就像是把望远镜拿反了，用另一端看着他。不过，他眼中的妹妹倒是因此而突然变得无比清晰。我昨天还陪着他，阿斯特丽德心想，他当时还活着，还有呼吸，现在却死了，断了气，这怎么可能呢？但安东又一次看穿了妹妹的心思，如此明白无误，仿佛两人一个是铃铛，一个是铃舌，他知道，她感受到了自己的死亡。如果这件事会发生在我们父亲身上，那它也有可能发生在我身上。完全消失，不复存在。她在恐惧中哀悼着自己。

她丈夫发现这副模样的他俩时正在走廊上溜达，手里还用托盘端着一杯茶，只见他那位心烦意乱的妻子正在为客人准备的卧室里，躺在她哥哥的脚边。安东（在他看来，安东是个相当古怪的人）则选择在这一刻往笔记本上匆忙写着什么。

（……）

昨晚他没有回家，而是要求借住在阿斯特丽德和迪安位于阿卡迪亚[1]的那栋破旧小房子里，和他俩一起过夜。他觉得自己还没做好回归的准备，这似乎比待在农场里，和玛丽娜姑妈、奥吉姑父待在一起好，爸不在的时候，他们留守在那里。但此时此刻，在所有人都很茫然的时候，他觉得有一股力量在拉扯着他，将他拉向某个未知的中心。

　　没事的，他一边小声安慰着阿斯特丽德，一边漫不经心地用手抚摸着她的头发。如果他能选择怎么死，这便是他做出的选择。

　　什么？被一条眼镜蛇给咬死？为了什么呢？他离打破纪录还远得很。他只坚持到了第六天！

　　很明显，他妹妹伤心欲绝，或者说，她下定决心，拒绝接受别人的安慰。这倒让他想起还有另一个妹妹需要通知。

　　你联系上阿莫尔没？

　　她没有回过电话。我也没再试过，反正之前也

1　阿卡迪亚（Arcadia）是比勒陀利亚的一个郊区，有不少历史建筑、大使馆和酒店，并因此而闻名。南非政府办公地与总统官邸也位于该区。在古典文学中，阿卡迪亚也指世外桃源。

没有新消息！现在得有人来告诉她了。

我来吧，他说。把她的号码给我。这是个能让他从这一悲情场合脱身的法子，不过他的确有必要把这些消息告诉自己的小妹妹，他是真心这么觉得，也因此觉得很有趣。在日记中把这件事记录下来，以便日后好好思索一番。与此同时，得离开这里。现在，家中的所有人都醒了。七岁的双胞胎尼尔和杰西卡已经感受到了母亲的痛苦，都哭得很伤心，迪安则无助地转来转去，劝大家冷静。安东退到了书房的电话旁，书房里相对安静一些。这里很冷，正值隆冬，黎明即将到来，也是一天中最冷的时刻。而且也非常早。伦敦甚至更早，早了整整两个小时。可消息，尤其是坏消息，就像病毒一样，希望被传递，渴望被传播，这是它们的天性。

铃响三声后，一个带着睡意的男人接了电话，操着一口地道的英语，说起话来干净利落。他告诉对方他想找谁。

不好意思，阿莫尔已经不住在这里了。她一个月前搬走了。

那你知道我能在哪儿找到她吗？我有急事找她。

请问你是哪位？那人渐渐清醒过来，声音也变得冰冷而尖锐。你知道现在是几点钟吗？

我是他哥哥，安东。很抱歉打扰到了你，但我确实有重要的事情。

她从来没有提到过自己有个哥哥。

有意思。不过这并不能改变我是她哥哥的事实。

好吧，安东，要是她跟我联系，我会告诉她你打过电话。如果你真是她哥哥，我确定她肯定会给你打电话的。

他吸了口气。请替我转告她，我们的父亲被一条蛇给杀死了。接着是一阵长久的沉默，只能听见电话里传来的静电声。喂？你还在听吗？

你不是在开玩笑吧？

既然你这么认真——恐怕不是。

呃，节哀顺变，那人的语气缓和了一些，说道。

为什么要这么说？你又没见过我父亲。请告诉阿莫尔，她需要给家里打电话，这样就够了。

几小时后，她给农场打了电话，但没人接，电话便一直响个不停。同样的声音一遍又一遍重复，视线范围内却无人应答，本就孤独的铃声也因此显得愈发孤独。一端是铃声，另一端是阿莫尔。她身在远方，这一切却因她而起。

一分钟后，她放弃了。在那里坐了一会儿，随后又试了一次。她知道现在不会有人接电话，但她在追寻别的东西。她听到耳边传来微弱的嘟嘟声，几乎像是变魔术一样，让她仿佛置身于回荡着那声音的空房间和空过道。那个角落。那些装饰。那个窗台。她闭上眼，倾听着。内心满是渴望与厌恶。事情为什么会变得如此复杂？从前，家只有一个含义，而不是一大堆自相矛盾的含义。

这是阿莫尔这段时间以来头一次想到农场。她已经明白，或者一直都明白，如果你想前进，最好不要回头。离开南非后，她所做的，就是不断前进，至少不要停下脚步，她有时也不确定该去往哪里，于是不断换着房间、城市、国家和同伴，还没看清楚，这一切便如风景般飞速从身旁掠过，我心里有一股力量，让我没办法停下来。

不过，她明显已经停下来了。她就那样坐在扶手椅上，（若忽略掉她在抽泣）简直纹丝未动。身处错误的半球，在窗户旁眺望着一条陌生的街道。她突然觉得一切都变得非常平静，没有变化，而且莫名其妙地乱了套。我在这里干什么？她想，虽然也许并未用语言来思考。从女孩变成了女人，体型也变了。身上只有几处几乎没有变化，包括脚上因烧伤而留下的疤痕，虽已褪色，但仍然很明显，而且不知怎么回事，现在又疼了起来，仿佛收到了来自过去的信号。

当天晚上，她坐上了回南非的飞机。于她而言，回归并非一种行为，而是一种状态，一种让她猝不及防的状态。很突然，很细碎，如同让人眼冒金星的剧烈脑震荡，一种冲击。在所难免，却也难以忍受。旅途中，她睡不着觉，凌晨三点时发现自己在厨房区踱着步，而飞机此时正位于乍得上空十公里处。人生如此平凡，又如此奇怪。且如此微妙。再往前走，你可能就会没命。从现在开始，这架飞机可能会分解成百万块燃烧的碎片。

这一幕并未发生。几小时后，她坐在一辆出租车的后排，被司机载着前往农场。她已经跟司机谈好了特价车费，司机阿方斯是个中年男人，最近从刚果来到这里，想要过上更好的日子。他对这座城市还不够了解，不该走这条路的，在市中心的街道上磕磕绊绊，于是不断用法语道歉，但她并不在乎，延误反倒是种解脱，她很喜欢待在起点与终点之间的感觉，刚刚离开，尚未抵达。

车窗外的景色有些令人惊叹。虽然她并未意识到，但外面颇有一种喜庆的氛围，因为昨天是南非青年节[1]（距离索韦托起义[2]已经过去了十九年），是个公休日，而今天是橄榄球世界杯赛[3]的半决赛，南非将在晚些时候对阵法国，人行道上人山人海。市中心从来没有像这样过，许多黑人正在随意四处游荡，仿佛他们属于这里。这座城市几乎像是个非洲城市了！

可接下来，你来到了通往农场的那条路上，一栋栋建筑消失以后，古老的土地露出了衬裙之下晒得发白、寸草不生的身躯。白昼本身有一种骨感的光泽，光线从凛冽而晴朗的天空倾泻而下。这一切你早

---

1   南非的青年节（Youth Day）为每年的 6 月 16 日，旨在纪念 1976 年的索韦托起义。

2   索韦托起义（Soweto uprising）发生于 1976 年 6 月 16 日，是由南非黑人城镇索韦托的黑人青年发起的一系列反对南非国民党及其种族隔离政策的起义，最后遭到了白人军警的镇压。事件在数日内迅速蔓延至其他小镇，持续到 1977 年才得以平息。

3   橄榄球世界杯赛（Rugby World Cup）是一项由国际橄榄球理事会举行的最高级别的国际性联合式橄榄球（亦称英式橄榄球）赛事。该项赛事每四年举办一次，首届于 1987 年举行。

就了如指掌，但在你经过黑人居住区，出现在农场入口处时，你还是直接看向了那座巨大而丑陋的教堂的尖顶。虽然教堂在她离开之前便已竣工，但它看起来仍让人感到震惊，显得无比突兀。高海拔草原第一启示会，不过阿尔文·西默斯从未向他人透露过自己受到了何种启示。尽管如此，教堂外还是聚集了很大一群人，空气中则弥漫着赞美诗的歌声。

这时，她留意着可能出现的变化，但其他地方似乎没什么不同。大门、碎石路和小山的山顶都一如过去，山上那棵扭曲的黑树很显眼，立即吸引了你的目光。你不在的时候，曾在思绪和睡梦中回到过那个地方。

房子周围停了一大堆汽车，这一幕也似曾相识，将她带回了某个时刻，让她感到心神不宁，起初她没能想起到底是哪一刻。随后她想起来了。九年前的那一天，妈，死了。自此以后，发生了许多变化。我的身体，我的国家，我的想法。我拼了命从大家身边逃开，过去却伸出了它小小的爪子，将我拽了回来。

停车，她说。出租车停在了车道尽头。她把钱给了阿方斯，然后用树木作掩护，悄悄绕过房子侧面，从后门溜了进去，以免与人交谈。但在厨房里，她遇到了她哥哥。他们俩都一动不动地愣在了那里。

呀，真没想到，他最终用蹩脚的南方口音说道。我居然能见到阿莫尔小姐。

安东。

接下来，两人陷入了沉默，但一切尽在不言中。

老实说，我几乎没认出你来。

呃，你倒是没有变化。

也不尽然。他一直都很精瘦，但他如今似乎愈发瘦削，再这样下去，怕是会瘦得只剩一口气了。他的发际线略有后退，额头上的那道旧伤疤也因此显得更加明显。但在其他方面，外表还是老样子，虽然内在也许发生了变化。

这一刻，他俩本该拥抱，可两人都未行动，时机就这样过去了。

欢迎回家，他说。当然，现在的情况不太好。

是啊，她说。我也这么觉得。

在安东看来，情况可能一直不太好，生活的真相便是如此，可他此刻异常愤怒，愤怒得有些反常。他刚到没多久，一小时前才到，还没去过农场里那个已经贡献给阿尔文·西默斯宗教/资本事业的角落，阿斯特丽德提起过这件事，但他没太当真。那座可怕的教堂擅自占据了那里，就像是，就像是，好吧，不知该把它比作什么，但这让他感到十分烦恼。随后他走进家中，却发现他父亲一直在用他的房间做储藏室，房间里每一处可用的表面都堆满了垃圾。此时，他手里拿着一个纸箱，箱子里装满了来自爬行动物公园的各种杂物，包括书本、图片、传单，以及一个镶着玻璃眼珠的旧蜥蜴标本。他用下巴比画了一下。

正打算清理一下我的卧室，他说。

很难想象这不是故意的，毕竟家里还有许多其他空间，但爸想埋葬我。安东自己一直在一点点地揭开卧室原有的模样，将每个盒子、每件物品搬到车库，扔在那里。熟悉的家具逐渐浮现，床、桌子、椅子，童年的地貌重见天日。还得收拾很久。

那我的房间呢？阿莫尔问。也满了吗？

你的房间？不，不。跟你离开时一个样。

他之所以知道，是因为他当然去她房间检查过。

好吧，她说。那我去放一下行李。

但她并没有去。两人都摇摆不定。

你要留下来吗？

我不知道，她说。我才刚到。

好吧，你把一个伤心的人留在了伦敦。都不相信你有个哥哥。

噢，她说，觉得自己的脸颊火辣辣的。对不起。

那男人是谁？

谁也不是。（詹姆斯。）只是我认识的某个人。

啊，初恋。总是那么动人。这位神秘的国际女性，那你就保持沉默吧。需要帮你把背包拿到楼上去吗？

我背着它环游过世界。我想我自己能搞定。

他看着她爬上二楼，嘴唇扭动着，露出了一丝抽搐般的笑容。很好，很好。一走就是几年，结果神秘人变成了女妖精。真是大变样。很明显，我这个不合群的小妹妹总是异于常人。

尽管阿莫尔面无表情，但短短几秒钟内，她便觉得内心掀起了巨大的波澜。大哥总是有这个本事。她沿着过道往前走，经过一扇扇房门，走进自己的房间。在她看来，房间里的一切都没变，不过每一处表面都落了一层薄薄的灰。这里有一阵子没人打扫了。

她把背包放到地上，站在原地，环顾着四周。不着急把行李拿出来，还不是时候。没必要急匆匆来到触地得分[1]的那一刻。继续保有幻想，幻想自己仍然在四处奔波，仍然没有家。

不过，你很快就得下楼，你当然得下楼。她很惧怕这一刻，但洗个澡、换身干净衣服会让她好受一些。她在卫生间的镜子里看见了自己，这时她惊奇地发现，这样一张脸居然长在她身上。最近，她有好几次被人夸长得漂亮，她却不信。她记得很清楚，以前，对她这个名字做出回应的，是一个皮肤油腻的矮胖女孩。但那个女孩如今已经被另一个人取代，我觉得那个人不太像我，但的确是我。至少，我披着她的这副皮囊。

她总是对自己的长相做出错误的判断，总是选择错误的衣服、发型、项链或香水。于是她决定一切从简。最自然的做法是不化妆，不戴首饰，也不如人所愿打扮得过于彰显女性气质，只展现自己原本的样子。有时候，赤身裸体似乎是最佳方案，但很不幸，

1　原文为"touchdown"，乃橄榄球术语，指在对方球门线后持球触地。该词也可以指（飞机或宇宙飞船的）着陆、降落。

你没办法以裸体示人。总得穿点什么，这很有必要。洗完澡，擦干身子后，她穿上了一条蓝色的棉质连衣裙。她很想穿凉鞋，但不想露出受伤的脚，尤其是少掉的那个脚趾，便从衣橱里选了一双单鞋。她的头发很长，她喜欢把它扎到后面，这样不会碍事。在她看来，总的来说，自己打扮得既普通，又朴素，不至于讨人厌。

尽管如此，她一走进客厅，便能察觉到自己的到来几乎在那一小群人中引起了骚动，仿佛池塘里泛起涟漪。噢，哎呀。真是大变样! 你敢相信吗? 大家渐渐朝她靠拢，聚集在她周围，这群人中最兴奋，或者说最恐慌的，是那些与她相熟的女人。

天哪，瞧你都瘦成什么样了! 玛丽娜姑妈暂时一扫先前的沮丧，捏了她一把，同时也在偷偷掂量着她到底瘦了多少。我们可得把你养胖些! 吃块鸡肉馅饼吧!

我不吃肉，阿莫尔提醒她说。

还是不吃吗? 噢，我以为你早就不吃素了……

玛丽娜再度愤愤不平起来，她怨恨自己的侄女在多年前无缘无故吃起了素，让大人们陷入了恐慌。

都怪那次可怕的露天烤肉派对！她隐约觉得，这种做法就像在传播一种集体主义情绪，蕾切尔去世时，家里人之所以会感到不安，也与这种情绪有关，而现在，它似乎已经感染了整个国家。

动物感受不到疼痛，她解释道。跟我们不一样。

她本可以继续说下去，可就在这一刻，她另一个侄女，那个原本像卫星一样，一直盘旋在空中的侄女，突然间坠落在了地球上。

阿莫尔，阿斯特丽德说，声音小得几乎听不见。天哪！

众人之中最感到难以置信的是阿斯特丽德；她那张妆容之下的脸，仍然显露出她内心挣扎的迹象。怎么会变成这样呢？她不可能是我妹妹，除非，这是个冒名顶替的人。

我不信，她说。看啊。看看这头发。看看这皮肤。

她们抱在一起，只用指尖触碰彼此，噘嘴作势要吻，却没直接吻下去。可阿斯特丽德还是忍不住碰了碰妹妹，她本有可能号啕大哭，好在她那对双胞胎这时打闹了起来，她便抓住他们的手臂，将他们拽进家里相对冷清一些的地方，终于在那里落了泪。迪安跟了过来，她将两个孩子推向他怀中，仿佛指责了他两遍。喂，她哭喊道，你总得派上点用场吧，说罢便匆忙跑开，把自己锁在了卫生间里。

阿斯特丽德跪在马桶前。今天，她几乎不需要手指就能做到。很可怕，很不自然，无论多少次都不习惯，而现在，甚至已经不起作用了，体重不断增加，却无力阻止，她的牙齿也变得一团糟，都怪那些胃液，必须停下来，必须，必须，但在这一刻，这么做恰如其分，既是为了惩罚自己吃下那些鲜奶挞，为什么不克制自己，也是为了惩罚自己在阿莫尔身边竟如此难看，天哪，她到底是怎么变成这样的，以前胖得跟头猪似的，跟性感完全不沾边，可在她离开的这段时间里，一定发生了什么。

阿莫尔溜出客厅，离开了人群。她跟每个人都打过招呼，虽然有必要和他们闲谈，可她做不到。这并非她的强项。最好还是退回厨房里，寻找你真正思念的某个人。

萨洛米。/ 阿莫尔。

她们轻松地抱在了一起，一点也不费力。温暖的手，紧紧握着。轻柔地摇晃着。松开。

你还好吗？

我不知道。今天头一回如实回答这个问题。

啊，真遗憾，萨洛米说。

她明显老了，皮肤上的皱纹也更深了，尤其是嘴巴和眼睛周围的皮肤。萨洛米那张失望的脸开始变得坚硬起来，就像她脚底厚厚的老茧。她仍然没穿鞋。在这栋房子里，她永远不会穿鞋。

节哀，她说；没必要解释她到底是什么意思。不过她并不是在为马尼哀悼。他并不总是尊重她，而且，自从蕾切尔夫人去世后，他一次也没提起过她那栋房子的事情，然而现在情况也许会有所变化。

（你会帮我吗？）

虽然没有大声说出口，但阿莫尔听见了，仿佛说话声很大。隆巴德家的房子，母亲的遗愿，父亲的承诺，这其实是好几个问题，尽管她觉得它们就像是同一个问题，这些问题跟着她环游了世界，在某些特定的时候会困扰她，就像一个陌生人在街上纠缠着她，扯着她的袖子，呼喊道，关心一下我吧！她知道自己别无选择，终有一天，她不得不回答，可为什么那一天非得是今天呢？

我们回头再聊，她对萨洛米说。

她有些心烦意乱，客厅里传来一阵骚动，有些人提高了嗓门，她急忙走了进去。在如此严肃的场合，角落里的电视却被人打开了，音量调得很低，那个方向明显与周围不一样。气氛非常紧张，因为他们一度似乎真的只能取消比赛，德班的雨非常大，今天我们要是比不了赛，就会被淘汰出世界杯。依旧风雨交加，闪电在国王公园球场上空嘶嘶作响，但比赛总算开始了，两支队伍像角斗士一般，仿佛身处末日，在黏稠的泥浆中相互碰撞、摩擦。

这时，大家既狂热，又爱国，虽说大多数队员都是白人，整个国度都在支持跳羚队[1]。尽管大雨滂沱，但有一大群人在观赛，其中有许多黑人面孔。这么多的人都在咆哮个不停，你很难不觉得大家的心是齐的，走上民主之路一年以后，我们都团结在了一起！甚至连奥吉也激动得满脸通红，并不只是因为喝了克利普瑞夫特[2]，而且新南非的确让他感到非常不

1　跳羚队（Springboks）是南非国家橄榄球队的昵称。

2　克利普瑞夫特（Klipdrift）是南非的一款高度数白兰地酒。

快。但他不得不承认，能够再次参加国际赛事的确是件好事。让我们有机会打败来自遥远国度的朋友，而且，嘿，几周前我们真的把那些萨摩亚黑鬼[1]打得找不着北。[2]

可玛丽娜姑妈不同意。谁打开的？现在真有这个必要吗？

奥吉叹了口气。不知怎么回事，这个世界总是处处跟他作对，让他如不了愿，但现在不是反抗的时候。他关掉了电视。

马尼的确死得很不是时候。要是过了淘汰赛这一关，我们就能进决赛了，也就是一周后的今天。阿斯特丽德突然想到，日期真的很重要，众人似乎已经默认由她来筹备葬礼。不能和比赛的日期冲突！这样一来，出席葬礼的人数一定会少很多。

我有个想法，安东说。我们可以节省餐饮开销。

阿斯特丽德刚才还沉浸在悲痛中，此时已恢复了气力，也重新镇定起来，但她眼下还经不起她哥哥

---

1 原文为"floppies"，为南非英语，单数形式为"floppy"，是对黑人的一种蔑称，带有很强的种族歧视色彩，类似"Negro"一词。

2 1995年6月10日，在橄榄球世界杯赛的四分之一决赛中，南非队以60比8大胜萨摩亚队。说是"几周前"不太准确。

一吓。不让他干什么，他就偏要干什么。只要有观众，他就一定会这样。她今天特别生他的气。在过去的一刻钟里，他一直在客厅的角落里哗众取宠，所说的，是一个他再次谈起的话题，也就是阿尔文·西默斯应该对他父亲的死负责。罪大恶极，所作所为几乎无异于谋杀。

噢，别这么说，迪安不安地说道。谋杀可是个大词。迪安是名会计，负责给爬行动物公园做账；在他看来，实事求是非常重要。马尼被一条蛇咬了。这是场意外。

这件事里可不止一条蛇，玛丽娜姑妈小声说道。

他本人同意了。他也签了合同，并且采取了所有可能的预防措施……

我能证实这一点，马尼的生意伙伴布鲁斯·赫尔登赫伊斯说。他年纪较长，留着八字胡，愁容满面，行事非常认真，说起话来轻声细语。他今天专程来农场讨论此事，以确保他们想法一致。"鳞片之城"最不想看到的，就是被自家人告上法庭。我们注射了正确的抗蛇毒血清，一切都是按规矩办的。他却出现了不良反应，这就没办法了。

被眼镜蛇咬伤后出现了不良反应，安东说，应该不难预测，对吧？我父亲到底在那个玻璃笼子里干什么？在大庭广众之下接受信仰的考验，但显然失败了，可这么做是为了什么？为了给教会筹集资金！想打破与蛇群共处的世界纪录！支持我们这位虔诚的信徒在毒蛇的巢穴里与撒旦搏斗！就像在狮子坑里的但以理一样[1]！简直是乱来，实在是太疯狂了，只是个贪婪、愚蠢的噱头，而这么做都是为了支持一个骗子牧师的工作。我父亲自己绝不会想到这一点。

没错，布鲁斯大致弄清了事情的来龙去脉，说道。没问题，如果他们想责怪牧师，那就让他们责怪去吧。仔细想想，他们确实说得有道理，可怜的老马尼被耍了……

好吧，迪安不安地说道，可这是他自己选的，不是吗？

你最好想开点，阿斯特丽德说。她在跟安东说话，因为她看得出来，有些事情安东并不知情。依照安排，葬礼将由阿尔文·西默斯负责。

1　但以理（Daniel）乃《旧约·但以理书》中的主要人物，他曾被投入狮坑，但最终完好无损。

你这话是什么意思?

他会主持爸的葬礼。

让安东大吃一惊并不容易,但他此时突然脑中一片空白,像休克了一样。噢,不。

呃,他确实会。

不,他不会。除非我死了——请原谅我这么说——否则那个白人萨满休想主持我父亲的葬礼。

可现在大家都看着他,却不说他们在想些什么。

怎么了?他说。到底怎么了?

呃,迪安不高兴地说道。还有件事。你得跟那位女律师谈一谈。

什么女律师?

家庭律师最近退休了,他女儿接管了他的事务所。谢丽丝·库茨年近四十,有一种别样的美,看起来像只饱受摧残的牛蛙,令人难以忽视。她之所以来这里,一是为了悼念死者(她父亲和马尼同流合污了很久),二是因为玛丽娜·劳布舍尔要求她今天必须到场,由她来传达一条重要消息。

什么样的消息?

是这样的,她说。我相信你比任何人都清楚这起持续已久的家庭纠纷的原因……

不是纠纷。是分歧，可以这么说吧。大概产生于我母亲的葬礼期间。

纠纷，分歧，她说。随你怎么说。

她和这个不太好相处的长子离开客厅，退到了马尼的书房。房间很小，一张木桌占据了大量空间，挤在角落里的他俩便显得有些局促。她的每个动作都会被手镯和珍珠擦碰时发出的细小声音放大，伴随着这种嘶嘶的刮擦声，她用护理过的绿色指甲尖从一只看上去很实用的黑色公文包里抠出一份文件，把它们在膝盖上铺平。确切地说，只有一张纸，底下有爸潦草的签名，似乎是眼下最为重要的文件。

安东的膝盖无意间碰到了她的，于是他赶紧挪开了腿。对不起。他察觉到一种陈腐且本能的欲望浮上了心头。她傲慢而慵懒，一双眼睛藏在镶有人造宝石的阅读镜后，如鹅卵石般冰冷，这些都让人感到好奇。此外，她似乎有点喜欢她即将宣布的消息，那身职业盔甲上裂开了一小道缝，从中透露出一丝残忍的味道来，他却偏偏被激起了兴致。伤害我吧，宝贝，我受得了。

她语调呆板地大声读着文件，然后摘下眼镜，将那一页纸放下。期待地看着他。

想。都。别。想。

决定权无疑在你手中，她说。不过你得明白，如果你拒绝，你就不能从你父亲那里继承任何东西。文件里写得非常清楚。

这也太卑鄙了吧。这合法吗？

我亲自起草了这份文件。我可以向你保证，文件完全合法。这是你父亲的遗产，他喜欢什么样的条款，就能制定什么样的条款。

他一跃而起，仿佛打算离开，却在有限的自由空间里踱起步来，他绕过木桌，走到门前，没走几步，便走完了全程，就这样一趟又一趟地来回走动，被心中那股莫名的焦虑驱使，想找到出口。

她注视着他，对他的痛苦感到好奇。我不明白，她终于说起话来。只用说声"对不起"就行了。三个字而已。这有什么大不了的？

你是律师。你应该知道文字比什么都重要。

在法庭上也许是这样，但在这里并不适用。其他人甚至都不会听见你说了什么。

他停下脚步，注视着她。他说话时声音微弱，仿佛被扼住了喉咙，经过重重阻挠才发出声来。你知不知道……可他没办法把话说完，话说到一半，便咽了下去。该如何表达这种折磨人的强烈渴望……他在渴望些什么？你甚至都不知道自己想要什么，安东。

他转而用手指头数起自己将付出什么样的代价。首先，建造他那座教堂的土地将归他所有。接着，他会主持我父亲的葬礼。然后，你又告诉我他也是遗产的受益人。而现在，我还得在他面前低声下气。他那贪婪的手难道就无处不在吗？

这一切都是你父亲的想法。

他是受人摆布，才会有这样的想法！我敢跟你打赌，甚至连惩罚我的法子也是那个小偷想出来的。他突然再次坐在椅子上，椅缝处随即冒出一团灰尘。恕难从命。对不起。

不管你俩之间有什么矛盾，她说，你父亲从未放弃过你。我能在这里抽烟吗？她走到窗前，将一支薄荷味香烟塞入一个长长的陶瓷烟嘴里，点燃烟，站在那里，一边吞云吐雾，一边侧着身子看着他。他本可以跟你断绝关系，但他想给你一个机会。

一个丢人现眼的机会。

这只是你自己的看法。

我的看法便是事实。我父亲对于罪过与惩罚的见解都来自《圣经》，相信我，事情发生时，我就在现场。他当时知道自己在做什么。如今我若想得到宽恕，就得贬低自己。让我在那个骗子面前跪下！不，不，这么出格的事我干不出。

安东口中的那个骗子即阿尔文·西默斯，自从他单干以来，已然成为一个备受尊敬的人物。上帝近来待他不薄，他有一大群有钱的信众，他们会定期给他捐款。那具丰满的身躯如今和他相得甚欢，填满了他新买的碳色西装，从袖口和衣领处溢了出来。他的头发也变成了漂亮的银色，至少利蒂希娅是这么告诉他的，她每天早上都会温柔地为他梳头。当然，他自己看不见。他现在已经完全看不见，或者说已接近失明，只能模糊地看到一两团黑影。他斥资买了一副新眼镜，配了几乎全黑的镜片，镜框很大，是方形的，他用指尖摸过，觉得手感极佳。更别说他新买的那样东西了，他宝贝得不行，是块会说话的腕表。

哔哔，手表说，现在是十一点三十分。

不好意思，他对他的访客说道。我本该把它关掉的。

安东既着迷，又震惊，在他看来，此人身上的一切都很奇怪，而最为奇怪的，当属那块又大又丑、还会说话的表。他想让它再次说话，但他得等上十五分钟。

他们正坐在牧师新家的客厅里，新家位于玛克伦诺克[1]，客厅朝北，光线很充足，窗外可以看到假山。阿尔文和他的配偶（对不起，是他妹妹，绝无不敬之意）早已抛下了荷兰归正会教会后面那栋潮湿的小房子，毕竟上帝已将荣华富贵赐予了他。情况已经发生了很大的变化。他已不再自称牧师，最近，他成了资深牧师[2]，向他那些顾客（嗯哼，即他的信众）兜售的，是一种更为温和的救赎之道，以便人人皆可受益。这位牧师从未过分关心世俗财物与资产，不管

1　玛克伦诺克（Muckleneuk）是位于比勒陀利亚东南部的一个社区。

2　第一部分中，阿尔文·西默斯的头衔均为 "dominee" 或 "minister"，而此处变为了 "pastoor"，该词源自南非荷兰语，相当于英文中的 "pastor"，这三个词均可粗略译为 "牧师"。但与前两者相比，"pastoor" 一职资历更深，职责更大，故将其译为 "资深牧师"，以示区别。

它们都是些什么，可哎呀，它们的确会让人活得更潇洒。

他也能非常潇洒地面对即将发生的事。他提前接到了通知，知道安东为何会来这里；复仇的滋味如此甜蜜，他已决意品尝一番。

今天加三勺糖就行了，他对正在倒茶的利蒂希娅说道。

她搅拌完毕后便退向一旁，好方便他们说话。但只是退到门边，坐到一把椅子上，以防有人召唤她。她将硬邦邦的双膝靠在一起，如鸟儿啄食一般，偷偷小口喝着茶，喝得很快。

我来这里是为了道歉，安东对他说。

你为什么要道歉，孩子？

（你很清楚为什么。）因为我九年前不该对您那样说话。我当时有些不对劲。我说的都是气话。

为此安东不得不事先排练，甚至得对着镜子练习，让自己做到喜怒不形于色，不过总的来看，此举似乎有些多余。他浅浅地笑着，露出了牙齿，强忍着不把自己的真实想法说出来。

哎呀，大可不必，牧师／资深牧师终于拿定了主意，都是陈年往事了。

不过。

上帝会宽恕一切，他宣称；一时间，他将自己和造物主混为了一谈。别再多想了。

好吧。安东非常乐意照办，不过他怀疑，自己在未来相当长的一段时间内都将惦记着这件事。他背对着牧师的妹妹，扮起鬼脸来，显得表情很狰狞，却也有些担心那副深色眼镜其实是个诱饵，但这位资深牧师依旧面不改色。

比起孝顺的儿子，他说，圣父更爱回头的浪子。

他老人家似乎总是待我不公。可世道就是这样。

上帝从不会待人不公！来吧，安德鲁，和我一起祷告吧。

安德鲁／安东／又名浪子没办法像牧师那样下跪，最多只能坐在椅子上弯着腰，试图让自己看起来很虔诚。他始终睁着眼，盯着橙色的地毯，与此同时，牧师正在感谢上帝将迷失的羔羊送回羊群，将冷酷的心变柔软，将愤怒化作谦卑，等等，而安东内心十分煎熬，十分痛苦。可谓冰火两重天。你没说实话，我也一样。我并未迷失，不温柔，也不谦卑。我那颗冰冷的心依旧向着你俩，两个不配做父亲的人。比以往更为冰冷。我是那匹狼，而不是那只羔羊。给我记好了。

哔哔。现在是十一点四十五分。

哎呀，不好意思，还在做着祷告的牧师说道。我本该把它关掉的。

没过多久，安东便坐上了父亲的那辆奔驰，飞快地离开了，他简短的投降仪式也就此告一段落。你瞧，搞定了，女律师说得对，投降很容易。我嘴里有胆汁的味道。不，事实上什么味道也没有，毕竟软弱没有味道。

金钱就是一切。是塑造你命运的抽象概念。是写着数字的纸条，每一张都是神秘的欠条，赋予你权力的，不是实物，而是数字，且永远不够用。权力本可以救你，安东，让你离开这个国家，助你实现抱负。现在救赎自己也为时不晚，不过可能需要一段时间，等数字再度攀升。与此同时，你得深入挖掘，摸清真相，坚持下去。

他在一台自动取款机前停了下来，没有抱太大希望，可出人意料的是，她往他的账户里打了些钱。

有两千兰特[1]。不算太多，也不算太少。她为什么总是这么心善？热泪从他眼中涌了出来，直到他突然意识到，她这一次之所以给他钱，很有可能是想让他走开。他一边将脏兮兮的纸币塞进钱包，一边在心里不顾一切地给她行大礼。即使没有得到我的身体，你至少收获了我的感激。等我鼓起勇气时，一定会在稍后给你打电话。但实际上，他一直在想的，是德西蕾。

还得去一个地方，要么就不做任何停留。他确实把车开到了温克勒兄弟殡葬服务公司外的停车位上，此刻，爸正在那里，有人在为爸准备葬礼。他得知，如果他愿意，今天将是看望父亲的好日子。他不知道自己愿不愿意。我想和我死去的父亲做最后一次交流吗？我或者他会从这样的交流中得到什么呢？即使是现在，坐在那栋看起来更像市政办公室，而不像殡仪馆的低矮砖砌建筑外的他，也不知道答案。

然后他得到了答案，并且发动了引擎。尽管引擎声越来越小，还是传到了附近的房间里，在那儿，三兄弟中的老大弗雷德·温克勒已经在马尼身上忙活

1　兰特（Rand，全称 South African Rand），由南非储备银行发行的货币，于 1961 年 2 月正式发行，取代了之前的南非镑。

了几个小时。一切基础工作都已完成，孔洞都已清理干净，并用塞子塞好，以免体液流出。人在这一重要时刻会放下许多，你出生时是什么模样，离世时便是什么模样，大小便失禁，号叫个不停，但不要告诉别人。这部分证据必须清洗掉，以掩盖罪行。什么样的罪行？死罪。胡说，弗雷德，死者没有犯罪，你在为他提供一项服务，仅此而已。他已故的父亲（也叫弗雷德·温克勒）将这门技艺传授给了他们几兄弟，殡葬业是个带有家族性质的行业，否则谁会愿意做这一行呢，他父亲很久以前对他说过。你得让他们看起来很安详。死者的家人希望看到自己的至亲走得很安详。胡扯。他们真正想看到的，是他们的至亲还活着。他们愿意相信马尼只是睡着了。想求个安详的，其实是死者的家人。

你尽了全力。你可以使用很多技巧，用棉絮让塌陷的脸颊变得丰满，用胶水粘住松垮的部分。全都是障眼法。他是个敏感的人，本有可能成为画家，也可能是个同性恋，却在尸身上挥舞着化妆刷，用胭脂水粉遮瑕，实在是了不起。他的香水更是一绝，都是些没有商标的香水瓶，他全放在墙上的一个小镜柜里。人活着时便已很臭，之后就更臭了，就马尼而言，他的腿烂得很厉害。蛇咬伤的，是他的腿，状况真的很糟糕。幸好不是脸。你不知该拿伤口怎么办，只能把那边的裤子剪短，把它藏起来。只要棺材放得下他就行。

马尼的最终容器尚未选定，不过这件棘手的事目前正在处理中，在一墙之隔的接待室，死者的两个女儿正在咨询三兄弟中的老幺。弗农·温克勒胖乎乎的，汗流不止，一头金发日渐稀疏，穿着特别紧的裤子。他正向她们展示产品目录中的商品，说是产品目录，其实就是个打了孔的活页文件夹，里面的塑料护套装着点阵式打印机[1]打印出来的资料，以及廉价的即印照片。

我不喜欢那些配件，阿斯特丽德说。你觉得呢，阿莫尔？

她叹了口气。这真的很重要吗？

配件？弗农说。你是说花吗？还没定下来呢。

1　点阵式打印机（dot-matrix printer）是将计算机的运算结果或中间结果以人能识别的数字、字母、符号和图形等，依照规定的格式印在纸上的设备。

你得从另外一本目录里挑选胸花。

不是花。是拉手。我不喜欢那些廉价的拉手。

阿斯特丽德火冒三丈，但又难过得无法表现出来。尽管爸买了丧葬保险，她却被这些道貌岸然的罪犯激怒了，归根结底，所谓的容器不过是个木头箱子，可他们居然要收这么多钱。她不想待在这里，这间毫无特色的办公室铺着灰色的地毯，也像个箱子，角落里有一张桌子和一部电话。电话响个不停，总有新的死者需要下葬，悲伤永无止境；事实上，光秃秃的墙边随意靠着一些直背椅子，其中两把坐着一对年轻夫妇，正手拉着手号啕大哭。

我们可以换掉拉手，弗农·温克勒说。他厌倦了吵闹的姐姐，漂亮的妹妹则让他精神为之一振，他喜欢安静时的她们，他几乎可以想象……等等，不，他不能，不能在这里，穿着这条裤子不行。他曾在大庭广众之下出过一次那样的丑。

折腾了半天，阿斯特丽德最终选了顶级的乌班图牌[1]棺材，这个品牌非常与时俱进，眼下很受欢迎。

---

[1]　此处的"乌班图"（Ubuntu）疑为作者杜撰的一个品牌，该词来自南部非洲班图语，意思是"施人人道""乐于分享"。

产品目录上说，该款棺材色泽温暖，取材自经过高度抛光处理的柳桉木，尺寸宽大，尽显非洲的慷慨与开放。棺材盖中部装饰着传统的祖鲁族[1]串珠，内部则采用了绗缝工艺，织物紧贴着内壁，上漆时所选的主色调颇为柔和，灵感源自稀树草原。本地制造的银制拉手[2]也非常讨人喜欢。

她妹妹的态度就没那么讨人喜欢了，出来这么久，她几乎没说过一句话。真的，阿斯特丽德之所以带上她，只是想听听她的意见，可结果呢？

对不起，阿莫尔说。我对拉手之类的东西没什么特别的看法。

她这么说并不是为了讽刺谁，事实上，她对世上的那些小门小道一无所知，阿斯特丽德却说，好吧，如果你觉得我活得很小气，那可真是对不住了，但总得有人决定用什么样的拉手吧。

阿莫尔仔细琢磨了一下这句话。我并不觉得你活得很小气，她最后说道。

1　祖鲁族（Zulu）是非洲的一个民族，人口约 1100 万，主要居住于南非的夸祖鲁-纳塔尔省。串珠是该族服饰文化中经典的艺术形式。

2　原文为"silver full-swing bar grip handles"，指那种可以上下移动，自由调整角度的长条状握式拉手。

这番对话发生在阿斯特丽德那辆小小的本田车里，在回农场的路上。此时她们正身处城市的边缘，缓慢地行驶在车流中。两人间的对立情绪有所缓和，背景里传来七〇二电台播放的音乐，像是用吉他之类的乐器弹奏出来的，曲风很大胆。阿斯特丽德度过了无比煎熬的一天，天刚亮，孩子们便开始捣乱，迪安也一直在惹她不爽，而现在，围绕着棺材又发生了一系列闹剧。但不只是今天，甚至也不只是过去几天，事实上，很长一段时间里，她老是觉得不太对劲。已经有好几年了。

其实，她换了种声音说话，我确实觉得我活得很小气。

阿莫尔继续听着。

我不知道自己是怎么走到现在这一步的，阿斯特丽德说。

她为什么要向妹妹，一个她不喜欢的人，坦白这些呢？阿莫尔身上有某些让人放心的特质。过去，她如同一张白纸，傻乎乎的，仿佛脑子受过伤，而现在，她似乎变成了一个截然相反的人，沉默而专注，还很聪慧。她是个合适的倾诉对象。

我们当时没有采取保护措施，于是我怀了孕，然后做了傻事，和迪安一起跑去了地方法院，再然后，砰的一声，我这辈子就这么搭进去了。跟妈一样！我做那些事的时候没考虑过自己在做什么。这么说吧，干出那些事来的，是我的身体。我的心思却在别处。现在我有了两个孩子，累得要死，而且觉得自己不年轻也不漂亮了。

她皱了皱眉头。前面怎么堵车了？她按了按喇叭。我爱迪安，她说。我的意思是，我很喜欢他。我并不是不喜欢他。但我俩很不一样。

阿莫尔若有所思地点了点头。（你想离开他。

噢，不，不！我永远也做不到）阿斯特丽德透过挡风玻璃凝视着自己的未来，这时红绿灯变了色。但我确实有过婚外情，她几乎像是在说悄悄话。

阿莫尔再次点了点头。和谁？

一个来给我们装过安保设备的人。

想象这一幕时，你忍不住咯咯笑了起来。真的？

嗯，真的。阿斯特丽德也咯咯笑了起来，她的心情好多了，没想到谈论自己的罪过会让人如释重负。事实上，她的确觉得这是一种罪过，也希望得到宽恕。和她有一腿的那个男人叫杰克·穆迪，是个天主教徒，他曾说，他通过告解免除了自己的过错和不足，这让她很是着迷。也包括这件事吗？她想知道。嗯，他告诉她，也包括这件事，可还没到时候。

要知道，她发现自己说道，要知道，他和迪安特别不一样。方方面面都不一样！甚至连他的名字……是个很有男人味的名字，你明白我的意思吗？而且也很贴切[1]。他真的非常喜怒无常，特别容易因为我而吃醋，我很想念他的醋意……

要知道，她告诉阿莫尔，这件事还没有翻篇。我一直想着给他打电话。

可阿斯特丽德说得实在是太多了，她突然感到恶心，便用手捂住了嘴。怎么会这样？她妹妹又不是神父！

你不准把这些讲出去，她捂着嘴，生气地低声说道。我对你说过的话，你一句都不准对别人说！

当然不会，阿莫尔说。我为什么要这么做？

你看得出来她很认真，于是阿斯特丽德暂时平

1　穆迪的英文为"Moody"，作为形容词可指情绪多变、喜怒无常。

静了下来，但在她们回家后不久，她便觉得有必要躲进卫生间来清理心中的那团乱麻。她今天真的很想将体内的一切都吐个干净。可怜的、遭人误解的阿斯特丽德！不知怎么回事，你和妹妹互换了位置，阿莫尔因此走上了一条按理来说本该属于你的道路，这个想法让你异常痛苦，你却没办法将它吐出来。

不对。反正阿莫尔不这么认为。她也有自己的苦恼，它们也会让她筋疲力尽，不过她没主动提过，也没人问过，况且它们往往会在她独自一人时出现。比如，会出现在不久后，在她登上小山山顶，坐在一块石头上的时候。那是她最喜欢的地方，也曾见证过她的脆弱。她为什么会不断回来？

用自己的眼睛去观察。她觉得眼前的一切似乎比记忆中的样子要小得多，小山则要矮上一大截，而那棵烧焦的树只是一簇枯枝。往下看去，隆巴德家的屋顶就是个几何图形，一点也不起眼。

然而，那些色彩刺痛了她，仿佛它们很锋利；天空一望无际，无可置疑。在山下，农场不断延伸，化作丘陵、山谷和田野，与远处的褐色天地融为一体；她的确觉得世界很大，非常大。她曾亲自见过其中一部分。乡村看起来都一个样，却背负着种种法则，人们将这些无形、沉重的法则制定出来，然后以一定的角度在土地上铺开，用力夯实，如今，所有法则都在变化。她虽然回到了老地方，但老地方也有了新变化，她能感觉到，仿佛这些变化也是她眼前这幅画面中的一部分。

虽然爸答应了他们的妈妈，但家里人显然什么也没做。自从妈去世以后，除了阿莫尔自己，没有人再提起过这件事，阿莫尔也很久没提过了。眼下她正在考虑这个问题，而且特别想提一提。她相信，或许只是希望，爸的遗嘱里早就准备好了一项能解决这个问题的条款。不过，他们最好能在遗嘱宣读前就达成一致，弄清楚该做些什么。

那天晚上，在餐厅里，大家都围坐在餐桌边吃着饭，时机显然恰到好处，她正要问出这个问题，话其实已经到了嘴边，每个音节都不带半点恶意（现在房子可以归萨洛米了吗？）……你看，外面十分热闹，屋子里的氛围甚是亲切，壁炉里的火燃得正旺，全家人聚在一起吃饭……问这样一个问题能有什么害处呢？在温暖的房间里大声发问吧，也许答案会带给你惊喜。

哐！房子仿佛挨了一记轻拳，引得众人大叫起来，声音里透着一丝害怕和解脱，大家一边大叫，一边同时转身。阿莫尔的问题还未说出口，便落到了地上。可声音与此无关。发出声音的，是另一样东西，有个实实在在的东西从外面往里飞，猛地撞上了玻璃门。

什么东西？迪安惊恐地叫道。是只蝙蝠吗？不，是只鸟，那些鸽子蠢得要命，奥吉评论道。是我母亲的鬼魂，阿斯特丽德脑子里蹦出一个荒谬的想法。它为什么会在晚上飞来飞去？玛丽娜想知道。肯定是被游廊的灯光吸引了。

一只野鸽子，不是家鸽[1]，正奄奄一息地躺在石板上，周围有一小丛雪片似的羽毛。鲜血如细线一般，从一只鼻孔里流了出来。渺小的生灵，连死亡都很渺小。一只爪子抽搐着，都有些僵硬了。小小的身躯渐渐凉了下来。

真可惜，去把这可怜的东西埋了吧，阿斯特丽德催促着丈夫。她希望它能远离自己的视线。迪安尽

---

1 此处的家鸽为"pigeon"，而野鸽为"dove"，前文提及的"鸽子"为"pigeon"。简言之，"pigeon"体形较大，多出现在城镇里，而"dove"特指体形较小的野鸽子。

职尽责地出了门，小心地捏住鸟儿的翅膀一角，将它提了起来。他四处寻找合适的埋葬地点，在一棵相思树下一个废弃的花坛里找好了地方。用手挖了个坑，把鸟儿放了进去。又把坑埋了起来。在那里站了一小会儿，想起自己的父亲去世时的那一幕，当时他还是个小男孩。鸟儿将他带回到过去。一件事让人联想到另一件事。所有的事件都以某种方式彼此相连，至少在记忆中是如此。

鸟儿躺在小小的坟墓之中，离地表很近，几小时后便被一只胡狼挖了出来，有一对胡狼在小山附近安了家，它便是其中一只。自从托约死后，它俩的胆子越来越大；每当房子里静下来后，它们便会在附近徘徊觅食。鸽子是份大礼，泥土中散发着它的血腥味，只有一只翅膀的一角沾上了人类的气味。两只胡狼将它撕碎，高声叫个不停，像在胡言乱语，一直叫到阿斯特丽德再也无法忍受，猛地推开窗户，冲它们尖叫，让它们停下来。

它们穿过一片漆黑的风景，沿着自己在山脚附近走出来的一条小路，穿针引线般从一片阴影走向另一片阴影。对它们来说，这片风景很明亮，空气中充斥着信息。能觅得远方的踪迹，得知远方的消息。它们被头顶上方输电线嗡嗡的电流声惊动，在靠近电缆塔的地方停下来，然后仰起头，摇晃着发出嚎叫声，以此作为回应。

萨洛米在家（不好意思，是隆巴德家的房子）里听见了它们的声音，然后迅速关上了门。她对各种蛛丝马迹都很敏感，在她看来，胡狼的嚎叫声不是什么好兆头。仿佛屋外有个遇到了麻烦的鬼魂。它们飘忽不定，神出鬼没，从一个地方不断涌向另一个地方，如此一来，它们看起来确实虚无缥缈，而它们如鸟叫般的奇怪嚎叫声似乎不属于这个世界。

它们一路小跑，穿过山谷，朝北边，也就是公路的方向跑去。可是，离公路还有很远的时候，它们便在它们领地的边界外缘处停了下来。有必要更新一下记号，用自己的体液来划定界线。过了这里，就是我们的地盘了。是用屎和尿写下的，来自体内的信息。

现在，它们向东行进，前往另一个前哨，在那里，它们的签名已经消散。但它们没走多远，就因一场骚动而突然停下脚步，骚动是它们上次出现在这个地方之后发生的，差不多正好是在二十四小时前。

地面已被挖开，这个地方有股骨头发出的恶臭。大地被撕裂后会散发气味，人类的鼻子察觉不到，但对犬科动物来说，那就像它们熟悉的方言。裂口很大，暴露在外面，还留有挖掘者的气味，以及他们的金属利爪，外加他们的汗水、唾液和血液的气味，不过他们已经离开了。也许他们是想在这里挖个洞。也许他们会再次回到这里，把洞挖好。

第二天早上，他们回来了。两个年轻男人穿着工作服，拿着铁锹。他们呼出的气体一遇到冷空气，就变成了白雾。时间还早，太阳刚升起，墓碑的阴影在地面上延伸开来，显得有些暗淡。胡狼早已离去，其他生物已经取代了它们的位置。

一条毛毛虫扭动着身子，在一片叶子上爬行。

一只狐獴一溜烟似的悄悄穿过草丛。

一只甲虫疾驰而过，停了一小会儿，又继续向前。

卢卡斯和安迪尔挖啊挖。人不是鸟，不能就这么被扔进一座浅坟里，那样一来，胡狼兴许够得着里面的尸体。可它们很难挖开一个六英尺深，能容纳一个成年男子的大坑，碰上地面结霜的时候，就更难了。寒气如金属一般，钻进了他们的骨头里，他俩却气喘吁吁，满头大汗，所以他们很高兴能趁着阿尔文·西默斯到来的时候休息一下。

他此行是为了感受（确实如此）一下自己将在哪里主持葬礼。教堂里当然没问题，一切都很稳妥，不可能出岔子。这种荒凉的地方却是另一回事。按照马尼的要求，仪式得按荷兰归正会的要求来办，这让资深牧师有些为难，毕竟他已经忘记加尔文宗[1]的葬礼该怎么主持了。

卢卡斯和安迪尔拄着铁锹，站在挖了一半的坟墓里，毫不掩饰自己的好奇心，看着那辆丰田卡罗拉在土路上吃力地移动，停在了家族墓地的锻铁大门旁。开车的是个女人模样的男人，可从车里钻出来的，却是个男人模样的女人。她穿着白色衬衫和棕色长裙，意味深长地露出了小腿，以及平底鞋，脚踩平底鞋的她正忙前忙后，扶着那位可怜兮兮、脾气暴躁

1　加尔文宗（Calvinists）亦称"长老会""归正宗""加尔文派"，是基督教新教的三个原始宗派之一，泛指完全遵守宗教改革家约翰·加尔文（John Calvin，1509—1564）"归正神学"（Reformed Theology）及其长老制（Presbyterian polity）的改革派宗教团体。加尔文宗下的教会有法兰西归正会、荷兰归正会、美国归正会等。

的瞎眼牧师光临人世。

是另一只胳膊，利蒂希娅！他的呼吸很急促。我到底得跟你说多少次？

对不起，阿尔文，对不起……

他俩一个责备，一个道歉，反复说着同样的话，两人似乎既喜欢，又讨厌各自扮演的角色。在这种情况下，兄妹只是个代号，代号之下有着更深的纠葛。他们就这样一瘸一拐地纠缠在一起，脚踏坑坑洼洼的地面，穿过生锈的铁门，走在墓碑之间；东倒西歪，摇摇欲坠的，是那些墓碑，而不是这两个人，不过从某种意义上来说，他俩也算。我们在哪儿？阿尔文·西默斯大喊。就快到了，利蒂希娅·西默斯答道。

卢卡斯和安迪尔站在长方形的坑里，望着他俩越走越近。

我们到了吗？

嗯，阿尔文，我们现在到了。

我到时候就站在这儿？

嗯，你到时候就站在这儿。

他闻了闻空气的味道，来回转动着脑袋，活像一位勘察自家领地的君主。谁在那里？他察觉到自己的膝头附近有人，便突然叫道。

是我们，先生。

到底是谁？

安迪尔和卢卡斯，先生。

说话的是安迪尔，卢卡斯绝不会用"先生"[1]这个词，至少再也不会用了。他神情里透着一丝骄傲的矜持，又或许是轻蔑，不知怎么回事，他似乎在俯视这两个白人，不太瞧得上他们，尽管他一半身子还在土里。反观安迪尔，却在一旁点头哈腰，若有可能，他简直会把自己完全埋起来。

我们回家吧，利蒂希娅。我已经看够了。

好的，阿尔文，她虽然温顺地答应着，脑海中却闪过一个恶毒的念头，想对他说点别的，你这是什么意思，阿尔文，你明明什么都看不见。她心中经常迸发出一股股残忍的冲动，不过她会把它们强压下去，却放过那些与自己有关的冲动。在利蒂希娅的长

1　原文为"baas"，是南非英语词，还可以指主人、老板、老爷、经理等。在过去，黑人和其他有色人种常用该词来称呼那些社会地位占优的白人。

裙与衣袖之下，藏着一些她自己弄出的伤口。

两个白人上了车，开车走了，两个黑人则继续干活。这段插曲确实毫无意义，就算没有发生也无妨，但仅仅过了四天，它又倒过来重复了一遍，卡罗拉载着那对兄妹，再次来到了这里。可这一次，他们后面跟着一辆灵车，是一辆黑色的沃尔沃，在原有车型的基础上做了一些改装。它从镇上一路跟着他们来到这里，现在正摇摇晃晃地行驶在土路上，马尼·斯瓦特的尸体就躺在车尾的乌班图牌棺材中。

殡葬公司的名称——温克勒兄弟殡葬服务公司，印在那辆车的后门上，用的是毫无创意的白色字体；弗雷德自己掌着方向盘，他看起来比实际年龄要老得多，才三十七岁，头发就全没了，脸上的褶子和他的大胡子一起耷拉着。汗衫和内裤把他勒得眉头微皱，显得很烦恼。他外面穿着一身标准的黑色套装，没有半点新意，不过衣服已经有段时间没有干洗过了；弗雷德开车的时候，他身上的汗味（来自天气更热时出汗后残留的汗渍）最终飘到了鼻孔里，一闻到这气味，鼻孔都变大了。

空气中还有一股淡淡的腐烂气味，是从车尾的棺材里漏出来的，或许这只是他想象出来的。这不可能，棺材盖得很紧，可他一直能闻到一股气味。难不成是他手上残留了某种东西？他希望这场葬礼能顺利进行，他知道这对阿尔文·西默斯来说很重要，他也属于西默斯所在的教会。事实上，他为这位资深牧师做过很多事，你几乎可以说他俩有些默契，这对双方来说都有好处。当然得悉听神意，但你大可相信主很善解人意；只要你内心深处的灵魂是纯洁的，他并不反对你以他的名义谋取一些利益。

弗雷德·温克勒有时觉得自己的灵魂像钟乳石，悬挂在体内某个幽深之处。不，没那么牢固，抖得更厉害，就像是洞穴里的蝙蝠。我会不会有一天在朦胧的暮色中挣脱束缚，自由飞翔呢？不知怎的，他觉得自己不会。

他把车停在墓地旁。时间还有些早，但已经有了一些前来吊唁的人。阿尔文·西默斯和他那古怪的妹妹已经把车停在了附近。

天气真好，牧师仰起脸，对着天空说道。他能感受到阳光和正在消退的寒霜，可他脑子里想的，其实并不是天气。他为未来感到担忧，因为未来可能很难。这一家人。上帝派他们来，是为了考验我。许多年前，那个儿子惹出过麻烦，他叫什么来着，而现在，他们也想把他们父亲的死怪罪到我头上。即便他不够虔诚，那也不是我的错。只需要平静地度过接下来的几小时。他觉得，自己的悼词写得很得体，他们不能拿他怎么办。得让他们乖乖听话。金钱暴露了人性中最丑陋的一面，他曾见过这种事一再重演，并深感悲哀。太过可悲，太没必要。诚然，人们已经为玛门[1]修建了一座祭坛。

他沉浸在忧愁之中，甚至有些乐在其中，就在这种情绪到达顶点时，玛丽娜·劳布舍尔走了下来，假珍珠还在颤动着。她非常激动，激动得他不明白她想干什么。或许他明白，但以为自己听错了。

再说一遍？

我想让他们打开棺材。

为什么？

我想确定在里面的是我弟弟。

---

[1] 玛门（Mammon）是诱使人为争夺财富而互相杀戮的邪神，在基督教中掌管七宗罪中的贪婪，也是《新约》中耶稣用来指责门徒贪婪时的形容词。

在里面的当然是你弟弟，他大喊道，突然间，他也和她一样，变得歇斯底里起来。不然还能是谁的弟弟？

但她不会被吓倒，今天不会。自从马尼死后，她似乎有些失了智，脑子里想的，几乎都是她上周坐在马桶上读到的一篇《家庭之友》[1]里的文章，写的是约翰内斯堡边上某家可疑的殡仪馆，那里有个棚子，人们发现里面堆满了正在腐烂的尸体。文章里提到了使用和重复使用同一副棺材，这让她有些摸不着头脑。文章还说，在很多情况下，尸体和葬礼都对不上号，而在极少数情况下，两具尸体会被挤进同一副棺材。当时，这个故事让她很是不安，足以让她便秘，可自从马尼死后，她心里便只装得下这篇文章。如果在棺材里的不是她弟弟，那该怎么办？如果棺材里除了他，还有另一个人，那又该怎么办？

棺材里就他一个人，弗雷德·温克勒抗议道，他很生气，胡子都竖起来了。我今天早上亲自把棺材

1　《家庭之友》(*Huisgenoot*) 是一本南非荷兰语周刊，首次发行于 1916 年，关注大众类家庭话题。

合上的。（事实上，是看着亚布拉尼[1]合上的。）

嗯，那就再打开一次吧。

我不知道我有没有带合适的螺丝刀。我以为这次仪式用不着开棺呢。

本来是用不着的，但我想亲眼看看。赶紧打开！

照她说的做，她丈夫在某个不起眼的地方催促着，仿佛自己是个人质。他只希望这场闹剧快点结束。

你有螺丝刀吗？阿尔文·西默斯对着空气问道。

弗雷德在灵车后面存放工具的隔层里一通乱翻。他很恐慌，都快喘不上气了，确定自己一定会被判有罪，有罪，有罪，不过谢天谢地，合适的工具此时出现在了手边。

动作快点，资深牧师西默斯对他说道。可别让其他人看见了，天哪。

这句亵渎神明的话[2]就像一团鼻涕，不小心说出了口，现在闭嘴已经来不及了。大家都装作没听见，尤其是牧师本人。弗雷德·温克勒一直低着头，非常

1　亚布拉尼（Jabulani）一词在祖鲁语中有喜悦、欢庆或欢呼之意。
2　上文中的"天哪"原文为"for Christ's sake"，有可能冒犯到信教的人。

专注地看着那些螺钉，逆时针拧开它们，让时光倒流。耶稣曾让拉撒路[1]起死回生。他很臭吗？我很好奇。没错，肯定没错，一股甜甜的臭味此时从棺材里飘了出来。在车尾铺着软垫的狭窄空间里，有一股很明显的气味。盖子打开时就更难闻了。别去想食物，尤其是变了质，开始腐烂，烂出水来的食物。别吐出来，别在这里。没机会耍花招。屏住呼吸，集中注意力，就像待在隧道里，专注于眼前出现的一切。一张脸，仅此而已，保持原样，闭着眼，嘴巴微张，以侧颜示人。身形没问题，但肤色有些不对劲。至于体型……

他看起来很糟糕，弗雷德匆忙说道。比他说的要糟得多。我在他身上下了很大的功夫。可他肿了起来，血管变得有些奇怪。（你应该看看他的腿。）

就在这一刻，阿斯特丽德的双胞胎儿女无意间经过了灵车敞开的尾部，看见他们的外公／某个不是他们外公的人的尸体正躺在那里。尼尔·德韦特和杰

1　拉撒路（Lazarus）是《圣经·约翰福音》中的人物。他病危死后，耶稣一口断定他将复活，四天后，拉撒路果然从山洞里走出来，证明了耶稣的神迹。

西卡·德韦特彻底明白了死亡是怎么一回事，震惊得浑身发僵，阿斯特丽德一把将两人抓住，拽到了别处，在一片混乱中，这段小插曲几乎立刻就没了下文。把它盖上，玛丽娜向殡葬公司那个留着可笑胡子的男人发出命令，他高兴地照做了。

若玛丽娜看到的真是自己的弟弟，那她肯定对弟弟的这副模样感到不高兴。看起来像是他，多少有几分像，不过也不像。在她陷入沉思的时候，她愈发觉得，自己在那副棺材里看到的，很有可能是个肿胀的陌生人。

再打开一次！

她离开不到五分钟，便噔噔噔地回来了。弗雷德·温克勒刚开始拧最后一颗螺钉，死亡的口臭也终于散去。哎呀，不，玛丽娜，天哪，啊呀，绝对不行！

奥吉已经受够了。他完完全全、彻彻底底、百分之百受够了斯瓦特一家这场狗屎般的闹剧。居然想再次打开棺材！自从他的小舅子以这种不可思议的愚蠢方式死去后，他便认不出他的妻子了。

这一刻，她也认不出他了。他已经有很多年没大吼大叫过了，尤其是冲她大吼大叫，突然间，她对他有了新的认识。我的丈夫！我俩结婚的时间都超过我半辈子了！

对不起，奥吉。我今天有些不对劲。

没关系，我的小企鹅，他说道，语气一下子变得温柔起来。你喝了滴剂没？

弗雷德·温克勒拧上了最后一颗螺钉。恢复了一点理智。即使在大冬天，他依然在流汗，仿佛生病了，也许还真是。

他现在还不是自由之身。只有等到棺材最终入土后，他才能离开。他必须站在那里，忍受没完没了的仪式，憋着一大泡尿的膀胱把他那条勒人的内裤都给撑了起来，与此同时，那位资深牧师（严格来说，他今天得重新扮演牧师的角色）用比平时更为洪亮的声音发表演讲，并对马尼·斯瓦特的为人与信仰赞不绝口。

大家尴尬地站在墓地的角落里，众人围在牧师身边，自发形成了三个圈。最里面一圈是死者家属，中间一圈则由交情不深的朋友与熟人组成，仔细一想，他们几乎都是马尼在教会里认识的。包括一位身材高大的年长妇人，她叫洛兰，非常喜欢烫发和开襟羊毛衫，过去的五六年里，她一直小心地陪伴着他。她今天哭了，因为她很想念马尼，这一点毋庸置疑，也因为他总是承诺要娶她，却从未付诸行动，现在她该怎么办？就让她待一会儿吧，毕竟她很快就会离开这个地方，离开聚集于此的其他人，在这里逗留下去也没多大盼头，无非就是一笔小小的遗赠，此事将在适当的时候被再次提起。

站在他们身后，离他们一步之遥的，是几个来自农场的工人，如今，全国上下都刮起一股开放之风，为了顺应这股风气，他们被允许进入围墙内的家族墓地。不过，不能埋在这里，不，当然不行！这个地方只能埋葬血亲。农场里的劳工没有正式墓地，他们并不属于这片土地，这是事实，只是借住在这里，哪怕在这里住了很多年的劳工也是如此。最终，他们都会随风而去。

阿尔文·西默斯告诉他们，有些人会自然死亡，然而，如果有人死于意外，我们就会觉得发生了不公正的事。还会觉得，有些错误必须得到纠正。他用那双看不见的眼睛瞪着听众。即便是意外也在天父的计划之内，这一点可能让人难以接受。

这里没有意外。没有。就像亚当和夏娃的堕落也不是意外一样。大家别忘了，撒旦曾在伊甸园中化身为蛇。他让地球上的头一批人走向了堕落，并将我们，他们的后代，放逐。可是，弟兄姊妹们，甚至连这也在上帝的计划之内。因为撒旦最终会输掉这场精彩的比赛，他也只是在扮演自己的角色而已。到头来，到头来，所有的意外都会有意义！

这位盲人牧师言辞华丽，口若悬河，悦耳的嗓音在蚁丘和草丛中蜿蜒流淌。总是能说会道，说起话来就跟唱歌一样。有时灵感的确会降临，他会被某种比他强大的力量附体，由另一名"司机"来掌舵。请让我主耶稣掌舵吧，但他有时也担心掌舵的另有其人。四十年前，阿尔文·西默斯和妹妹不幸犯下了通奸之罪，虽然两人再未提及此事，但他偶尔的确很想在布道台上高声认罪。近来他担心自己真会这样。别这样，继续讲另一个故事，我们看法一致的那个，你知道我指的是哪个，就是那个关于救赎、幽默、重生和宽恕的故事，如果我们真是基督徒，我们永远不会和我们的姊妹上床，连想都不会想。

哔哔。现在是十点三十分。

哎呀，不好意思，牧师说道，我老是忘记把它关掉。

大家都笑得坐不住了，注意力也变得涣散起来。牧师也乱了节奏。他原本打算跟他们讲一讲马尼有多慷慨，甚至在死后也是如此，以此作为结尾，却没了思路。也该收尾了。他匆忙讲起了自己为结尾准备的小笑话，却把笑点讲错了，随之而来的是一阵沮丧而困惑的沉默。他拍了拍手，提醒众人，他们仍然可以给马尼在世时设立的基金捐款，虽说赞助部分已不再使用。所有的死者，哎呀，善款[1]都会捐赠给在世界上那些水深火热的地方做善事的慈善机构。

此时仪式已经结束，必要的姿态都已摆出，人群随时都能散去，可大家置身这片草地，却变得更加犹疑了。你匆匆走出大门，站在冬日明亮的广袤天空下，仿佛伸手就能摸到宇宙，觉得自己的确很渺小。弗雷德·温克勒总算可以撒尿了。一阵小跑后，他背

1　此处，牧师本想说"monies"（钱的复数形式），却一不小心说成了"Manies"（马尼的复数形式），仅一个字母的差别。为了让中文尽可能达到类似效果，做了押头韵处理。

对着墓地和落在后面的人，忘了他们还在那里。太舒服了！热乎乎的黄色尿液架起一座拱桥，如脐带一般，将人与大地彻底连在了一起，这样的桥你可再也找不出第二座来。一时间，他只有一种放空自己的感觉，再然后，就得把尿滴抖干净了。

等他往回朝灵车走去时，余下那些送葬的人渐渐消失在小道上，两个黑人正在往坟里填土。快步从他们身旁经过时，他向他们点了点头，其中一人回应道，早上好，先生。弗雷德一边爬上自己的车，一边不无自怜地想到，我这份工作真是奇怪。我帮人们做好消失的准备。而我所做的一切也会随着他们一起消失。

那辆长长的黑色汽车离开后，安迪尔和卢卡斯重新忙活起来。往坑里填土可比挖坑容易多了，但仍然是件苦差事，男人注定得靠吃苦流汗活下去，至少有些男人得这么做。有些女人也是。很明显，事实就是如此，或者说，这一带的所有人似乎都这么认为。你还期望什么呢？一场革命？他们填完土后，用铁锹把地拍平，然后坐在一棵相思树下，分享着一支香烟。

卢卡斯与安迪尔道别后，抄小路去了隆巴德家的房子。我住的地方。一栋歪歪扭扭的小房子，中间有什么东西位置不正。三个房间，水泥地板，窗户碎了。踏上两级台阶，来到正门口。跨过门槛。有人吗？你听到了自己的回声。他母亲不在家。她很少在。照顾着另一个女人的孩子，是个白人女人，在山那边。将他独自留在三个相连的房间里，那里很安静，有大把的时间，尘埃在阳光下打着转。

他拿了一个桶，去水泵旁打来些水。在后门外面脱得只剩一条破旧的红内裤，拿着一块破布洗澡。洗完后，他又蹲下来，在太阳下晒起了身子。他又长又黑的身体上肌肉隆起，背上有一道粉色的锯齿形伤疤。这里面有些私人往事，跟他没那么熟，不方便问。

他穿着时髦的便装，准备去镇上。花了很多时间对着一面碎镜子研究自己的表情。他没看到愤怒和骄傲，或是孤独带来的伤痛。相反，他很欣赏自己的嘴唇（正变得越发性感与松垂），以及弯弯的长睫毛。

他打算去阿特里奇维尔镇，附近的一座黑人城镇，去拜访一个他认识的女孩。他快活地走在小路上，身上散发着香水味，他走的那条路得经过农舍后面那块草坪的边缘，那里聚集了一群白人。是为那个死者举行的某种送别会。卢卡斯当然知道他叫什么，可他的名字和拥有那个名字的人似乎没有关系，而那人似乎不像人类，更像是一股力量。

他经过时，那股力量的儿子从农舍里走了出来。嘿，卢卡斯。你好，安东。如今两人都已成年，反倒不确定该如何称呼对方。

最近在忙些什么呢？

我在这里，在农场上干活。

我以为你打算去读书的？去读大学？

没有，没读成。我在学校惹了麻烦，被开除了。我没读完。他耸了耸肩，傻笑着。

所以你回到了这里，在这儿干活？等等……你现在要去哪里？

去镇上。

你打算怎么去？

我会走到大路上。然后搭个便车。

安东拿着一杯喝的（也许是威士忌），向前探着身子，仿佛想听得更清楚些。体内的那股暖流让他变得和蔼又乐观，热衷于为他人排忧解难。让我载你一程吧。我想跟你聊聊。

不用，我走路就行。

我打算载你一程，朋友。等我一分钟。

他走进屋里，在楼上四处寻找钥匙，花去的时间比预计的长。等他找到钥匙，回到外面时，他的玻璃杯几乎空了，卢卡斯也已离开。看着他在路上走远，化作远处一个小小的身影。行啊，那你就滚吧。安东举杯为他祝酒，喝干酒杯后用力将杯子扔进草地。远处传来清脆的当啷声，一时间，他感到很满意。

他不想重新加入草坪上的聚会。一直在思念德西蕾，希望自己曾鼓足勇气，邀请她参加葬礼。不过这个想法很奇怪，毕竟不是什么社交盛会，但若发出邀请，也很难拒绝，这才是重点所在。总之现在为时已晚，你的状态也不太好，对吧，安东，已经喝醉了，而且心中充满偏见，不便跟他人说话，尤其是跟你一句话也没说便抛弃的前女友，据说，你让她心碎了一地。呃，对了，也不宜跟后面那群沉浸在祷告中的禁欲主义者打成一片。

利蒂希娅·西默斯和教会里的其他志愿者已将茶水和三明治在露台上摆好，客人们则在草地上瞎晃悠。从楼上看去，到处都是帽子、各式发型和秃顶。利蒂希娅本人也在场，她身穿用克林普纶[1]做的衣服，在长长的搁板桌后面忙着拿壶倒茶。她很会沏茶，此时正隔着热气，苦笑着看哥哥在一丛君子兰旁和自己争辩。哔哔，刚好在他讲得起劲的时候！

此刻，安东正在马尼的卧室四处查看。不等假装悲痛的双眼停止流泪[2]，我便出现在了这里，嗅着他的东西。他的袜子里塞了一些钱。归我了，谢谢。也很喜欢那把电动剃须刀的模样。可是，亲爱的耶稣，那个莫名其妙的物品是什么？

他从父亲床边拿起那个神秘的东西。将它翻过来，嗅了嗅，吸入一股淡淡的、闻起来像火的陈年气味。一块硬壳，来自某种爬行动物，可能是只乌龟。爸总是痴迷于冷血动物，不太擅长跟哺乳动物打

---

1   克林普纶（crimplene）是一种类似涤纶的合成材料，具有抗皱性。

2   出自《哈姆雷特》第一幕第二场，为哈姆雷特所说。原文为"Ere yet the salt of most unrighteous tears"，孙大海译作"不等她佯装假痛的眼泪停止流"（《莎士比亚四大悲剧》，上海译文出版社，2013 年 9 月），此处根据上下文，对译文做了适当调整。

交道，尤其是人类。他放下硬壳，随即看到了那把猎枪。莫斯伯格[1]的泵动式霰弹枪，是从爷爷那里继承过来的，其他人都不准碰，不过也没人想碰，这东西的棱角已被磨平，很丑，也很无趣。是件传家宝，据说。

拿起它，握住它，感受它的重量与材质。货真价实。噢，是的。当你夺走别人的枪，你也要了别人的命。边境法则。噢，胡扯，安东，是谁把这些想法灌输给你的？这件武器让他兴奋不已，他的内心既激动，又害怕。猎枪施展魔力，发出巨大的声响，让那个小个子死得很惨。

把枪探出窗外，瞄准花园远处的西默斯牧师。砰！看着他猛地向后退，倒在花坛里，脚还在蹬个不停。不，让他活着。反正枪没上膛，但他记得昨天在哪里看到过一盒子弹[2]。在他自己的房间里，在一堆垃圾中。

1　全称莫斯伯格父子公司（O.F. Mossberg & Sons），是一家美国枪支制造商，专门生产猎枪、步枪、瞄准镜和手枪配件。

2　此处的"一盒子弹"（a box of shells）和前文的"一块硬壳"（a piece of shell）都用到了"shell"这个词，安东的思绪变化也跟该词的不同词义有关。

现在就去那里给枪装弹，他看爸装过，便依样学样。咔嚓。就在这时，外面的露台上传来响亮的尖叫声和喧闹声。他跑到窗前，几乎不敢相信眼前这一幕：一群狒狒正好在他拿起猎枪的那一刻到达了活动现场，真是难得一见，像在做梦一样，你得知道，一切巧合都难得一见，安东，这便是巧合的本质。总之，这群毛茸茸的恐怖暴徒确实出现了，还自己动手吃起了三明治。在我父亲的葬礼上！

我们从自然走向了文明，从低处走向了高处，但你得努力留在高处，否则自然会将你拉回低处。这是他离开军队后首次拿起武器。也是他自此以后首次开枪。他已经同自己达成协议，不去想那一天，这次也不会。尽管这股力量带来的冲击与巨响立刻让他倍感亲切，激动不已。足以让他一边奔跑，一边反复射击。砰！砰！滚滚声浪如涟漪般向外蔓延，这一圈圈巨大的涟漪，仿佛都在我触手可及的范围内。

狒狒们早已离去。尽管他打偏了／瞄得很高，可它们听到第一声枪响，便拼命四处逃窜。尖叫与骚动过后便是沉寂。安东此时在草原上，离房子很远。周围很安静，走在自己的土地上，脚下嘎吱作响，心中深感满足。他的怒火就像一阵热风，席卷了他全身。毫无疑问，我回家了。

屋后草坪上的那一小群人都很震惊。不能怪他们，先是狒狒，然后又是枪响。给这里带来了一丝混乱。很快，几位客人便借故离开，接着，涓涓细流变成了滔滔河水。在安东扣动扳机后不久，所有客人都走了。

现在，空荡荡的露台似乎比之前更大了，四处散落的垃圾也显得举足轻重起来。留下来的，只有利蒂希娅和另一位白人老太太，正在打扫卫生。噢，别忘了萨洛米，她正在厨房的水槽里洗盘子和杯子。她穿着自己最好的衣服，就是她在葬礼上穿的衣服，因为她也在那里，为什么之前没提到呢？是的，她当时在场，几乎就在前排，但不完全算是前排，就站在逝者家人后面。

当然，一家人也都还在，没人急着回自己的家。农舍很大，大家都有地方住，而且这是这么多年来三个孩子头一回聚在一起。因此，人们即使在悲伤中，也会变得多愁善感。瞧，死亡将我们团结在了一起！不过，律师确实会在明天吃午饭时来这里，和他们一起过一遍马尼的遗嘱，这也许是留下来的另一个理由。

这天下午，谢丽丝·库茨穿着人造毛皮大衣，戴着帽子，这都是必备的，因为即使在这个晴朗的冬日，她也开着敞篷跑车，她刚离婚，根据协议，跑车归了她，如今的她虽然孤独，但日子过得不赖。她坐在餐厅桌子的上座，显然常坐这个位置；此前她已脱掉外衣，像往常一样，用手指夹住名片，发给了那些配得上接名片的人，指甲今天涂成了金色。谢丽丝·A.库茨（法学学士），比勒陀利亚大学。

她来这里，是为了解释马尼·斯瓦特遗嘱的内容，非常简单明了。今天只有两位受益人不能出席，两人都深表歉意。一位是西默斯牧师（不好意思，是资深牧师），他忙着处理教会里的事务，无法到场；另一位是洛兰·劳小姐，她觉得自己不该来这里。有人小声敷衍地抗议起来，她是爸的女朋友，我们当然知道，我们都是文明人，可是，等他们听到她得到了一大笔钱时，大家都安静了下来。

原来，马尼名下的产业和业务涉及很广，让他发展壮大的，并非只有"鳞片之城"，不过爬行动物公园每个月还在持续带来惊人的收入。请注意，接下来要说重点了。一、这些不同项目的收益受某信托机构控制，其唯一受托人即正在跟你们讲话的人。二、爬行动物公园的收入，以及马尼各种其他业务的收入，将按月平均支付给所有信托受益人，完整清单已附在此处。三、受益人包括高海拔草原第一启示会（以下简称马尼所属教会）、他的姐姐玛丽娜·劳布舍尔，以及他的三个孩子，三人都在场；可喜的是，安东也在，他已扫除了可能使他失去资格的小，唔，小障碍。

四、农场不仅包括他们此刻所在的房子和建造房子的地方，也包括过去三十年里购买的各种相邻土地／房产，而农场本身并不属于信托财产。马尼打算让其保持原样，作为上述三个孩子的家／避难所／基地，只要他们中有人愿意住在这里。除非资金紧张，且三个孩子一致出示书面同意，否则不得出售农场任何部分。

库茨女士展现出的职业风范几乎让人感到无聊，她将一页页文件整齐地摆放好，露出了令人惊诧的金色指甲。现在，大家都已经注意到那些指甲了。这个女人手握着大权！她不屑地看着他们，仿佛在从窗台上往下看。有问题吗？

阿莫尔一副半睡半醒的模样，她扭动着身子，慢慢站起来，问了一个问题。呃，那萨洛米怎么办？

不好意思，你说什么？

萨洛米，在农场上干活儿的。

在此之前，房间里的每个人都显得傻里傻气的。可现在，所有人都哆嗦了一下，仿佛在现场某个边边角角的地方，有人敲响了一把音叉。

这都是什么时候的事了，阿斯特丽德说。你怎么还提呢？

这个问题很久以前就解决了，玛丽娜姑妈说。事情已经翻篇了。

阿莫尔摇了摇头。问题一直没解决。我母亲去世时，萨洛米不可能拥有那块地。但法律已经变了，现在她可以了。

她的确可以，阿斯特丽德说。但那块地是不会给她的。别犯傻了。

我父亲的遗嘱里提到过她吗？

为什么会提她？玛丽娜姑妈怒气冲冲地说道。

她有股冲动，想掐她侄女一把，可不幸的是，她侄女已经长大成人，再掐她恐怕不太合适。

提谁？律师问。不好意思，我没明白。

我母亲希望萨洛米得到她住的那栋房子以及房子所在的那块地。我父亲承诺过会办这件事，可那块地一直没给她。

谢丽丝·库茨在她面前装模作样地翻起了文件，尽管其中的内容肯定是她起草的。与此同时，玛丽娜姑妈把手伸进乳沟里，抽出一张纸巾，像折纸一样展开，对着它恶狠狠地哭了起来。我不在乎你们说的那些话，她一边告诉他们，一边擦干眼泪。不管你们有什么样的原则，你们都应该和自己人站在一边！大家并不清楚她这番话到底是什么意思，至少在场的各位都不清楚，不过她摆出了一副既痛苦，又满足的样子，仿佛最后是她说了算。她将纸巾放回原处，也将纸巾带来的所有外露情绪收拾妥当，一并收入了她的双乳之间。居然想把土地给女佣！真是万万没想到！

总之，谢丽丝·A.库茨（法学学士）说。这里面没有提到。我什么都不知道。

我就说嘛，玛丽娜姑妈说，仿佛这样就解决了问题。

时间到了，奥吉说，大家立刻站了起来，开始朝门口走。过去的几分钟里，大家都期待而紧张地关注着那个方向。会议开始得很晚，持续的时间也比预定的要长，这意味着我们如果不抓紧时间，就会错过埃利斯公园球场的开球[1]。

南非！这个名字曾让人感到尴尬，可现在，它有了新的意义。的确，我们是一个无视地心引力的国家。今天，我们将在约翰内斯堡参加世界杯决赛，全国上下都弥漫着一种狂热的气氛。跳羚队对阵全黑队[2]，其他国家都在热切注视着我们。从下午一点开始，街上就几乎见不着人了，啤酒堆积如山，沐浴在荧光灯下的脸庞随处可见。在客厅、厨房、后院，在餐馆、酒吧、公共广场，人们什么都不看，只看这场比赛。甚至连那些因为某些性格缺陷而不喜欢橄榄球的人，今天也在观赛。

农场上同样如此。在劳工小屋中，一台黑白电

---

1   指 1995 年 6 月 24 日在约翰内斯堡的埃利斯公园球场举办的橄榄球世界杯赛决赛，对阵双方为南非和新西兰。

2   全黑队（All Blacks）乃新西兰国家橄榄球队的昵称。

视机搁在一个大木箱上，一群观众聚集在电视机前，看着断续闪烁的画面。而在另一边的隆巴德家的房子里，萨洛米也皱着眉头注视着正在进行的比赛。她不懂规则，对她来说，这样的场面非常吵闹，却又莫名地扣人心弦。卢卡斯双手插兜，站在她身后的门口，一半身子在隔壁房间里，连他都在勉强关注比赛。

在主屋里，人们心神不宁，既沮丧，又兴奋，还很反胃。酒精也不管用。比赛非常紧张刺激，足以让你抓挠家具。我方的小伙子们严防死守，没让那个壮得跟山似的乔纳·罗姆[1]过去，不过我们也没能触地得分，一直在踢落地球[2]，比分咬得很紧，胜负只在毫厘之间。奋勇拼搏的背后是意志与肉身的完美结合，队员们紧张得不停哼哼，胸膛上下起伏，同时也满怀渴望，橄榄球虽是力量的对决，但归根结底还是精神的盛会；进入加时赛后，每一厘米、每一秒都很重要，噢，天哪，不知该说些什么好。而就在这时，

---

1 乔纳·罗姆（Jonah Lomu，1975—2015），新西兰橄榄球运动员，公认的橄榄球国际巨星。

2 根据联合式橄榄球的规则，比赛中，持球员可以踢落地球（drop kick）射门，射入可得 3 分。

乔尔·斯特兰斯基[1]挺身而出！我们赢了！这一刻是最最幸福的时刻，每个人都跳了起来，互相拥抱，陌生人在街上庆祝，按响汽车喇叭，车灯闪个不停。

可接下来，气氛被进一步推向了高潮。曼德拉身着绿色的跳羚队橄榄球衫，将奖杯授予了弗朗索瓦·皮纳尔[2]，哟，这可不得了。堪比宗教仪式。强壮的布尔人和年迈的恐怖分子握起了手。谁能料到呢。天哪。不止一人回想起几年前曼德拉出狱时挥舞着拳头的那一幕，那时，没人知道他以后会是什么样。如今，他的脸随处可见，照片里的他慈祥、友好、严厉，却也宽容，或是跟现在一样，面带微笑地看着我们，活像圣诞老人。很难不为我们美丽的祖国流下热泪。我们都很棒，跟这一刻一样棒。

可阿莫尔去哪儿了？

我不知道，她刚才还在旁边呢……

即便真有人问过这个问题，也不知是谁问的，

1　乔尔·斯特兰斯基（Joel Stransky, 1967—   ），南非橄榄球运动员。在1995年橄榄球世界杯决赛中，他包办了南非的所有得分，包括加时赛中的制胜球得分。

2　弗朗索瓦·皮纳尔（Francois Pienaar, 1967—   ），南非橄榄球运动员。在1995年橄榄球世界杯赛中，他担任南非队队长，带领球队夺得了冠军。

又是谁答的。但在这个重大时刻，阿莫尔的确不在一旁，她已经溜走了，去了某个地方。仔细想想，她真的来过这里吗？

那就让她自个儿待着吧。如果她不想参与其中的话。

说这话的肯定是阿斯特丽德，也可能是玛丽娜姑妈，这些天来，她俩几乎像是同一个人，可不管怎么说，不是只有她俩怀着这种情绪。如果她不想参与其中，那就让她自个儿待着吧。每个人（不仅是那些七大姑八大姨）都很清楚，无论她在其他方面有多大变化，阿莫尔依然冷漠且不合群。她一直是个不寻常的女孩——不好意思，女人。

此刻，她坐在楼上自己的房间里，想着最近的那次会面，当时说了些什么，没说什么，以及她在其中的位置。眼下的局面似乎很混乱，事情都混在了一起，这让她觉得自己被一些琐碎的问题纠缠，每个问题都需要一个答案。在楼下的叫喊声和口哨声中，她听见有人在叫她的名字，不远处的劳工小屋也传来了类似的喧闹声，可所有这些嘈杂的庆祝声都跟她没什么关系，就像是用某种陌生的语言说的话。

今晚，到处都在开派对，狂欢的声音从黑人城镇上传了过来，但在农场里，大肆庆祝似乎很不妥。还不是时候。酒倒是能喝，但出于尊重，音乐声还是小点吧。不过，好心情至少持续了好几小时，这一点毫无疑问。当然，到了早上，整个国家都在宿醉中醒来，仿佛脑中出现了多处骨折，斯瓦特一家也一样，他们满怀贪婪和悲痛，还喝了很多酒。家里笼罩着一种气氛，让大家觉得像是中了毒，身体不太舒服，心情介于忧郁和无聊之间，尽管这一天如玻璃一般清澈，还有清风徐徐吹来。

现在，到底有谁属于这里？答案已不再明确。留下过夜的各位都感到坐立不安，渴望离开。一丝焦躁的情绪在房间的角落里一闪而过。所有的仪式都已完成，我们为什么还待在这里？

人们在楼下互相道别，一家人随后终于四散而去。此前，他们被一团强大的真空吸引到了一起，而现在，这团真空翻了个面，又把他们赶了出去。阿斯特丽德和迪安带着双胞胎回到阿卡迪亚的家，玛丽娜姑妈和奥吉姑父回到门洛公园的家，只有阿莫尔和安东留在农场上。死亡的零点已经开始在他们身后缩小，没人能怀着强烈的情绪生活很久，那实在是太累了；凡是能描述出来的，都可以变得无害。总有一天，马尼的惨死会变成一件家庭趣事，你相信吗，我们那过分热情的老爸以为，就算他住在一个满是毒蛇的玻璃笼子里，上帝也会保护他，但是，呵呵，他错了。

咬了马尼的那条蛇是母蛇，此刻它正躺在爬行动物公园的玻璃箱里，供游客观赏。瞧啊，它那长满鳞片的肥硕身躯看起来怪吓人的，鼓鼓囊囊地装满了毒液，坚硬的护甲上遍布着黏糊糊的东西；若它懒洋洋地躺在外面的某条乡间小道上，它一定会因为自己原本的身份而被打死。

为什么它还活着？阿斯特丽德想知道。

三兄妹参观了马尼的产业。是阿斯特丽德的主意。既能增进感情，也是在向爸致敬。葬礼已经过去两周，阿斯特丽德的负罪感与日俱增。她一直都亏欠父亲，她从来没有真正欣赏过他！她想做出弥补，以防将来受到惩罚，但不太清楚该怎么做。

带着他们四处参观的是布鲁斯·赫尔登赫伊斯，他和马尼共同拥有"鳞片之城"。他悲伤地吐了一口烟，皱起眉毛，说道，呃，只是条蛇而已。

一条杀过人的蛇，阿斯特丽德说。狗要是咬死了人，难道不会被杀掉吗？

嗯，可是，我的意思是。布鲁斯这个人有些呆板，不装腔作势，也没什么想象力。那不是只狗，是条蛇。大家都很清楚蛇会咬人。大家也都知道它们有毒。难道它有办法让自己不做毒蛇吗？

也没办法让自己不做老鼠、蟑螂或细菌。你无法改变自己的身份，哪怕你命中注定要做老鼠。确实无能为力。如果你命中注定会被玻璃之外的人憎恨，那么你一定会被憎恨；此时，有几双眼睛正盯着那条蛇，这几双眼睛属于安东和他的两个妹妹，他们的眼里不仅写着厌恶，也写着敬畏。人们憎恨的，也是他们害怕的，这一点倒是会带来一丝安慰。难怪它会在他们的注视下扭动身体，然后像泥鳅似的钻到一块石头后面去睡觉。

这场出游已然变得出奇地乏味。斯瓦特家的三个孩子在爬行动物公园里闲逛，看着玻璃箱里身披硬壳的冷血动物。让我们活下来的，真是这家企业吗？是的，确实如此，从开业第一天起，这个地方就一直很受欢迎。此时，又有两辆大巴停在外面，从车里涌下一大群不同种族的孩子，他们是来参加学校组织的郊游的。这一切简直既温馨，又压抑。

你们想喝咖啡吗？他们经过餐厅时，布鲁斯问道。他跟马尼的几个孩子待在一起时很不自在，也懒得掩饰，见他们谢绝，他明显松了口气。他在入口处跟他们道了别。很高兴见到你们，欢迎随时来玩。我一直都在。恶人可没空休息。

接着，他们踏上回农场的路，由安东来驾驶奔驰。自从回家后，他每天都开着它，事到如今，大家虽然嘴上没说，但似乎都已默认车归他所有。考虑让莱克星顿走人，没必要再花那笔钱了。也在考虑（尽管这个想法很惹人讨厌）把工人们赶出农场。让他们去黑人居住区住，每天来农场。由于新的法律对佃户和擅自占地的人有利，你也拿不太准，不能让他们索要土地。农场里还有许多问题需要解决，爸生前已经有些力不从心了，如果只有他和阿莫尔住在这里，那么由谁来处理这么一大堆事根本不用猜。

数一数电线杆，数到第三根的时候，就可以放心说话了。一，二，三。

我决定离开，阿莫尔说。

回伦敦去吗？阿斯特丽德欢快地说道。

不，我准备明天去德班。

明天？德班？你这是什么意思，要去度假吗？

不，去生活。

去生活？她的哥哥和姐姐吃惊地瞪着她。她以前去过那里吗？她在德班有认识的人吗？

我朋友苏珊住在那儿。她是个护士。过了一会儿，她补充道，我觉得我可以试一试。

什么？当护士吗？阿斯特丽德难以置信地尖叫起来。可你不会照顾别人！

为什么不会？

阿斯特丽德胡乱挥舞着手臂，直到从很久以前的记忆里找出了答案。你几乎都不会照顾自己！

我已经照顾自己很多年了。

安东想了一小会儿，才想到自己该怎么问。你为什么，他说，要这样做？你本可以留在这里，留在农场上，每个月从爸的信托基金里得到一笔钱。

嗯，是可以，阿莫尔说。我也这么想过。但我得走。

很简单，也很直率。她有个打算，并且说给别人听了。她明天就要走，这么多地方，她偏偏选中了德班，而且是去当护士。

让我们拭目以待吧。我的意思是，安东说，你随时都能回来。

嗯。她点头表示同意，不过她正看着窗外。

阿斯特丽德什么也没说，脑海里却闪过一些刻薄的小心思。一点也不奇怪，觉得她太好了，我们配不上她。好吧，那就让她自个儿待着吧，如果她不想参与其中的话。

第二天，安东带她去车站，长途客车将从那里出发。她把背包放进后备厢，上车后坐到哥哥旁边，然后他们便一起动身（这些动作几乎一气呵成），穿过这片风景。两人没怎么交谈。到了大门口，阿莫尔下了车，先把门打开，然后又关上，接着他们继续上路，在苍白而漫长的冬日午后驱车前往镇上。

那一小块地根本不值钱，他突然说道。

她立即明白他在说什么，仿佛他俩重新拾起了一个老话题。如果它这么不值钱，为什么不给她？

因为爸不想？

可妈想。而且他承诺过会这么做。

那只是你的一面之词。没有别人听他那样说过。

可我听到了，安东。

道路被轮胎轧得嘶嘶作响，沿途的风景一闪而过。

你觉得我们对萨洛米特别不好吗？他最终说道。

确实不算好。

她有一栋房子。她可以在里面住到死。我们可以把这件事办得正式一些。写进法律文件里，就说她有权在那里度过余生。这样够不够？

不够。她摇了摇头。被他的固执迷住了，而他在她身上也感受到了同样的东西。

我们也可以给她一份有保障的正式工作。保证让她工作到老，退休了有养老金可拿，一直有房子住。嗯？很多人都做不了这么多保证。

我知道。

即使我们做了所有这些事，也不能保证会有什么不同。我前几天见过她儿子卢卡斯。你也知道，爸给他出了学费，因为据说他非常聪明，可结果他连中学都没毕业。惹了什么麻烦，就退学了。他如今在农场上当劳工。

她点点头。嗯，我听说了。

你得明白，他说，人们并不是总会领情。不是每个机会都能带来转机。有时候，机会仅仅意味着浪费时间。

嗯，她说。但承诺就是承诺。

长途客车已经在车站外等候，引擎正在运转。几个乘客在外面排队，在安东眼中，他们有一些共同特点：都很脏，很绝望，而且没什么钱。只有那些苦苦挣扎、运气不好的人才会坐这种车出行；下车和妹妹告别时，他意外地为她感到难过。

喏，他说。拿着这个。随即递出了几张钞票。

不用了，谢谢。没关系的。可突然间，她用力抱住了他，而他也情不自禁地用力抱住了妹妹。这是他们多年来头一次有身体接触。

安东心情舒畅，出门前，他喝了杯酒，然后终于鼓起勇气给德西蕾打了电话。也找到了合适的说辞，并凭着好口才，滔滔不绝说了起来，说他回家后一直在想她，在他销声匿迹的那些岁月里也一样。他当了很久的逃兵，却从未联系过她，所以他确信自己会受到讥讽和辱骂，这也是他应得的，可她没有，反而很高兴（无比高兴）听到他的声音。他不愿意过来一趟吗？他愿意，他可以，他一挥手送别阿莫尔，就马上过来；而此时，重逢的麝香露水已经沾湿了他的身体。

等他们终于松手时，他觉得头晕，还觉得自己变大方了，便对妹妹说：你知道吗，我们可以想办法来解决萨洛米的房子问题。

真的吗？

真的，他一边说，一边微笑。这里是南非，一个满是奇迹的国度。我们可以制定一个计划。

最后一批乘客正在上车，司机已经准备出发了。她有些犹豫，他却挥手让她走。记住，只要你愿意，随时都能回来！

客车缓缓驶离时，她隔着茶色的车窗，看着哥哥。形单影只，无人可依，一只手举了起来。到了该转身离开的时候，他动作非常利索，这座城市则如同一条肮脏的棕色河流一样将他淹没。

她在座位上坐好，这是她下飞机以来头一次感到高兴。萨洛米会得到房子。一块压在心头的大石终于落下。稀薄的阳光透过车窗玻璃温暖了她，这座城市干燥的金色山丘如瀑布般层层叠叠，从她身旁缓缓流过。再见了，火车站，再见了，先民纪念碑[1]！车轮在她脚下嚓嚓作响，宛如一颗巨大的心脏在路途中搏动。萨洛米会得到房子。阿莫尔闭上了眼睛。

1　先民纪念馆（Voortrekker monument）位于比勒陀利亚南部。这座花岗岩建筑是为了纪念 1835 年至 1854 年间离开开普殖民地的南非白人先驱而建立的。

ASTRID
阿斯特丽德

她从医院回来后，发现电话答录机上有一条阿斯特丽德很不耐烦的留言。真的，真的希望你能像个正常人一样，有一部手机。给我打电话，我有事跟你说。

听姐姐的声音，阿莫尔知道，不是什么要紧的事情。肯定是想炫耀或吹嘘什么，虽然这对阿斯特丽德来说很重要，可阿莫尔现在没力气回电话。等会儿再说。再过一会儿，她会跟姐姐聊一聊的。

一天中总有那么一段时间，她会尽量留给自己，也就是她轮完班后的一两个小时。不论是早上还是晚上，仪式都是一样的。她会把浴缸放满水，在浴缸边上点燃一支蜡烛。然后一件一件地脱掉制服，总是小心翼翼，按正确的顺序来脱，因为如果弄错了顺序，她就得重新穿上衣服，从头再来一遍。室内的光线不断变化，她躺在温暖的水中，常常会一时忘记自己。或是彻彻底底做回自己，以至于周遭的一切都不复存在，包括她刚刚经历的漫长而艰难的一天。但今天晚上，她有些心绪不宁，有什么东西在她心底，搅得她很焦躁。

过了一会儿，苏珊进来了。是个体格魁梧、一头黑色短发的女人，也许是吧。那时，阿莫尔已经洗完澡，穿着睡袍在做晚饭。她们接了吻，但不怎么热情。

她们在厨房的餐桌上吃饭时，阿斯特丽德又打来了电话。隔壁的房间里传来抱怨的声音。该死，你在哪儿？一整天都在试着联系你。给我回电话。我有事要告诉你。

你不打算接电话吗？苏珊说。

阿莫尔摇了摇头。即使这样一个小小的动作，也带着一丝沉重的意味。我晚些时候再给她打电话。

怎么了？

我不知道。

你又失去了一个病人？

嗯。可这并不罕见，对吧？如果你在艾滋病病房工作的话。

嗯，苏珊说。确实不会那么罕见。

两人吃饭时，她握着阿莫尔的手。她们没再说话，但仿佛正在进行一场对话，一场她此前已有过很多次的对话。苏珊曾经和阿莫尔在同一个病房工作，但几年前，她就不干了，因为这让她很沮丧。如今，她在一家大公司做健康顾问。她觉得阿莫尔的工作对她没有好处，也不明白她为什么明知道代价显而易见，却还要一直干下去。

如今，她们的大部分对话已成往事。随着关系的发展，她们已走到了这个阶段；两人都知道这一点，但谁也没说出口。可两只手在桌面上握在一起的感觉依旧非常温柔。

餐桌立在德班的伯里亚地区一栋两居室的朴素房子里。苏珊的住处。这栋房子和房子里的生活让人觉得，住在这里的人已经扎了根，能永远住下去。随后，阿莫尔在客厅坐下，给姐姐回了电话，客厅里的沙发用久了，已变得很旧，上面的坐垫也磨破了。地毯和书架上的书页也一样。但这个房间里的东西都不属于阿莫尔，那种"能永远住下去"的感觉也是借来的。她以前没有想过这件事，近来却开始想了，想得越来越多。

阿斯特丽德立即接了电话，有些焦躁不安。你去哪儿了？我打了好多电话……

我在干活，阿莫尔说。

阿斯特丽德大声哼了一声。自从嫁了个有钱人后，她便觉得"干活"这个概念很讨人厌，尤其是在"干活"等同于"工作"的时候。操持家务、相夫教子已经够糟了，所以你得雇些仆人，给你打下手。在阿斯特丽德看来，她妹妹却选择了像仆人那样过日子，何苦呢？是为了惩罚自己吗？

总之，她说，我想跟你说说就职典礼的事。

什么？

姆贝基[1]总统的就职典礼，我几周前提到过，你不记得了吗，我们受到了邀请？你什么都记不住。

噢对，我想起来了，阿莫尔说，不过她早就把这件事忘掉了，直到这一刻才想起。

1　指塔博·姆武耶卢瓦·姆贝基（Thabo Mvuyelwa Mbeki，1942—　），南非政治家，曾于1999年6月至2008年9月担任两届南非总统。

阿斯特丽德的丈夫杰克与一位知名的政客有合作关系，就不说具体叫什么了，没必要轻率行事，不过那家伙很受欢迎，很有权势，还是个黑人，显然，这一点如今很重要。幸运的是，他们是同一个住宅小区[1]的邻居，并且都看到了发财的机会，也确实发了财。赚了很多很多钱，近来犯罪率飙升，安保工作的确能赚大钱。就算阿斯特丽德和杰克之所以受到邀请，是因为他们和那位政客有业务往来，可这又怎么样呢，不光是这里，整个世界就是这样，一切都取决于你认识谁。

　　这是阿斯特丽德这辈子最激动人心的一天！她一直在跟大家说这件事，也想跟阿莫尔说一说，说说联合大厦里的那些人，穿着礼服，戴着帽子！都是些名流，天哪。那个演员，想不起他叫什么了，可如果你看到他，会认出他来，菲德尔·卡斯特罗[2]和卡扎菲[3]也在！远远看去，他们中的大多数只是模糊的一团，但他们有巨大的电视屏幕，屏幕中，他们的身

1　原文为"gated community"，指富人居住的封闭式住宅小区。

2　菲德尔·卡斯特罗（Fidel Castro，1926—2016），古巴第一任最高领导人。

3　指奥马尔·穆阿迈尔·卡扎菲（Muammar Muhammad Abu Minyar al-Gaddafi，1942—2011），利比亚前最高领导人。

影被放得很大。

就职典礼被安排在南非民主化十周年纪念日那天，你看得出来，这群人来自不同的种族，他们都很高兴，很安逸，每个人都……该怎么形容呢，像涂了润滑油似的，而且不知怎么回事，都很圆滑。因为，我的意思是，说实话，这些人热爱自己的生活都是有原因的。他们都很有钱，但这有什么关系呢，只要他们站在正确的一边就行了。整场盛会非常鼓舞人心，非常催人奋进，现场放着音乐，明亮的非洲色彩随处可见，头顶上空还有飞行表演；当然，这一切都是这个政党应得的，他们刚刚赢得了绝大多数选票，的确有资格让自己高兴高兴。

我本人呢，阿斯特丽德说，并不了解姆贝基。他似乎只有两种表情，你注意到了吗？一种是木讷呆板的表情，另一种是扬起眉毛，看起来很惊讶的表情。

透过客厅的窗户，阿莫尔能看见小小的后花园，在黑暗中沙沙作响，显得很神秘，她也能看到更远处灯火通明的城市与港口。夜晚安静、寒冷、明朗，空气中没有湿气。宜人的秋日天气。在这一带，一年中最美好的时光就是现在。

他的演讲很精彩，阿斯特丽德说。我得承认，我当时有些走神，但他的确很好地传达了信息，让人充满希望。

到处都有唱诗班和乐队的表演，到处在举办派对……气氛非常欢乐，比勒陀利亚从未如此放松过，你肯定认不出来……

事情是这样的。阿斯特丽德压低嗓门，声音也变尖了，仿佛她就在你身旁，把头靠过来，跟你说起了悄悄话。在国家剧院举行的某次晚宴上，她曾近距离看到姆贝基。她不得不承认，虽然他很爱扬起眉毛，但他长得不赖。而且她觉得，她几乎可以肯定，阿斯特丽德告诉妹妹，他注意到了她。

什么?

姆贝基。他看着我，离我，噢，离我只有六英尺远。我们之间产生了一种感觉，就像，我不知道该怎么形容，就像被电了一下。

噢，阿莫尔说。

我觉得他想要我的电话号码，阿斯特丽德说。但当着那么些人的面，他要不了。也许连他妻子也在人群里。不过我觉得他很想要。

好吧，阿莫尔说。你这日子过得。她不知道还能说些什么，毕竟她本该嫉妒阿斯特丽德，却没有。

但阿斯特丽德已经感觉到，她的这个小插曲并没有给妹妹留下深刻印象，而且让两人的谈话走向了死胡同。不知道我为什么要费这个劲，我妹妹对社会地位之类的事情一窍不通。事实上，对很多事情都一窍不通。一直都这样，不过我以前觉得她是在演戏。

阿莫尔走进卧室时，苏珊已经睡着了，否则她会跟苏珊讲一讲自己跟阿斯特丽德聊了些什么。或许不会。近来，她并不会把所有事情都告诉苏珊，这么做并不是每次都管用。然而，在温暖的黑暗中躺在伴侣身后，用胳膊搂着她，用手感受人心的跳动，这依然会给你带来安慰，一种深沉而宁静的安慰。现在，你抱着的是不是苏珊本人已经不再那么重要。只需要有一具身体在你旁边。让你不孤单。

因为到了早上，你必须起床，按正确的顺序一件一件地穿上制服，然后回到医院。去医院里你工作的那间病房。那里每天（的确是每天）都会多出一些将死的病人，你必须满足他们的需求，却满足不了，因为那个有着两种表情的男人，那个或许想要，或许不想要你姐姐电话号码的男人，并不相信他们病了[1]。

苏珊是对的，第一，这份工作对她没有好处。第二，阿莫尔做这份工作是出于被迫，她带着一丝强迫的意味寻找痛苦，并且试图减轻痛苦。因为你做不到，在这场特殊的战斗中，你赢不了。所以为什么要一遍又一遍地把自己钉在那根无论如何都会存在的尖刺上呢？你想伤害自己吗？

也许这便是原因所在。也许这是一种惩罚自我的方式。

即便在说这番话的时候，阿斯特丽德也很清楚自己没说真话。这是她半年来头一次在告解室里跪下，她却已经失去了说真话的才能。

大约在过去的一年里，她一直与杰克的生意伙伴有染，那位政客现在比以往任何时候都更应该保持匿名，没必要莽撞行事；顺便提一句，她怀疑，让他们受邀前往联合大厦的，是这段婚外情，而不是商业关系。然而，那又如何呢？你若仔细想想就会明白，

1　据哈佛大学专家估计，姆贝基颇有争议的艾滋病相关政策在 2000 年到 2005 年间造成了 36.5 万人死亡，其中包括 3.5 万名儿童。

做人得讲究互惠互利，这便是游戏规则，况且这些日子以来，杰克·穆迪和阿斯特丽德·穆迪过得顺风顺水。真的，如果她丈夫当真能发现她的外遇，他应该心存感激。

可她之所以这么做，并不是出于这个原因，当然不是！事实上，阿斯特丽德发现他，也就是那位政客，几乎性感得让人难以承受，每次他靠近时，她的鼻孔都会颤动，她的身体都想为他裂开。以前和黑人在一起时，从来没有出现过这种情况！反正她从来没有这样过。实际上，刚好相反，阿斯特丽德以前总觉得黑人没什么魅力，但她最近注意到，他们已经渐渐表现得更自信了，会按照自己的风格穿衣服，剪头发，而且她不得不承认，这么做确实很奏效。此外，他们不再对韶华已逝、人高马大的女性怀有偏见，也愿意和她调情。

即便如此，她还是没办法接受和黑人接吻，在这个家伙出现以前，你做不到。他不一样，他让你换了一种眼光看世界，感受他的肌肉在光滑黝黑的皮肤下滑动，凝视他那双几乎快要闭上的眼睛。他念你名字时发音有点不对，重音放在了第二个音节。他的老二看起来非常结实，不像白人的阴茎那样是粉色的，还很脆弱。他那块劳力士金腕表放在床头柜上。他的舌头细腻而柔软。

不能再这样下去了。你向我保证过的！

我知道，她说。然后迅速补充道，可是为什么呢？

为什么？你居然会问我这种问题。你看不出来你已经堕落到什么程度了吗？

怎样才算不堕落呢，神父？她不是在和他争论，她喜欢他夸张的语气，他的措辞就像教堂里的装饰一样华丽。

走正道才不算堕落，神父说罢，叹了口气。阿斯特丽德。阿斯特丽德。我以为你半年前就放下这件事了，在我们谈过以后。

是的，神父。

你看不到纱窗后的他，只能看到一个动来动去的身影，所以他的声音便是一切，但她足够了解他，留意到他的声调此时沉了下去。变得亲密起来。正是巴蒂神父主持了她的皈依仪式，以及她后来与杰克的婚礼，自此以后，他们就一直走得很近。此外，六个月前，她在这里向他坦白了一切，她的婚外情及其肮脏的后果，他便让她承诺会结束这段感情。她原本打算这么做，也真心诚意地做出了承诺，却没能兑现诺言，而且做得还远远不够。事实证明，她还没有准备好迈出这一步。因此，从那时起，她就一直远离教堂，以避免此刻正在上演的这一幕，以及随之而来的那种含混不清、丝丝缕缕的负罪感。真不该来这里！

她之所以在这儿，只是因为她跟阿莫尔说了自己去参加就职典礼的事，却听得出来妹妹不以为然。认可对阿斯特丽德来说非常重要，而最近，上帝可能也不太认可她，这让她很是烦恼。

你和杰克都跟我分享过你们内心的挣扎。巴蒂神父说。你们向我敞开过心扉，告诉我出了什么问题。早些时候，当时和你在一起的还是，还是……

迪安，她说。一股新鲜的内疚感传遍她的全身。迪安现在和他的新任妻子查梅因住在巴利托[1]。可怜的小个子，我对他做了些什么。那些年里，我迷失了，神父。

1　巴利托（Ballito）是南非夸祖鲁−纳塔尔省的一个度假小镇，位于德班以北约 40 公里处。

可如今你却在重蹈覆辙。

可这两件事不一样！她思考着它们有何区别，这又引出了另一个问题。神父，你是不是觉得，和黑人通奸的罪过更大？

巴蒂神父对这个特殊的教徒怀有复杂而矛盾的感情。他陪她一起度过了很多小时，比普通皈依者所需的时间要长，可她比大多数人的需求都多。事实上，蒂莫西·巴蒂在此之前就意识到，也许阿斯特丽德的需求就像一个熔炉，不管你往里面扔什么，都会被吞噬，并且永远得不到满足。他下定决心，打算采取更严厉的措施来扑灭炉火。

与任何人通奸都是弥天大罪！我们在你的教理问答课上讨论过这个问题，我为什么还得提醒你呢？你向我保证过，这样的行为再也不会发生了。你说，这是你婚姻中的一点不足。可我担心，这是你自己的一点不足。

阿斯特丽德终于哭了起来。这样的时刻总是能荡涤污秽。就气质而言，她轻而易举便皈依了天主教，也可以反过来说，她的皈依可谓水到渠成。她觉得，新的信仰就如同一件她紧紧穿在身上的防水服，虽然没能阻止她在恐惧和欲望的驱使下行事，却提供了一种在事后洗刷掉它们的办法。她会诚心告解，因果报应的时钟会再次归零；她也会向神父发誓，说她会遵从他的指示，这是她最后一次误入歧途，下不为例，而且她肯定会说到做到。

但巴蒂神父今天早上并不吃这一套。这样无休无止的忏悔与重犯毫无用处。你必须做个了断，今天就做！

我明白，神父。

真的吗？我上次就跟你说过，你必须先结束这一切，然后才能领圣餐。

从那以后，我就再也没有领过圣餐了。

所以你为此感到骄傲，是吗？蒂莫西·巴蒂现年六十多岁，他从年轻时就开始在这个游戏（不好意思，是这个行业）里摸爬滚打了。到如今，他对道德的看法早已僵化到死板又固执的地步。他不是特别在意阿斯特丽德性格中的弱点，但他的确很在意她已经脱离了他的掌控范围。她上一次告解还是六个月前，也一直没有回他的电话，所以现在得强硬一点。你今天的告解不算数。

可我已经告解了！

这不是真正的告解，因为你还有罪。你并没有悔改。

我已经悔改了，神父，但我还有不足之处。小隔间突然变得逼仄起来，阿斯特丽德都喘不上气了，她想要逃走。我会结束这一切的，神父，她说，希望告解仪式能尽快结束，这样她就可以脱身了。

我们拭目以待。巴蒂神父面容苍白，长着淡淡的斑点，想象力却五彩斑斓。有时，阿斯特丽德会出现在他的幻想中，这样的经历总是比现实生活中的相遇更令人愉悦，不过神父很喜欢丰满的女人，那象征着一种近乎下流的健康体魄。他永远不会碰她，不会真碰，不会用自己的手。但男人可能会做梦。上帝看透了你的心，他悲伤地告诉她。永远不要怀疑这一点。你可以欺骗自己，但永远欺骗不了他。

我可不想欺骗他！

那就好。真是太好了。赶紧去想一想你都做了些什么，并让你的婚姻走上正轨。抹掉你生活中的这个污点，等你准备妥当之后再回来，到时候，你就会得到赦免。

从告解室出来时，她感到非常不安，比进去时要糟得多。告解不算数，负担一点也没减轻！她知道自己必须结束这段婚外恋，可觉得自己做不到，这种人类常有的两难境地不仅限于浪漫关系。就不应该去找神父，不应该在她准备好之前去找他。没人知道她去那里时到底想要什么，但她肯定不想要这样的结果。现在，她遇到了危机。

离接孩子放学还有几个小时，为了安慰自己，阿斯特丽德决定去门林[1]。购物中心一直都是最能让她开心的地方。密密麻麻的店面挤在一起，人群缓步前行，场面甚是混乱，仿佛一盏里面的液体翻腾个不停的熔岩灯，这一切足以让她感到安心。在那里，你不会遇到什么可怕的事情。不过，她有一次的确见过一个男人昏倒在超市的宠物食品货架旁，甚至可能是心脏病发作。想想看，你在世时最后一眼看到的，居然是一袋狗粮！但这里仍然是她觉得最安全的地方。

阿斯特丽德的恐惧并没有随着时间的推移而减轻。反倒是加深了。当黑人接管这个国家的时候，她

1　指门林公园购物中心（Menlyn Park Shopping Centre），是比勒陀利亚一处大型购物中心，以其所在的郊区命名，始建于 1979 年。

以为他们会掀起一场腥风血雨，人们开始囤积食物，购买枪支，仿佛世界末日已然来临。可后来，什么都没发生，大家都像以前一样继续生活，不过还是有一些不同——日子变得更美好了，因为人们学会了宽恕，也不再举行抵制活动。当然，总是担心自己安危的滋味可不好受，但好的一面是，杰克的生意蒸蒸日上。从来没这么好过。而且他们在家里得到了最高级别的保护，这一点毋庸置疑。

她把装得满满当当的手推车推到外面的停车场，又将一包包商品堆入后备厢。出手可真是阔绰！有时候，她会编造一些理由去购物，那种感觉简直太棒了，可买完东西后，你不得不把车倒出停车位，在出口处排队，这时候，你总会有种怅然若失的感觉。薄荷糖碰撞着她的牙齿，发出悦耳的声响，她将车开出商场，汇入旁边车道的车流中，在红绿灯前等着红灯变绿。

阿斯特丽德有些放松警惕，这很罕见，可她心里还在为告解室里的遭遇而苦恼，因此精神有些涣散。唯有这个原因能解释一个男人，一个陌生人，能突然溜到她旁边的座位上。她惊讶地看着他。尽管脸上坑坑洼洼，他却衣冠楚楚，行事冷静。他甚至在微笑，仿佛一直在等她来接自己。你好呀，他拿出一把枪，跟她打起了招呼。

你是谁？她问。你想要什么？

这些问题问得不无道理，不过在某种意义上，阿斯特丽德一生都在等待这个男人。

我叫林迪尔，他说。我想让你开车。

他叫林迪尔，但他有好几个名字，这只是其中一个，人们也叫他"火棍"和"杀手"，他就是那样的人。目前，他住在离这里不远的地方，可他在很多地方都住过，每个地方都不会待很久，通常只是稍作停留，然后继续漂泊，他漂流在不同的城市和身份之中，或者说，它们就像气流一样在他身上穿梭。他是个居无定所、食无常处的人。

阿斯特丽德终于感受到了恐惧，并且确信，不可能发生的事情真的正在发生。发生在她身上。

开车，林迪尔说；她照做了。

他并不在乎这个歇斯底里的白种女人，她只是他达成目的的手段，他想要的，是她开的那辆宝马。有人下了个订单，想要一辆这样的车，就想要青灰色的，而她只是碰巧开着那辆车。并非想要针对她本人。不过，如果她继续这样哭哭啼啼、胡言乱语（他对这样的场面并不陌生），她兴许会碍他的事，那他就不会这么客气了。他用枪抵住她身体的一侧，告诉她，她要是按他说的做，就不会受到伤害。他知道这是她想听的，而她几乎立刻就冷静了一些。

他让她把车开到一条无人的小路，然后命令她下车。你要对我做什么？她哭喊道。闭嘴，他告诉她。听我说。为什么人们总想知道自己会怎么样？总是那么不耐烦。她戴着一些昂贵的珠宝，一条项链、一对耳环，以及她的结婚戒指；他帮她卸下了这些负担，还有她的手机，一部索尼爱立信，真不错，然后把她塞进了后备厢里。为了腾出空间，他不得不把那些购物袋拿出来，把它们留在路边。这么多食物，真可惜，都浪费了。她像个婴儿一样蜷缩在漆黑的空间里。他们总是这样。

他喜欢开这辆车，喜欢那种稳重的感觉，驾驶起来却很轻松。白人真会享受生活！他从一大早就开始喝啤酒，飞叶子，服镇静剂，到了现在，他既倦怠，又兴奋，浑身上下充盈着一种骚动不安的满足感。他也许就快控制不住自己了。他想去拜访一位女性朋友，离这里不远，也许他现在就可以出发，他的思绪飘向了那个方向，直到后备厢里传来的砰砰声和呻吟声让他回过神来，想起了手头要办的事情。工作尚未完成。也许有人看见他上了车，此时此刻，他们也许正在找他。他需要把货送给下单的人，拿到钱，然后离开。

之前，就没有他搞不定的事情。每一次都比前一次多一分麻木。可他在关键时刻还是会变得神经脆弱，这是他天性中尚需克服的一个弱点；当那个女人终于看向他的枪管，眼见着自己生命的直径不断缩小时，他却在恶毒地咒骂自己，而不是她。快点，胆小鬼，动手，动手啊！可是，当他的目光捕捉到了别的什么东西，一样他之前没有注意到的东西时，他的语气突然发生了变化。

把它给我，他换了种声音说话。

什么？

手镯，给我，给我。

她抖得很厉害，几乎没办法摘下手镯。这东西很漂亮，是用蓝白两色的珠子做的，可你若仔细看，就会发现它并不值钱。真让人失望。他把它塞进口袋。咔嗒咔嗒。够了。差点心生同情，放她一马，总算没有。不能留活口。对不起，他说。然后就结束了，很响亮，也很突然；她也一样，就这么没命了。

他站在一座偏僻而巨大的停车场边上，这地方他以前来过。头顶有一块废旧的汽车影院屏幕，经过多年的日晒雨淋，已经变了色，屏幕上一片空白，如同未来一样。一切都蒙上了一层棕色的灰尘，而那个女人色彩鲜亮的衣服就像洒出来的油漆，在这种一成不变的风景中格外显眼。她背靠着一堵墙，那堵墙属于一间废弃的出纳室，他用一只鞋的鞋尖将她推向了阴影更深处。随后回到车里，加速离开那儿。事发后不久，最危险的时刻。你可不想这时被人发现。

他把车送到下单的买家那里，把其他那些小小的福利留给了自己，同时得到了一笔酬金，对他来说，是一大笔钱。活儿干完后，他喜欢去附近的地下酒吧[1]喝酒。酒精让他重新变得像早些时候那样兴奋，

1　原文为"shebeen"，尤指爱尔兰、苏格兰和南非的无执照酒馆。

下午的时间过得很慢，不知什么时候，眼神呆滞的他呼吸着酒吧里污浊的空气，把手伸进口袋，发现了他抢过来的手镯。接着，那女人的脸再次清晰地出现在他脑海中，像一轮满月，在他心中的地平线上冉冉升起。可怜的阿斯特丽德！虽然他不知道她叫什么，但她的恐惧已经渗入他的内心，他必须压制它，把它踩在脚下，以免它在他心中生根发芽。不要回头看。

他把手镯给了一个他认识的女人，这女人有时会用性来交换廉价的小首饰。可当她戴上手镯，快速挥手显摆它的颜色（蓝白蓝），他却突然对她失去了兴趣，走了。必须着眼于未来，起码得着眼于眼前的地面，林迪尔 / 火棍 / 杀手跟跟跄跄地走在路上，消失在画面外，什么也没留下。

把阿斯特丽德留在了身后。今天早上，她还活着，呼吸着空气，输送着血液，孵化着想法，是个有意识的生物，胳膊内侧有轻微的湿疹，打算和朋友一起吃晚餐。兴许和你没什么区别。而现在，她瘫倒在墙根处，头发和衣服乱作一团。已经不成人形。很难看出她是一个完整的人，除非你盯着她看一会儿。

老人盯着她看了一会儿，随后才明白过来。破烂的衣服，歪着的身子[1]。在这家废弃的汽车电影院里，一些杆子孤零零地插在柏油地面上，他之所以在这里现身，并非出于偶然。他就住在这里，在这间出纳室（准确地说，是曾经的出纳室）里安了家。他占据了这块地盘，一住就是，呃，也许是一年，或是两年，他早就没了时间概念。

没过多久，恐慌开始袭来。万一他们责怪他呢？他们经常这么做，会因为一些他一无所知的事情去责怪人。据他所知，唯一的办法就是去找个白人来报案。

城市边缘有一家廉价汽车旅馆，里面有一个专做酒水外卖生意的商铺，他偶尔会去那里买酒喝，前台的女经理听他讲了这个故事，结果越听越慌张。确定是个白人女性？哦，天哪！她打电话报了警，没过多久，警察队伍中的两名代表，两个身着蓝色制服的小伙子，南非最优秀的探员，奥利芬特和亨特[2]便来向他了解情况了。

大家都知道接下来会发生什么，无非就是问问

1　"破烂的衣服，歪着的身子"（Raggedy in dress, slanted in attitude）算是一种双关，既可指死去的阿斯特丽德，也可指老人。

2　亨特（Hunter）作为名词可以指猎人，而奥利芬特（Olyphant）接近"oliphant"一词，指猎人用的象牙号角。

题，做笔录，开车去凶杀现场，在那里继续做笔录，也会进行一些测量和拍摄工作。即使在这里，在这么偏僻的地方，也不可能阻止一小群人聚集起来，包括几名记者和一些来自附近农田上的好事者。

为了阻止那些围观者靠近，奥利芬特和亨特使出了浑身解数。这对搭档很严肃，可不知道为什么，这反而让他们变得更好笑了（至少那些注意到他们在诸多方面都很不一样的人会这么觉得），仿佛他们之所以配对，就是为了逗人开心。他们浑身散发着一种严谨的气息，不过，跟其他那些维护法律与秩序的官员一样，他们偶尔也会迫于无奈，想出一些颇具创意的点子来挣一些外快，有时还会做些见不得人的事。但没必要在这里详细讨论这些，它们在本案中几乎不适用，不该被提及。

今天，这两名探员在白人女性阿斯特丽德·查伦·穆迪遭人谋杀一案（该话题很有可能引起大家的密切关注）中表现得颇为得体。可是，等他们彻底盘问了那个发现死者的受惊老人，给他带来了极大的精神负担后，他们却不知道该怎么办了，只能将各种细节记录下来，绝大部分都是以数字的形式。数学又来了！从这里到那里有多少米，角度有多大，一只可能是男人穿的大码鞋子，射程很近。数字的确会揭示某种真相，但也很有可能只是一串数字，例如：

1. 年龄：奥利芬特 53 / 亨特 38
2. 警龄：34 / 12
3. 腰围：48 / 34
4. 智商：144 / 115
5. 婚姻次数：1 / 3
6. 子女人数：0 / 6

等等，等等，尽管他们有许多不同之处，但他们已在彼此的陪伴下度过了许多日子；在这种情况下，人们通常会变得你我不分。比如说，在某些婚姻中，你一定见过这样的事，或许甚至亲身经历过，只见界限变得越来越模糊，不同的颜色混在了一起。

安东立即注意到了这一点。你们两个，他说。就像是杜邦和杜庞[1]。不，不太对。更像是弗拉基米尔

1　原文为 "Thomson and Thompson"，即《丁丁历险记》中的杜邦和杜庞（Dupond et Dupont），是一对笨手笨脚的侦探搭档。他俩虽然长得一模一样，名字也很接近，却没有一点亲戚关系。

和爱斯特拉冈 [1]。你们明白我的意思吧。

他很走运，他们并不明白。他们只是困惑地皱着眉头。这家伙怎么了？居然会在这种时候，在停尸房里开玩笑！他以为他是谁，警察吗？

说真的，你们在这里干什么？是来逮捕我的吗？

我们只是想和你聊一聊，斯瓦特先生。不过请先去确认死者身份。

没必要让他们跟着，这应该是属于亲朋好友的私人时刻。于是他们坐在两把一模一样的扶手椅里，在外面的门厅里等着，那里摆放着悲伤的盆栽，还铺着深色的木地板。

死者的丈夫也在那里，他双手捂着脸，像个醉汉一样瘫软无力地坐着。杰克·穆迪现年四十一岁，与一位知名政客合伙经营一家生意兴隆的私人安保公司，两位探员已经查明了这一点。块头很大，身材魁梧，一定常去健身房，但他此刻非常震惊，看起来就像是丢了魂。知道他妻子死了，能从骨子里感觉到。

1　弗拉基米尔（Vladimir）和爱斯特拉冈（Estragon）是戏剧作品《等待戈多》里的两个主要人物。两人同为流浪汉，一起等待着戈多，性情和天资却大不相同。

所以他才会让安东替他确认死者身份。

安东跟着那个身穿白袍的男人（他的名牌上写着他叫萨维奇），沿着一条凉飕飕的长廊来到一扇铁门前。就跟小说情节一样，安东若有所思地说道，但这个想法似乎并未让萨维奇感到不安。他站在一边，让安东先过去，举止非常有礼貌。你本以为会看到一排又一排金属抽屉，每个抽屉里都储藏着冰冷的尸体，可他们为了方便你查看，早已把她安置在了房间中央的桌子上。当然，用裹尸布盖住了。

你以前见过尸体吗？萨维奇站在桌子另一边问他。他语气冷淡，但不要被他的这个样子给骗了。萨维奇也有自己的嗜好。

没有。不对，是的，我见过。

到底见没见过？

我曾经杀过一个人，他发现他向这个彻头彻尾的陌生人坦白起了自己的罪行，此人的五官原本就凑得很近，听到这个信息后，它们似乎进一步收缩，离得更近。我当兵时杀过一个女人。（可那算数吗？）

他已经很多年没想起过她了。可突然间，她又回到了他面前，被他的子弹击倒，然后再次死去。他发现自己哭了起来，这让他觉得很荒谬，紧接着，萨维奇拉开了窗帘。哦不，是拉开了裹尸布。

我妹妹。躺在那里。死了。确定无疑。令人震惊。是的。

你说什么？

是的，他又说了一遍，挣扎着发出声来。没错，是她。

萨维奇再次将裹尸布盖在死者身上，几乎一点也不拖泥带水。在一张纸上写了些什么。在这里签字。还有这里，谢谢。安东还在哭，他的一滴泪溅到了纸上。这有什么好丢脸的？但确实，确实很丢脸。萨维奇小心翼翼地用袖子擦干了泪痕。

这样的时刻的确很难熬，他说。

安东笑弯了腰。噢，太棒了！我已经很久没这么笑过了，仿佛抽了筋。以前很容易就能做到。丢掉了这门哈哈大笑的艺术。噢，萨维奇，等他最终恢复正常后，他说，你这家伙真是太逗了。

萨维奇气冲冲地沿着走廊走在前面，身子有些发僵，他受到了冒犯，或者至少觉得很困惑。死人比活人更容易预判，毕竟后者有着多变的情绪和心态。

人类语言中有些没有答案的谜语，并非只有他这么想，不过并不是每个人都因此而渴望沉默。

其中一名探员得在萨维奇的表格上签字，另一名探员则在观察死者哥哥和丈夫之间的交流。确认身份，官僚与个人的交锋。过了一会儿，杰克才抬起眼睛，安东向他点了点头。交流到此为止，但信息已经传达，接着是长久的颤抖与恸哭。一切都再正常不过。

等到局面再度稳定下来，奥利芬特探员便切入了正题。没必要跟死者丈夫说话，那人已是一团糟了，于是他一直将注意力放在另一个人，即死者的哥哥身上。没有人因为什么事情想要你妹妹的命？她没结什么仇家吧？

据我所知，没有。不过，他过了一会儿又补充道，每个人都有仇家。

真的吗？

你不这么觉得吗？

你的仇家是谁，斯瓦特先生？

噢。他无力地挥了挥手，以此来表明答案超乎探员的想象。多得是。

毫无疑问，这家伙是个怪人。不管他说什么，总是说得很隐晦。两名探员在大部分时间里都不明白他在说些什么。先是号啕大哭，后来又放声大笑。还有，他为什么觉得我们会逮捕他？难道他跟此案有关？

我想这是一起劫持事件吧？这时他不耐烦地说道。是为了抢她的车？

我们还在做进一步调查，其他的无可奉告。有时候，劫持事件比你想的要复杂得多。

真的吗？

嗯，奥利芬特探员说。你会感到惊讶的。

可安东再也不会轻易感到惊讶了，或者说，他只会偶尔感到惊讶，而且通常都是为自己感到惊讶。两名探员也同样见怪不怪。这起谋杀案？这算不了什么。你上周就该跟我在一起。哎，伙计，这种事情多了去了。原因也千奇百怪。南非人有时候自相残杀，似乎只是为了找乐子，或是为了一点小钱，一些小小的分歧。把人射死、捅死、勒死、烧死、毒死、闷死、淹死，用棍棒打死 / 妻子和丈夫互相残害 / 父母杀死孩子，或是孩子杀死父母 / 陌生人杀害陌生人。

尸体被随意扔在一旁，就像没有任何实际用途的皱巴巴的包装纸。每一具尸体都是一个生命，或者更确切地说，曾经是一个生命；痛苦的同心圆如同涟漪，以每具尸体为圆心，向四面八方散去，也许会永远如此。

安东得在杰克走路时帮他站直身子，这个可怜的家伙竟已虚弱到了如此地步。很难将他扶稳，他块头很大，身体很沉，行动很迟缓，活像一具动物的死尸。他俩一直都不亲近，这突如其来的肢体亲密接触显得很不自然。可以触摸到他前臂上松软的毛发。放松点，就快到了。为他打开车门，用力把他挪进去。哎呀，小心，别把手指夹了。

安东绕到驾驶座所在的一侧，坐了进去。杰克先前便考虑到了这种情况，所以要求在今天搭他的便车。不确定我自己行不行。说明他很害怕，甚至都不敢主动发问。

需要我送你去哪里吗？

啊？

我的意思是，安东说，在我开车送你回家之前，你还有没有其他想去的地方？你想去看医生吗？

杰克思考着这个问题，宽大的额头因为努力思考而皱了起来。即使他无精打采地瘫坐在座位上，他的头也顶到了车顶，可他今天依然莫名地显得很娇小。最后他说，去教堂。

去教堂？

嗯。你能不能在送我回家的路上经过教堂？我想跟神父谈一谈。

安东很惊讶，可杰克同样如此。他已有好几年没领过圣餐，做过告解，此时却突然想寻求属灵的帮助。他这一行里有许多讨厌的骗子，其中一些在他手下效力。他自认为是个狠角色，绝非清白之人，他得腐蚀掉自己天性中敏感的一面，否则会因此栽跟头。他每周锻炼三次，是空手道黑带，喜欢看查尔斯·布朗森和克林特·伊斯特伍德[1]饰演义警。你觉得你很走运吗，小瘪三？动手啊，我求之不得。[2]

所以，他没有认出这个此时正在巴蒂神父面前

1　查尔斯·布朗森（Charles Bronson，1921—2003），美国著名动作片演员，代表作为复仇电影《猛龙怪客》（*Death Wish*）系列。克林特·伊斯特伍德（Clint Eastwood，1930—　），美国著名演员、电影导演、电影制片，代表作包括铁汉刑警《肮脏的哈里》（*Dirty Harry*）系列。

2　最后两句语出电影《肮脏的哈里》，与原台词稍有出入，说出这两句台词的正是克林特·伊斯特伍德。

侧着身子抽泣的人是他自己。这个已经乱了方寸，用纸巾擦着鼻子，哭哭啼啼地谈论着惩罚这个话题的草包是谁？噢，天哪，显然是我本人。

神父也很震惊，不过他有自己的理由。真的，仔细一想，除了凶手以外，他是最后一个和那个女人说话的人。这让他不寒而栗。

发生在你妻子身上的是恶行。不是惩罚！

但这种感觉只有他自己能体会。杰克虽然人高马大，肌肉发达，内心却很脆弱，长期以来，他心里一直坚信自己无论如何都会受到诅咒。首先，他早就怀疑阿斯特丽德的离婚是对上帝的冒犯，尽管她在第一段婚姻里立下的誓言在外人看来并不神圣；此外，他还怀疑他们两人迟早都要付出代价。在这方面，他的信念倒是从未动摇过。

我敢断言，巴蒂神父说，在我们说话的时候，她已经在救世主的怀抱里了。这种格言警句般的保证，他总是能如此轻而易举地做出，甚至在他年轻的时候，他就会摆出一副属灵权威的派头来，让人难以忍受，可他今天之所以说这番话，是为了让自己不去想某件不愉快的事情。

你还记得她并不是生来就是天主教徒吧。她是因为我而皈依天主教的。

你是说，是上帝为她选择了天主教。可不论她选哪条路，她都已找到了归宿。神父还在一心想着那件不愉快的事情，越想越不痛快。真不敢相信我在不久前才见过她。

你这是什么意思？

昨天早上，她跟我说过话。

对于杰克来说，这可是条惊天大新闻。怎么回事？

噢，神父像是如梦初醒，说道。她是来告解的。她上次来还是在很久以前。六个月前。请注意，他补充道，你已经有不止六个月没来过了。

她说了些什么？

我不能告诉你，杰克。你也知道，告解室是私密场所。更何况，那件不愉快的事正是出自此处：她没能做成告解，他便让她走了，结果一个小时后，她就死了！难道说，她的灵魂重重地压在了我身上？你不要逼我。她当时正在和自己的罪过做斗争，他大声断定，这对她来说会是件好事。主会善待她的！

她的罪过？

我们都有罪，为了转移话题，他急忙补充道。当然有罪！

幸运的是，杰克说，她先得到了赦免，然后才……

不完全是这样，并非如此，不。这位好心的神父并不希望聊到这个话题，这样对大家都好，但已经来不及了。

你说她做过告解了。难道你没有赦免她？

嗯，她得先解决……一个问题。但我不能再说下去了，杰克。我已经说得够多了。

这段对话发生在教堂后的花园里。不，更有可能发生在教堂里，在其中一张长椅上，柔和的光线透过彩色玻璃窗，在杰克脸上投下微光，于是，待他在片刻之后走出教堂时，他有种眼花缭乱的感觉，走起路来也有些不稳。不是他自己，嗯，压根不是。可他如果不是他自己，那又会是谁呢？杰克（或者那个谎称自己是杰克的骗子）跌跌撞撞走下了正门的台阶，走到他的内兄面前，后者正坐在汽车引擎盖上等他。

你好点了吗？安东在他们重新沿着公路行驶时问道。他不由自主、真心诚意地想要知道答案。和神父谈话。让你好受一些吗？

这个问题似乎没有传到杰克耳畔。他的眼睛盯着别的东西，但那东西并不存在。过了一会儿，他才心不在焉地答道。阿斯特丽德死掉的那个早上，她向神父告解了。

说了些什么？

我不知道。他不愿意告诉我。

一时间，两人从不同的角度琢磨起这个事实来。安东此时已接受了几年的治疗，只能从这一角度来理解告解。可在他身旁，离他仅一肘之遥的妹夫却有截然不同的感受。在杰克身上发生着一些事情。他仿佛身处一条长长的隧道，里面的声音如波浪般颤抖起伏，现实世界离那里很远。唯一可以肯定的是，到目前为止，他对每件事的看法都大错特错。

他住在一个配有保安的住宅区里，小区位于菲尔瑞·格伦[1]，围绕着一座八洞高尔夫球场而建。一旦你登记好信息，穿过大门，你便进入了一个令人心醉神迷的郊外社区，这里宛若梦境，有着色彩淡雅的房屋、地势平缓的街道，其间偶尔还点缀着一座绿树成

1　菲尔瑞·格伦（Faerie Glen）是比勒陀利亚的一个郊区，位于市中心东面，是个很发达的地区。

荫的公园，这一切都会让人怀念起一些事情，可这些事情也许从未发生过。杰克家就在住宅区的边缘，靠着围栏。安东把车停在车道上，急忙下车去扶杰克，但已经没有这个必要了。他的妹夫自己下了车，现在又能正常活动了。

非常感谢，他用平淡的声音说道。他伸出一只手来，安东握了握，在这样的时刻，这个动作很奇怪，不过这人本来就不大对劲。

你还好吗？他问。我是说，你想让我进去吗？

不用了。

好吧。他松了口气，但必须阻止自己在上车前问出一个非常不合时宜的问题。这些防盗护栏的制作成本高吗？他差点就问杰克了。居然打算在这种时候问出这种问题来，简直不可想象。但安东也不大对劲。曾看到断了气躺在桌上的妹妹。开车回农场的路上，他再次哭了起来，就像一阵热乎乎的骤雨。他选择从杰克家走小路回去，避开了城市。漫长而孤独的旅程，一路上泪水不断。

一直觉得会落得如此下场的是我自己。可能仍然这么觉得。他需要更换农场窗户的部分围栏，所以他才想问杰克那个问题。近来遇到了大麻烦。离黑人居住区最近的东侧发生了大规模土地入侵事件，围栏被砍断，棚屋搭了起来，全都发生在光天化日之下。外加一两起其他事件，有人在某天晚上闯入了储藏室，还有陌生人聚集在小山上做祷告。这块土地遭到了他人的入侵。只好叫来警察赶走他们，结果受到了暴力威胁。到时候再来收拾你，老板。走着瞧吧。手指划过喉咙。从那时起，他便找人修好了爸的那把旧猎枪，以备不时之需。跑到大草原上试着开了几枪，希望事态尽在掌握之中。考虑在房子周围装上电铁丝网。必须跟杰克聊一聊这些，不过得等到恰当的时候。

他回到家，关掉引擎，这时耳畔传来了缥缈而微弱的圣歌声，是从教堂传来的，即便在这里也能听到。你这伟大的救世主，请指引我 / 如朝圣者一般，穿过这片贫瘠的土地。[1] 他妈的，还真是一天也不落下。午后的天气舒适宜人，这阵凉意无可挑剔，可现

1　出自《朗达谷》("Cwm Rhondda")，是由约翰·休斯（John Hughes，1873—1932）在 1907 年作曲的一首圣歌。其作词者为威廉·威廉斯（William Williams, 1717—1791），原词为威尔士语，后被彼得·威廉斯（Peter Williams，1723—1796）译成英文。

在，一股刺骨的寒意涌了起来，到底来自何处，是地心，还是我心底？正门敞开着。总在提醒她，却总被当作耳旁风。但今天，在他的想象中，他走进屋里，就能找到她……

可她不在家，她的车也不见了。八成又去上冥想课了，偏偏要今天去。像有瘾一样。他一直为她花在那个年轻人身上的时间感到恼火，那男孩长得不错，是本地人，来自勒斯滕堡，名叫马里奥或马尔科，八九不离十，才二十多岁，为了寻找自我，去印度待过一年，在一些静修处修行，回到这里后换了个新名字，叫莫蒂或穆蒂，可笑，赐予他这个名字的是他的上师[1]，据说是"珍珠"的意思；那些无所事事的家庭主妇都被他的学问迷住了，或者说，只是被他裹着块缠腰布上课这一事实迷住了。我是说，得了吧，他以为他是森林王子[2]呢？教她们做冥想，练瑜伽，谁知道还有些什么，也许唤醒了她们骨子里那条沉睡

1　上师（guru），又译古鲁、道师等，即印度教中的教师或导师，指在某个领域具备深厚知识、经验，可指导方向，教育他人的大师。

2　此处的森林王子即毛克利（Mowgli），又译莫格利，乃英国作家鲁德亚德·吉卜林（Rudyard Kipling，1865—1936）的儿童文学作品《丛林之书》中的主人公。他从小在森林中被狼群养大，总是和动物朋友们在森林里冒险，通常只穿一条内裤。

的怛特罗[1]之蛇，这一切都发生在他那家位于市里的所谓的完人中心。是烂人才对。[2]

若此时有陌生人闯入，他肯定会像安东现在这样，蹑手蹑脚地跨过门槛，在门厅里停下脚步，听一听房子里有什么声响。唯一的声音来自厨房里的收音机，某种歌声，出自某支非洲福音唱诗班之口。萨洛米在洗盘子。或许换了个花样，在擦拭桌上的某些黄铜摆件。没错，她在擦拭那块黯淡的金属，一直擦到它发出光泽。你好，萨洛米[3]。我可爱的妻子在哪里？不用费心回答了。该死，难道她今天——哪怕，哪怕就这一次——就不能待在家里吗？就不能为我着想吗？她知道他要去哪儿，知道他面临怎样的重任。却不在家。不在，不在，不在。这个词已经反复说了一阵子了。

1　怛特罗亦称怛特罗主义（tantrism），是笈多帝国（Gupta Empire）时期由中印度地区开始盛行的一种神秘主义运动。这是种松散的宗教传统，重视宗教仪式与冥想，以师徒方式秘密传授，对印度教和佛教有很大影响。

2　作者在此处用了"Whole Human Center"和"Hole Human"两个词组，其中"Whole"与"Hole"是同音不同意的两个词，用在这里，有种诙谐的效果。为了尽可能还原这一效果，译者将其分别译成了"完人"和"烂人"。

3　原文为"Salaam, Salome"，其中"Salaam"指敬礼、额手礼，两个词非常形似，为安东一种幽默的打招呼方式。

他走到客厅的酒柜前，倒了满满一杯杰克·丹尼[1]，喝了一大口，然后又把酒倒满。请注意，平日里可不会这么做，压根就不会，你把我当成什么人了？太阳还没下山呢。可谁又能责怪他呢？想想他都经历了些什么，还会经历些什么吧。

首先是萨洛米。他还什么都没跟她说，只字未提。她老了，心脏可能不太好，但他也觉得她像个孩子，需要保护。她是个苍老的孩子，有颗脆弱的心脏。

萨洛米，他说。我有个可怕的消息。

黄铜欢快地闪着光，与此同时，话语传入大脑，绽放成一幅幅画面，其中一部分可能会让人难以承受。诚然，也许你早就知道，最折磨人的，是脑海中的一幅幅画面。最近没怎么得到阿斯特丽德的关爱，或许从未得到过，但她是萨洛米当自家孩子一样养大的三个白人小孩中的一个，这从她的脸上看得出来。如果她还没坐下，现在肯定得坐下。

他将威士忌一饮而尽，这会让他更从容地面对

1　杰克·丹尼（Jack Daniel's）是著名的美国威士忌品牌，以其方形酒瓶和黑色标签为主要特征。

一切。要不你今天就休息吧?

她点点头。不再年轻,快六十了。如今骨头要比肉多,腿脚也不利索。很早以前就这样了,今天傍晚/晚上则格外不利索,已经被脑海中的画面压得喘不过气来。走吧,赶紧走吧,他受不了她如此痛苦。她拖着脚,慢吞吞地绕过小山,走回了自己家,我的意思是,走回了隆巴德家的房子,若是依她以前的习惯,她无疑会为阿斯特丽德祈祷。留他自己把酒倒满,补充燃料,重整旗鼓。做传话人的感觉很糟糕,那些消息总会给你带来负面影响。这一杯敬你,安东,带来痛苦的人。搞定一个,还剩下一个。

阿莫尔只在多年前到达德班后打过一次电话。从那以后,他便一直打算联系她,不过得一步一步来,他却一步也没走。他对待此事的态度很冷漠,慢慢地,这种冷漠有了自己的意志,变成了一种决心。再然后,他便改为从阿斯特丽德那里了解妹妹的消息,尽管有不少怨言,可阿斯特丽德还是本能地觉得自己有义务来维持联系,传递零散信息,经她之口,他先是知道阿莫尔当了护士,后来又得知她和一个女人好上了。这两件事都不足为奇,至少在他眼中是如此。从远处看，甚至有些动人。若是隔近了看，则挺令人头疼。

他知道她工作的医院的名字，别的一概不知。不，他告诉接电话的接待员，我不知道她在哪个病房。你不能在你们的系统里找到她吗？稍等，接待员说，我正在帮你接通，随后她帮他接通了那个病房，嗯，你能猜到是哪个。她扮起圣人来简直没完没了。我能和我妹妹说话吗，护士长[1]？人们总叫她圣阿莫尔。

不好意思，你说什么？

请让阿莫尔·斯瓦特接电话，谢谢。

稍等片刻。

传话人等待着，医院里微弱的声响如同碎浪一般，涌进了他的耳朵里。接着是阿莫尔的声音，即使过了这么久，也不会弄错。喂？

喂，他说。是我。

安东？

是的。听我说，不好意思，我有个坏消息。

1　此处原文为"Sister"。在英文中，首字母小写的"sister"可指姐妹或修女，而有些修女还会被冠以圣人的称号。

他隔着很远的距离，像是来自过去，突然说了起来，只说给正在护士站里的她听，那里的瓷砖有多洁白冰冷，她便有多震惊。阿莫尔穿着制服。静静地站着，一动也不动。

事后，他又倒满了酒。没有他想象中那么糟糕，不过他的手一直在微微颤抖。他很理解人们为什么会在台下，在看不见的地方受苦受难。应对自己的生活已经够麻烦了，而这还只是日常生活中一件再普通不过的烦心事。说到这里，她终于回来了，我可爱的妻子，刚做完冥想。时机真是恰到好处，只不过，呃，他似乎在此过程中将一两个小时落在了哪里，此刻，外面已是一片漆黑。早一点，晚一点，到头来都一样。感觉如何，是不是很棒，亲爱的，你和"毛克利"产生了良好的共鸣[1]吗？

她注视着他。你喝醉了吗？

有一点醉，嗯。你说得没错。只有一丝醉意。是为了消愁，毕竟我妹妹被谋杀了，而我刚刚见过她那张脸。

1 　此处原文为"vibration"，也可指有节奏地快速来回晃动、震动。

她用手捂着脸，他的怒火立刻熄灭了，或是变成了别的东西，某种不顾一切的欲念。他紧紧抱住她，她也一样，不一会儿，他们便亲吻起来，嘴唇、舌头、牙齿彼此碰撞，仿佛他们想咬住并咀嚼对方。即便在被欲望裹挟之时，他也知道，这突如其来的渴望源自他今早在那张金属桌子上看到的那一幕，他想要她，因为她散发着勃勃生机，脸上像是沾着油污，看起来如此心急如焚，头发散开了，四肢火热有力。让他更为困惑的是，她为何也想要他？你来我往，猛烈碰撞对方，暴力在体内嗡嗡作响。他们已经有很久没有触碰过彼此了。

直到两人松开手，不再扭抱在一起。不。不。停手。感觉不太对劲。她挣脱了他的怀抱。挣脱怀抱的总是她。我们这是在干什么？对不起，但我真的做不到。现在不行，毕竟阿斯特丽德刚……

好吧，他说，他的怒火立即再次涌了上来。那算了吧。

然而，如果你在此时走进他们的卧室，并且坚信他们之所以看起来仿佛经历了一场海难，是因为经历了一场火花四溅的性爱，那也是情有可原的。半裸着身子，还有一半身子和床单纠缠在一起，呼吸急促。依旧是一对好看的夫妇，不过的确已青春不再。尤其是他那张脸，让人觉得有几分冷峻，对了，他额头上的，是之前留下的疤吗？

德西蕾身体娇嫩，想必曾是个真正的美人，不久前还是。可无聊和任性已经腐坏了她的五官，使她微微皱着眉头，闷闷不乐地噘着下唇。她的胸襟变得愈发狭隘，心里也很苦闷，怀有诸多不满，不过并非每次都清楚自己为何不满。

有时候，让她沮丧的是农场。结婚时，她想象着在山上画水彩画，骑马穿越一片辽阔的平原。她的愿望都像这样，模糊而迷人。她没想到这里的日子会如此漫长，如此乏味，大部分时间都很无聊。你得不断找理由开车去城里，或是去勒斯滕堡，去某个略微有些活力、人气和情调的地方。有人陪她说话的地方！从前，她每周都会做指甲和头发，婚姻却因此出现了危机。他说，钱不是用来乱花的，可你看看他，他又把钱花在了哪里。挥霍起钱来跟撒尿似的。她起码把钱花在了看得见的地方！然而她不得不承认，自从接触到完人中心的冥想课程之后，她最近心情好多了。莫蒂换了个名字，有时候，她也想改名。不同的名字会给你带来不同的内心感受。

有时候，让她失望的是南非。又有谁能料到，她的爸爸，那个大家曾经敬畏有加的人，居然不得不当着真相与和解委员会[1]的面，承认做过那些可怕而必要的事情？在她看来，这个国家的问题在于，有些人就是忘不了过去。

不过，如今这一切都已过去，几年前就结束了，而这些日子以来，让她大失所望的一般是她丈夫。想当初，安东如此迷人、帅气、风趣，大家都说他前途一片光明，可现在，依然相信这番话的只有他自己。总在说大话，吹嘘自己有朝一日会靠农场／自己／自己的生活干出一番事业来，还会赚很多钱，谁知道他怎么才能做到呢，毕竟他从来没有真正工作过，只是在写他的小说，谁都不许看，可能压根就不存在，虽然你能听到他在锁着的门后敲敲打打……而她却独守一大堆空房间，看着墙上的灰泥裂开，蜘蛛在角落

---

1 真相与和解委员会（Truth and Reconciliation Commission）是南非为实现"在弄清过去事实真相的基础上促进全国团结与民族和解"的目标，于 1995 年宣布成立的社会调解组织。

里织网。我是说，她就是我，德西蕾，你能想象吗？不久前还像个洋娃娃，受所有男孩的宠爱，想和谁在一起，就和谁在一起，怎么会落得如此下场呢？没听妈妈的劝告，而现在，已经来不及重新开始了，只是刚好能赶在卵巢歇业前自己生个洋娃娃。可甚至在这方面……哈哈哈，试了又试，却运气不佳。只知道问题出在丈夫身上，不过他拒绝接受检查，而且不幸的是，她在大半时间里连碰都不愿意碰他。

她把他的手从自己身上摘开，然后翻了个身，仰面躺着，看着天花板。考虑在她的眼睛和嘴唇边缘文一条线，以便化起妆来更加容易。她的一些朋友最近都在这么做。

对了，他说，我给萨洛米放了一晚上的假。阿斯特丽德的事情让她非常难过。

难过？得了吧。她非常懒，那个老家伙。

她是有感情的，亲爱的。这里面是有些故事的……

故事？真的，你应该把她赶走。她动作很慢。你应该找个既年轻，又有活力的人……

她一直在这里干活，他说。从她自己还既年轻，又有活力的时候就在了。

嗯，好吧。那些日子已经过去了。

她的冷漠让他兴奋不已，他开始轻咬她的脖子。来吧。放松点。可她推开他，站了起来，扣上了衬衣的扣子。呃，拜托这样，你浑身都是汗。我回家的时候本来还很专注，瞧瞧现在都成什么样了。

安东在楼下的小卫生间里，下猛劲儿用手满足自己。当他接近高潮时，他那张涨红的脸在洗脸池上方那面斑斑驳驳的椭圆形镜子里映了出来，镜子背面需要重涂，这样就能去除镜子里的斑点。真有趣，自我能分裂成多个部分，一边高潮，一边观察，观察之眼注视着高潮之我[1]。两者皆不是我，但也许两者皆是。事后洗了手，再次陷入迷茫，既疲惫，又厌恶自己，希望自己没这么做。希望我没这么做。但你确实做了。随即，他隐约感到内心的欲望再次开启。是的，是时候了，对吧，是时候放下欲望，不，放下德西蕾[2]了，不管她叫什么，放下吧。

远处射来一道光，打他脸上一闪而过，这道光来自主干道上的一辆车，车停在一块空地上，正准备

1　此处的"眼"为"eye"，而"我"为"I"，两个单词的读音一样。

2　欲望（desire）一词与德西蕾的名字（Desirée）在拼写上很相似。

掉头。此时，它正在倒车，一辆巨大的吉普切诺基[1]，开车的不是别人，正是你妹夫杰克·穆迪。他并没有停下来，至少不会登门拜访，之所以停车，只是为了有足够的时间调转方向，往回走，进城去。

他已经像这样开了几小时的车了，因为他无法忍受独自待在家中。我没了老婆。他一遍又一遍地琢磨着这个说法，体会着它的奇怪之处，以及它所代表的那种状态。阿斯特丽德的两个孩子已被他们的生父带走了，一天之内，他家从一个热闹的地方变成了一个封闭的空壳。家中的房间失去了它们最为熟悉的元素，似乎充满了回声，可最为吵闹的，是他脑子里的那个房间。为了让它安静下来，他坐到了方向盘之后。然后一直待在那里，待到太阳下山，灯光亮起，夜幕笼罩一切。

他还在方向盘后，不停开着车。马路像黑色的河流一般，无休无止地流淌着。他沿特定的路线来回穿梭，将自己打成一个结。他穿过市中心，经过站在岩石底座上的保罗·克鲁格雕像，然后向北越过山

1　吉普切诺基（Jeep Cherokee）是吉普（Jeep）品牌于 1974 年开始生产的一款汽车，其名来自美国的切诺基族印第安人。

脊，却再次折回，经过联合大厦，那里灯火辉煌，仿佛在办宴会，大厦之下的城市就像用一锅浑水炖着一样。经过一排大使馆，它们好似串在项链上的珠宝，全都防卫森严，一尘不染；再往前开，便回到了现实生活中，那里的路旁有棕色的草坪，蓝花楹正在掉叶子。万物的边缘都开始变得焦黄而易碎。

城市的东部边缘有一些房子，它们位置偏远，面积很小，在绵延起伏的黑暗玉米地里发出点点光亮，地里的叶片则相互摩挲，沙沙作响。他转向南边，前往新开发区，那里正在建设中，还在肆意扩展，如同月球殖民地一样，是为心怀渴望的中产阶级准备的卫星城似的郊区，已经围了起来，不过道路和房屋只建了一半。他又翻过一座山，回到更为成熟的地区，那里的水泥早已干透，草坪修剪得干干净净，有些房子像旅馆一样大，或是像远洋巨轮一般灯火通明，从他身旁驶过。所有建筑都戒备森严，有高墙大门护卫，不少私人保安在外面闲逛，其中一些是杰克的雇员，看他们的制服就知道了。

穿过一片用华而不实的饰品装点了一半的树林，来到喷泉环岛，在那里兜起了圈子，一圈，两圈，三圈，然后突然下定决心，朝着整晚都在吸引你的方向前进，仿佛那便是指南针上的正北。之前胡乱开了那么久，只是一支序曲，不断兜兜转转，不断缩小范围，最终的目的地只有一个地方，那就是你的起点，就在今天早上，你还去过那里，不过它似乎在一座幽暗深谷的另一边。

他把车停在教堂外面的一块空地上。这是一座过于高调的建筑，灯都装在低处，被灯照亮以后，彰显出一种不断向上、直通天堂的气概。这里没什么大动静，只有一个无家可归的人在门口的纸板床上翻个身。杰克下了车，步履沉重地沿着教堂的一侧走到后面，来到神父家门口。正门上方有颗跟心脏一个颜色、意在给人带来希望的灯泡，灯泡亮着，但电流受到安全门和电铁丝网的影响，显得不够亮，附近有个地方因为短路而迸发出一道道微弱的蓝光。一只倒霉的壁虎在电线上被点着了？也许上帝并不关心蜥蜴目动物。

按下对讲机上控制蜂鸣器的按钮。等了一分钟，重新按了一次。接着又按了一次。

巴蒂神父睡得迷迷糊糊的。谁呀？

是我，神父。

谁？

杰克·穆迪，神父。不好意思，打扰到你了。

现在是凌晨一点，杰克。

我知道，对不起，可我得跟你谈一谈。

巴蒂神父从美梦中惊醒过来，他梦见了一些大胸女人，此时很不高兴，没想到午夜时分还会有人找上门来，向他索取同情，可还是让那人进来了，脸上故作镇定地摆出一副还算说得过去的关切模样。到客厅来。杰克跟着他来到一个大房间，那里有钢琴、假花和各式各样的小摆件，最好不对它们加以描述。没工夫说出事物的名称，更不用说观察它们了。

不好意思，他又说了一遍。我知道已经很晚了。

坐。

他俩都坐了下来，杰克坐在沙发上，神父则坐在旁边的扶手椅上。巴蒂神父穿了一件带有蜡染图案的睡袍，是一位去过远东的信众送给他的礼物，可神父穿在睡袍里的虎纹睡衣露了出来，更不必说他脚踩毛绒拖鞋、青筋凸起的瘦削小腿了。杰克再也不会像从前那样看待神父，不过反之亦然。

你有什么烦心事？神父问。

神父，即使告解室是一个很神圣的地方，你就不能在这件事上破例一回吗？

什么？神父的脑子就像一个花纹已经磨光，在沙子里打滑的轮胎。你在说些什么？

我需要知道她在告解的时候对你说了些什么。

啊，这个。之前就不该开口。我不能告诉你，杰克。

神父，求你了。

这个可怜的家伙真的跪了下来，把脸埋在了你的腿上。神父必须对他又拉又拽，才能让他停下来；他还在神父腿上留下了一块潮湿的痕迹。

别这样，巴蒂神父大喊道。求你了！仿佛他才是苦苦哀求的那个人。听我说，伙计，你得振作起来。你得控制住自己。

我做不到。我一直在努力，但我就是做不到。杰克猛地一跃而起，随后又坐了下来。我需要，他说。我需要知道。

神父叹了口气。这一刻本应很复杂，却突然变得简单起来。时间已经很晚 / 还太早，他太累了，没力气与人争论，这个可怜的家伙很痛苦。此外，他本人也需要上厕所，这也许能加快事情的进展。有时候，你得有些人情味。

你妻子有外遇了，他说。

你听。他说出口了。他说出了那句话，那句话在空中盘旋了一秒钟，接着，另外那个人听见了。你可以看到他在得知这一消息时表情出现了变化。他不再显得伤心，而是看起来很生气。上帝，请原谅我吧，神父说道，或许只是这样想着，可有时候，真相胜过一切。

外遇？杰克像个局外人一样看着这个词，仿佛在打量某个不同寻常的东西。和谁？

不，我不知道。恐怕我得——

求你了，神父。问题回答了一半就跟没回答一样。把他的名字告诉我。

我没法告诉你，原因很简单：我不知道。她在告解时承认自己有外遇，但没有把外遇对象的名字告诉我。事实就是如此，我以基督圣血的名义起誓；现在，你必须回家睡觉了。

杰克失去了斗志，整个人明显小了一圈。另外那个男人起身时，他也站了起来。你若接受事实，便会收获平静，神父在推 / 送他出门时说道。

我怎么能接受我不了解的事实呢？

这人说得有道理，蒂莫西·巴蒂心想。你得先了解真相，然后才能屈服于它。当然，真相可能会害死你。这番对话气得神父差点没能及时上厕所。大概没人钟爱这项活动，尤其是赶上肚子里翻江倒海的时候。说来奇怪，人们明知排便是日常活动，却几乎从不谈论它。大脑很想矢口否认，虽然下文所述皆为基本事实。从来没有哪个小说人物做过他此刻正在做的事情，也就是掰开他的两瓣屁股，以便更痛快地释放痛苦。这法子可以让你确信，你并非虚构人物。耶稣排过便吗？我很好奇。他有肛门吗？《圣经》上没说，不过你不可能吃了很多面包和鱼，在另一头却毫无反应。蒂莫西，你可真不要脸哪，这些想法简直是在侮辱神明。是怎么个侮辱法？我不知道，但肯定侮辱了。

原谅那个误入歧途的女人吧，天父，她渴望告解。若我认定她的告解不算数，因此冤枉了她，也请原谅我。可要是他没有好好听那女人告解，那他是否真的犯了法？难道他，蒂莫西·巴蒂，不该打发她走吗？神父很晚才意识到这一切，此时他正伸手去拿一卷手纸，但他认定上帝已经原谅了他。我是出于爱才那么说的！也是出于爱才对她丈夫那么说的。那个可怜的男人很痛苦，所以我才会把真相告诉他，这并不是一种罪过。谢谢你，天父，谢谢你让我解脱。于是一位父亲向另一位父亲[1]行起了跪礼，两人像俄罗斯套娃一样套在一起。或许是一个叠在另一个之上，朝着不同方向的父亲，叠罗汉的父亲[2]。

与此同时，杰克·穆迪仍在教堂外，坐在汽车里，握着方向盘。不，他还没走。这个身材魁梧、有着古铜色皮肤的家伙紧锁着眉头。他似乎在思考，但在思考什么呢？想去的地方都已开车去过，也许这就是他的问题所在。

一动不动地待了很久以后，他突然行动起来。教堂门口那个无家可归的人看着他发动引擎，将车摇摇晃晃地开走。有什么地方不对劲。那个无家可归的

1　在英文中，天父（即上帝）和神父均可用"father"一词来表示。
2　此处的"叠罗汉的父亲"原文为"fathers all the way down"，化用了"turtles all the way down"（海龟之下还是海龟）这一典故。原文中只涉及两位父亲，所以改用了一个意思相近，但更符合中文语境的说法，译作"叠罗汉"。

人有能力感知来自其他次元的精怪，他看到有什么东西附在了那家伙身上，感到很担心。

到目前为止，他已经在这附近生活了几个月，这一小块特殊的土地，外加几个街区外的一片商铺和餐馆。无法向你证明，但他曾有一份高薪工作，以及一个引人瞩目、受人尊重的身份。直到一切都乱了套。这有什么关系，他本人似乎并不在乎，时间是一条把世界冲走的河流。这个无家可归的人不仅失去了自己的房子和里面的所有东西／所有人，还失去了自己的名字。他已很久没有见过远方的家人和朋友；没人为他指明方向，甚至也没人在他拿不准时告诉他他是谁，可既然他不断入迷地唱着《答案在风中飘扬》的第一句[1]，我们就管他叫鲍勃吧。谁知道呢，也许他就叫这个名字。

通常，鲍勃只能断断续续地睡觉，然后在黎明前，在鸟儿开始啼叫时醒来。他会把尿撒在教堂的灌木丛里，然后把他的纸板折叠起来，存放在花坛中。

---

1 《答案在风中飘扬》（"Blowin' in the Wind"）是美国歌手鲍勃·迪伦（Bob Dylan，1941— ）于 1962 年发行的一首歌曲。歌曲的第一句为"一个人要走过多少路"（How many roads must a man walk down）。

教堂旁有个水龙头，他早上会在那里洗澡，接着闲逛到街上，看着新的一天慢慢开启。

待到这座城市彻底醒来后，他便走过两个街区，走到那些店铺前，他可能会在那里收到几枚硬币。超市里有位好心的女士，她有时会拿些变质水果给他吃，再说他还可以去翻垃圾箱。他很饿，总是很饿，饿起来没完没了，但并不总是因为渴求食物。

对于那些被世界拒之门外的人来说，时间以不同的方式流逝着。它流逝起来，就像一天中某些时候的车流，又像一个特别的影子在地面上缓缓移动，抑或像你自己的身体，向你发出渴望的信号。它似乎过得很慢，可日子却一闪而过，没过多久，你的脸就变了样，不再像你的脸了。又或许比以往任何时候都更像你，也有这种可能。

鲍勃好奇地注视着餐厅橱窗里的自己，直到某个动静让他分了心，原来是有人在橱窗另一边反复拍打。餐厅经理在赶他走。滚到别处去，你这恶心、肮脏的家伙！经理周围徘徊着一些邪恶的精怪，鲍勃立即和自己的影子合二为一，跟跟跄跄地走开了。

跌跌撞撞地走在路上，四处寻找着烟屁股。一无所获，反而捡到一张看起来很新的彩票，应该是刚掉在地上。他拿着它去了街角的咖啡馆，想碰碰运气，很难不抱希望，可他没那种命。"不"是他这辈子最常听到的一个字；现在他又一次听到了。不。你没中奖。不。作为弥补，他在出门时从货架上顺了块糖，结果被店主发现了，店主身上覆满了寄生虫一般的精怪，它们一齐尖叫起来，用非人的嗓音高声指责。他一边费劲地嚼着糖，一边沿着某条小巷一路小跑，或许是不想被抓住，但没过多久，他就被警察拦住了，他并不清楚他们到底是受人指使，还是碰巧遇上了他。有两名警察，坐在警车里。你的证件呢？

　　和往常一样，几分钟后，他便出现在警车后面，还有个散发着尿骚味的恶棍做伴，他们和外界隔着一道铁丝格栅。地板上躺着几个灵异的小精怪，还好它们并无恶意；车载着这一小群古怪的"同伴"（有的看得见，有的看不见），漫无目的地四处转悠了几小时，经过了各种各样的城市景观，然后才到达警察局。

　　所有牢房看起来都一个样，墙上潦草地写着名字、日期、祷词和脏话，唯一的窗户很小，装了铁条，位置很高。假如对那些无家可归的人来说，时间以不同的方式流逝着，那么在这里，时间根本没有流逝。他在其中一张床上伸了个懒腰，勉强睡着了。梦见自己在其他地方，过去的点点滴滴和不全属于他的生活混在一起，就这样暂时摆脱了桎梏。

在当晚吃牢饭时从梦境回到牢房，第二天早上亦是如此。一盘稀粥，配了面包。比他大多数时候在外面吃得要好。早饭后，有人让他把兜里的东西都掏出来。他们拿走了他所有的东西，六十二兰特四十分，说这些都是作为罚款没收的，然后他就被赶了出去。外面闪烁着微弱的晨光。我想要张收据，他说。

什么？警察说。

我交的这笔罚款。我想要张收据。

滚蛋，警察说，不然我就再把你关起来。

他迈着轻快的脚步，滚开了。昨晚不算太糟，这么多年来，他经历过很多糟糕的夜晚，鲍勃能就此话题讲上一两个故事，噢，没错。要回到那座被他当成家的教堂，他还有很长的路要走，可没有理由陪着他；况且仔细一想，自始至终都没理由陪着他。这个蓬头垢面、衣衫褴褛、渴求同情，甚至没用真名的人，他为什么要模糊我们的视线，他是怎么把我们的时间浪费在他那些故事上的？他一味索求关注，实在太过自私，简直是个利己主义者。别再理会他了。

最好还是别管他，把他丢在半路上得了。假设他走过一条安静的郊区街道，路过一所安静的郊区房屋，墙上有一小块很容易错过的黄铜广告牌，上面写着房屋里的心理治疗师能提供些什么样的服务。她是个六十岁左右的女人，一头短短的银发，打扮得无可挑剔，膝上稳稳地搁着一个笔记本。此时，她正在与一位更为有趣的客户交谈，是名年近四十的男子，遇到了一些棘手的问题。本周，他有一场可怕的悲剧需要处理，但他依旧只能一如往常，透过自恋创伤这一棱镜去看待这件事，也就是说，他谈到了自己失败的婚姻。

老实说，他这时开口聊起了自己的妻子，我爱过她，至少我觉得我爱过，虽然性会模糊判断，但我觉得一开始我是爱她的。随着时间的推移，这种爱被内疚、责任和义务取代了。

唔。听听你都说了些什么，蠢货。甚至连你的那些痛苦都没什么新意。她在纸上做起了笔记。他想看她写了些什么，她却把笔记本歪向一旁。"不称职"？她觉得我是这样的人吗？也可能是"不中用"[1]……有时候，这两种说法都没错。但我不想谈我的缺点，尤其是在我的心理医生面前。若有可能，更想给她留下个好印象。他想让她觉得自己很性感。

他们在一间布置得很雅致的房间里相对而坐，房间通向她的后花园，花园里，鸟儿正齐声啁啾。撇开内疚不谈，她说，难道你在婚姻中不需要承担责任、履行义务吗？这都是成年人应该做的。你之所以内疚，是不是因为觉得自己在这方面做得不够好？

不，他说。我感到内疚，是因为我想离开她。

真的？

我不知道。嗯。有时候会这么想。

责任和义务是双向的，她说。听你这么说，你似乎是觉得自己的妻子不合格。

是的。不对。她非得合格吗？尽管提出问题的正是他自己，可他无法思考这个问题，也不想思考。事实上，在他看来，婚姻就像两个人走到一起，以便造出第三个人，这个多出来的人非常调皮，和他们作

1　"impotent"一词既指水平、实力不足，也指性能力不强。

对，爱惹麻烦，辜负他们的一番好意。可这一切都太复杂了，眼下，他正为一些简单的事情生气。那些该死的冥想课的确让他不得安宁，而在这时候，德西蕾本该和他一起难过。自从阿斯特丽德死后，这是他第一次接受治疗；我们怎么就聊起这些来了？我想谈一谈我妹妹。

当然可以。这件事的确让人难以接受。

呃，他说。其实，我指的是另外一个妹妹。

她放下笔记本，饶有兴趣地打量起他来。你还有个妹妹？

嗯，当然了。我肯定提起过她。

但他没有，他接受了许多次治疗，却一次也没有提起过她的名字，这要么表明她一点也不重要，要么恰恰相反，表明她对他非常重要。之前从未意识到这一点。真奇怪，无视有时反倒是一种重视。可你能看出来，她很快就要回来的消息让他感到不安，因为他此时表现得很焦虑。

这有什么好担心的？她可是你妹妹。又不是陌生人。

嗯，但这不正是重点所在吗？我很了解她，而且我俩有些过节。

展开讲讲。

可是没什么好说的。在他苦思冥想时，他甚至不确定所谓的过节到底指的是什么。只是些普通的家庭琐事，兄妹间的矛盾。他为什么会如此烦恼？最后，他只能说，他觉得仿佛有什么东西隔在他俩之间。

什么东西？

这正是问题所在。某道分水岭，某个深渊，某条日益扩大的鸿沟。究竟是什么样的分水岭，它又在哪里，那又是另一个问题。那个问题没有答案，或者说，他不知道答案，又或者说，今天没有答案。他只知道，一想到他将见到自己的小妹妹，他便倍感不安，而且他注定会见到她，躲也躲不掉。

阿莫尔要来参加葬礼。答应去机场接她，因为她仍然，毫不意外，没有驾照。不过，她肯定也很焦虑。按照计划，她只待两个晚上，将参加守夜弥撒和安魂弥撒[1]，并打算在做完弥撒后的第二天一早返回德

---

1 守夜弥撒（Vigil Mass）是周六晚上的弥撒，出席该弥撒可以代替出席周日的弥撒。安魂弥撒（Requiem Mass）指为悼念逝者举行的弥撒，现多译为殡葬弥撒。

班。不能多请假了，她说，但老实说，这并非原因所在。她也不想待在这里，只想办完该办的事情后尽快回去。

她的航班晚点了，这让他多苦恼了一小时。他在新修的巨型机场周围闲逛，这项工程给现任政府带来了巨大威望，瞧啊，我们还真是放眼全球、极尽奢华。不得不承认，他确实佩服，不管姆贝基有多少可怕的盲点，起码他知道如何撩拨女人。该死，应该是发财致富。[1] 然而，人们对机场的敬畏是有限的，这些大厅很无聊，没什么人情味，置身其中的人都不像是人了。至少从远处看是这样。

直到最后一刻，在阿莫尔走到他面前时才认出她来。发型变了，比上次短了很多，两边生出了白发，但这些变化都不值一提。他记得她很漂亮，记得她曾引起众人惊叹，可现在，光彩却大不如前。不如以前年轻了。无人能够幸免。渐渐黯然失了色。

1　"撩拨女人"对应的原文为"make the jills tingle"，而"发财致富"对应的原文为"（make the）tills jingle"。需要说明的是，"make the jills tingle"系"（make the）tills jingle"的口误，前者直译过来，意为"让女人兴奋、激动"，后者直译过来，意为"（让）收银台响个不停"，即"不断挣钱"。

三十一岁。依旧不算相貌平平，但也快了。只是机场里又一张普通的面孔。

嗨，妹妹。/ 你好，安东。接着是片刻的沉默，长兄和幺妹看着彼此，两人之间隔着一片崭新的空白，觉得很不习惯。不知道为什么，阿斯特丽德之前一直像胶水一样。那我们现在该说哪门语言呢？她没去碰他，他也没有任何回应。两人达成了一致，几乎像是事先就说好的。尽管他俩都很冷淡，但气氛还是足够友好。

她随身携带的行李只有一个小小的帆布背包。轻装上阵。过于随意，以至于今天早上差点没赶上飞机。苏珊将她送到了德班的机场，她在原地站了很久，突然间不知道自己还能否迈出下一步。但她明显可以，过去可以，现在也可以，因为此时此刻，阿莫尔正坐在奔驰里，和身旁的安东一起前往农场。

花了半宿担心的，正是这一刻，旅途漫漫，该如何打发时间。你被困在车中，无处可逃，要么聊天，要么沉默，只有这两个选择。他提前想好了一句话，很古怪，像顺口溜，非常好笑，还有些自嘲，这种无关紧要的话在酒吧里很管用，以前经常用它来缓和气氛。可她当然不是刚刚认识的某个人，他们也都没喝醉，而且据他所知，她毫无幽默感，所以他很快就放弃表演，谈起了正事。

有件事情我们得处理一下，妹妹。家庭律师曾试图联系你，我想她最后放弃了，爸的遗产中每个月给你的那笔钱出了点差错，很明显，他们没有你的银行账号吧？这期间，他们把钱存入了一个保管账户，天哪，你亏大了，光是利息就能让你活下去，没道理躲起来。

我知道，她说。我收到信息了。

律师说你没回复。

没错。对不起。

好吧，也许未必不是好事。我还有一件事得问问你，这一次，我们可以把这件事也处理掉。

什么事？

我可能需要卖掉一块地。一小块农场，前提是你得同意。我有一大笔钱要付，税率和税金一直涨个不停，维护和保养费用也堪称噩梦……但这件事眼下并不重要，我们可以后面再谈。

几乎说得太多了，只是个小小的请求而已，不必操之过急。换了个话题，聊起了国家的总体状况，真奇怪，这国家既让人乐观，又让人不安。差点忘了，也谈到了他的个人状况。谈到了他的感受，尤其是此刻的感受。他之所以会东拉西扯，部分原因是他很紧张，但他也惊讶地发现，他很乐意见到她，和她说话毫不费力。她很善于倾听。之前从未注意过。让你想要主动说些什么，一个表明你与众不同的秘密。近些年来，这种情况越来越少了，因为你陷入了某个怪圈之中，总在说一些名副其实的陈词滥调。如今只剩下一个夙愿，那个夙愿也许能拯救他。

我一直在写一本小说，他告诉她。

真的？

嗯，才写了几页，其余的多半是些粗略的笔记。别的我不知道，我只知道我一定会写完它。哪怕有人说我在别的方面都很失败，我也不会反对。不管怎么样，我都会留下一本书。即使它是一本糟糕的书。他听到自己说的话，脸红得很厉害。

她歪着头，好奇地看着他。我并不觉得你失败。

嗯，你一直都很善良，他说。他用的是嘲讽的语气，但他也意识到，自己说得没错。善良，她确实是这样的人。确实拥有，该怎么说来着，确实拥有这种品质。

书名叫什么？

还没想好名字。书名也许得等到最后才能定下来。现在，他不再感到尴尬，并且发现自己在开诚布公地和她谈论自己的小说，而他没跟别人（比方说，他的妻子）这样聊过这个话题。他说，几年前的某个深夜，他像是疯了一样，动笔写起了这部小说。自此以后，他一直在努力创作，几乎每天都写，有时一写就是几个小时。即使在他没有创作的时候，他也只是坐在那里，想着自己的作品，它已然成了他的避难所。

你想要逃避什么？

逃避生活，他说完后，便像以前那样大笑起来，笑得直哆嗦，几乎哭了出来。

近年来，阿莫尔读的小说不多。在医院工作了几年后，她现在已经无法从小说中收获乐趣。现实世界已然变得过于庞大、过于沉重，没办法装在篮子里随身携带。可等到她哥哥哪一天把书写完，她倒是愿意读一读。

他们来到大门口，他下了车，把门打开，又关上，如今用的是两把密码锁，方便自己开门。随后，任凭沉默蔓延开来，最后蔓延至那段碎石路上。这里的景致没有任何变化，我们活了这么久，简直一点变化也没有。可是，他们把车停在车道上的时候，她看得出来，房子亟须重新粉刷，那些花坛也因无人照料而破败不堪，花坛都是他们的妈妈挖好的，里面的花也是她种植和培育的。

虽然他想让她注意到农场有多衰败，并对他报以同情，他却突然辩护起来。嗯，我最近很懈怠，对一些事情也是不管不顾。不过我很快就会解决的，实际上，下周就能解决，只是还在等我之前订购的一些设备到货……

房子里也一样，有一些裂缝和缺口，地上还有一些小坑。有张桌子少了条腿，取而代之的是一摞百科全书。一扇窗户的玻璃没了，上面糊着报纸。一切都沾满了灰尘，像是在商店里摆放了很久，没怎么打扫过。

真希望我可爱的妻子能当面跟你打个招呼，但她此时正在和她那位上师保持动作一致，与他产生共鸣。我也希望能把你安置在楼上的某间卧室里，但它们都有其他用途。

我的房间也是？

不好意思，是的，如今它成了我的书房。我在那里写作！我们如今睡在爸曾住过的房间里。你在楼下会更舒服，就住客房里。

以前这里的楼下可从来没有客房。结果所谓的客房其实是爸曾经的书房，就在一楼，位于后面，在房子的阴面。一个平平无奇的正方形房间，有三扇长方形薄窗，窗户水平排列，位置很高。有点像监狱的牢房，不过布置得像旅馆一样。床、书桌、椅子和橱柜，全都是从莫克尔斯[1]买来的。

好吧，不管了。反正只住两晚。她将自己的小背包扑通一声扔在地上。

我去给你拿干净床单，他说。却一动也不动。他又开始端详起她来，目光里透着一丝坦率。他注意到，在他妹妹（现在，他只剩下这么一个妹妹了）身上，有一种说不清道不明的品质，这种品质一直都没

---

1 莫克尔斯（Morkels）是南非的一家连锁家具店。

变过。我看起来怎么样？他很好奇。

她慢慢摇了摇头。

好吧，你本来可以撒谎的。

他的发际线越来越高，额头上的旧伤疤也因此变得更为显眼，眼睛旁边还有一道道深色的皱纹。可她之所以摇头，却是因为另一件事：她能从他的脸上看出一种深深的倦意。

你看起来气色不太好。她对他说。

你自己看起来也不太健康。

我刚失去了一个姐姐。

说来也巧，我刚失去了一个妹妹。一抹笑容从他脸上一闪即逝。看来你的确意识到就只剩下我们俩了。

他不慌不忙地去取床单。他回来时，她正坐在床边等他，接着便继续跟他聊了起来，仿佛他没去取床单一样。

那么，也许我们能在某件事上达成共识，安东。

什么事？

萨洛米。隆巴德家的房子。

他慢慢把床单放在床上。还惦记着呢，他显得很惊讶，说道。还惦记着那件事呢。

是啊。还惦记着那件事呢。

我们非得一上来就谈这件事吗？

她自己也很惊讶，没想到这件事，这个久久未能解决，深埋在她心底的问题对她如此重要。这些年来，她曾多次想起萨洛米，的确如此。每当她精神恍惚，思绪朝家（不对，准确地说，是农场，这里已经不再是她的家了）的方向飘来，每当她的思绪飘向农场，就会有很多石头等着她去翻动，萨洛米便是其中之一。可不管她翻得有多勤，这块特殊的石头似乎永远找不到安身之处。

我不会在这里待很久，她说。

我本打算处理这件事的。真的。但是……我不知道，生活挡住了我的路。

好吧，阿莫尔平静地说。那我们可以现在处理吗？

什么，此时此刻吗？现在还不是时候，你也看得出来。但我们会处理的，他说。一定。这不是什么难事。我们会搞定的。

在我走之前？

可能来不及。但不管怎么说，也没这个必要，不是吗？我们可以远程把事情定下来。不着急现在就做。葬礼就快开始了，更没必要着急。还是准备好参加葬礼吧。

他若无其事地走了出去，可一旦离开阿莫尔的视线，他便飞快地跑进楼上的书房，又一次仔细查看他从一团乱麻中找出的一套平面图，把它们摊放在地板上。他怀着渴望与恐惧的心情注视着那些平面图，仿佛它们勾勒出了一个辉煌帝国的疆域轮廓。

他的妻子在完人中心上完瑜伽课回来后，在书房里发现了他。今天，即使是长时间的调息[1]也无法平息她体内那股焦躁不安的能量，她的心情很糟糕，像匹马一样，跺着脚，哼着鼻子，还甩着自己浓密的头发[2]。可能有轻微的经前综合征，但她也受到了一股极具破坏性的负面力量的巨大影响，而释放出这股力量的，正是她婆家背负的报应。他们这家人肯定是前世干了什么坏事，这辈子才会惹出这么多麻烦来！

她在吗？

1　调息（pranayama）是一种专注于呼吸的瑜伽练习。
2　原文为"mane"，既可指人的浓密头发，也可指马的鬃毛。

安东从深思中醒了过来。嗯，她在。

那……?

噢，他说。一切都还好。

嗯，我希望她不要因为她不吃肉就以为我会为她准备特别的饭菜。这不可能。德西蕾不断提起这件事，自从她听说阿莫尔就快来了，这个想法便一直困扰着她。三年前，她的小姑子没有参加她的婚礼，也毫无愧意。此外，据说她很漂亮，这话许多人都说过，最近几年，这个话题总会让德西蕾感到焦虑。

哦，那就是她吗?

哪里?

他的妻子已慢慢走到窗前，窗户的百叶窗总是低垂着，她正透过窗缝偷偷往外看。在那里，正在跟晾衣绳旁的女佣说话呢。

唔，非常可疑。两个女人拥抱在一起，虽然分属不同种族，彼此却温柔相待，真让人看不明白，与此同时，晾衣绳上的内衣则在不易察觉的微风中摇曳起舞。没错，那就是她。

她也没那么漂亮嘛。

噢，没以前好看了。

真的？唔。德西蕾对她有了一点点好感。她们两个在干什么呢？

在密谋革命，他说。她们挤在一起，看起来的确像是在谋划着什么。即使她们分开以后，她们也没有松手。说着私房话，手牵着手，头几乎碰在一起。我这个妹妹啊，总是和社会底层亲密无间。不，不见得。她毫无政治觉悟。但她会被受害者吸引，越是弱者，越有兴趣，觉得自己必须弥补历史上所有的过错；这两个人组成了某个邪恶联盟，天晓得到底是什么联盟。

呃，德西蕾感到有些无聊，说道，只要她别指望能吃上特别的饭菜……

见萨洛米穿着去教堂时穿的衣服，她意识到，自己还得穿上正式服装出席守夜弥撒。从未参加过天主教的葬礼，你该穿些什么？

神父身着盛装，堪比人中孔雀。瞧啊，他从教堂后面舒适的家中走了出来，他难道不觉得荒唐吗？他那辆黄色的菲亚特停在车道上。他正要进去，突然看见一个无家可归的人坐在对面的马路牙子上。

你不能在教堂的灌木丛里小便，他说。请别

这样。

我不会的，鲍勃说。

别在教堂附近这么干。接着，为了表示自己很理解穷人的困境，他又补充道，去别处吧，找个远一点的地方。

现在他已经迟到了，弥撒正在殡仪馆旁的小圣堂内举行，开车过去用不了多久。是个有点沉闷的地方，天花板很低，空间狭窄，他对那里很熟悉，见外面停了许多车，知道里面一定会人满为患。幸好有个专为他这种人预留的停车位，所以他不用走很远，等他到达小圣堂门口时，他的胸口正因出汗而闪闪发光，居然没有迟到，或者说，到得不算太晚。

穿着礼袍和法衣，更容易感受到自己肩上的重担，况且衣服也勒得很紧。当然，他已将另一个讨厌的自我（那个他在午夜时分裹着睡衣，还露出了没有腿毛的脚踝）抛到脑后，没留下任何痕迹，却无法避开死者的丈夫杰克，杰克也是抬棺者之一，显然得跟他打招呼，两人在擦身而过时都努力挤出了一个似笑非笑的笑容，也有可能只是扮了个怪相。

这一幕发生在外面的台阶上，暮色已经降临，场面有些混乱。棺材放在某间侧厅里，抬棺者一直在外面等候。这时他们走了进去，抬起棺材，抬到门口，神父站在那里，迎接它的出现，一边还在泼洒圣水。

现场的气氛再次变得有些紧张，因为阿斯特丽德的首任丈夫迪安迫不得已，也应征加入了抬棺者的行列。他在最后一刻取代了韦塞尔·劳布舍尔的位置，后者迷路了，没能及时赶到现场。迪安·德韦特红着脸，很生气，又圆又矮，如今比以往任何时候都更为圆润，此时正站在右前角，与那个篡位者——阿斯特丽德的第二任丈夫相对，不会看他一眼，也不会跟他说一句话，现在不会，将来也不会。

尽管如此，他善良的本性却迫使他接受了这项任务。主要是为了那对双胞胎。绝不会原谅阿斯特丽德，她让他备受煎熬，最让他痛苦的是，她居然把他的孩子们带走了。生活还真是有趣。葬礼结束后，尼尔和杰西卡将回到巴利托，与他和查梅因一起生活，直至他们长大成人。遭遇了种种不公后，总算收获了扭曲的正义。

谢天谢地，考虑到死者受的伤，大家决定最好把棺材封起来；他们庄严地抬着棺材，伴随着管风琴跳动的旋律，进入小圣堂，小心地将它放在前面，双脚朝向指定方向。棺材上此时覆盖着白色的罩布，该说的话用拉丁文说了出来，仪式中应有的元素也越积越多，鲜花、熏香、圣歌、祈祷，都是为棺材中的尸体准备的，将一路陪伴着它。要去哪儿？这个问题似乎仍然存在争议，那么，亲爱的上帝，请听我们说，请宽恕我们的姊妹阿斯特丽德的灵魂，别让她去炼狱，或者别去太久，当然，也不要去其他地方。她受的苦已经够多了，不该受更多的苦。

巴蒂神父选择了该隐和亚伯的故事[1]作为他的主题。今天晚上，他觉得自己很深沉，很正直，在昨天看到那个流浪汉在教堂的花坛小便之后，这种感觉尤其强烈。诚然，野蛮人就在大门口，撒旦的黑暗洪流已经抵达了我们的海岸，等等，等等。

这位称职的神父声音无比洪亮，这场合需要一种悲伤的语气。弟兄姊妹们，我要告诉你们，有时候，我不知道我们生活在哪里，是在伊甸园呢，还

---

[1] 该隐（Cain）和亚伯（Abel）乃《圣经》中记载的人物，其中亚伯是该隐的弟弟，因遭到哥哥嫉妒而被杀害。

是在挪得之地¹？这个美丽富饶的国家看起来就像天堂。但在某些时刻，比方说此时此刻，我又会觉得，我们是该隐的子孙，像是在流亡一样，看不见上帝的脸庞……他继续以这种语气说着，但又有谁能一直听下去呢？对人的耳朵来说，道德的音调着实太高，况且他的声音也有些刺耳。或许有点过度紧张，因为他总想着自己没能做到的那件事，也无法彻底将这个不愉快的想法抛到脑后。责备该隐可容易多了！在他给自己的比喻画上句号时，大多数人都松了口气，末了，他还在敦促他们守护自己的手足，回到第一座花园²，回到那片圣地，他确信，阿斯特丽德就住在那里。现在，让我们一起祈祷吧。

是呀，安东后来在车上说，我们流亡在挪迪之地³……随后，大家都陷入了沉默，就这样坐车回了家，车灯的光线如水流一般，汇成了一条黄色的狭窄水道。等他们到达农舍后，他便让其他人走了，萨

1　在《圣经》中，挪得之地（Land of Nod）位于伊甸园之东（east of Eden），乃该隐杀害了亚伯后被上帝放逐的地方。

2　即伊甸园。

3　此处的"挪迪之地"（Land of Noddy）是对上文的"挪得之地"（Land of Nod）的一种戏仿。在英文中，"noddy"一词有"傻瓜、笨蛋"之意。

洛米踏上了小山附近的小道，德西蕾上楼去了卧室，他则溜进客厅，走向酒柜。需要一些麻醉剂来麻痹神经。

他一扭头，发现阿莫尔跟了过来，感到很惊讶。想喝一杯吗，妹妹？不想？你是不是又戒掉了一种人生乐趣？这会让你更真切地感受痛苦吗？

不，她坐在沙发上，说道。只会让我更痛苦。

没错，也没这个必要。你为什么总得受苦？嘿，让我帮帮你。给她倒了一杯酒，递了过去。来吧。松松那些螺栓吧。

她犹豫了一下，接过酒杯，歪着头微微一笑。你眼中的我是这样的吗？像拧紧的螺栓一样，活得很痛苦？你对我一无所知，安东。

也不尽然。我确实知道一些事。事情发生的时候，我就在这里。那道闪电！

那是很久以前的事了。后来我就离开了家。

他认真地看了她一会儿。好吧。也许你说得有道理。我从来没有好好关注过你。但我们可以做出改变。让我们为新的开始干杯。

他举起酒杯，咽下一口酒。看着她也小心翼翼地照做。然后她再次举起酒杯。

如果你是认真的，那么，现在让我们为萨洛米的房子干杯。

他夸张地叹了口气。我说过我会处理这件事的。

可你九年前就说过了。

听我说，他仿佛突然想起了什么，说道。我们来互帮互助吧。等一下。他冲了出去，上楼去了阿莫尔的房间／他的书房，然后拿着一卷卷平面图回到她身旁。将它们摊在客厅的地板上，用瓶子压住四个角。看这里，这块地。用他的手指轻轻敲着。在边缘地带，是块没什么用的土地。不会影响到任何人。

就在阿尔文·西默斯的教堂旁边。可能会影响到他们。

呃，是。说得对。但不会影响到我们，我的意思是，这才是最重要的。

她再次把头歪向一旁，好奇地看着他。我以为我们要谈论萨洛米的房子。

是要谈啊。不过我们可以跟律师约个时间，来他个两全……

这两件事有什么关系呢？

啊，他一边再次给自己倒酒，一边喊道，本着重新开始的精神，我们得互帮互助！

不。

啊？

不，她又缓缓地说了一遍。不，我做不到。

为什么做不到？

安东，她说，这不是一笔交易。我们早就承诺把房子给萨洛米了。你为什么就是不给她呢？

如果我给她，那你会答应……？

不。

他渐渐失去了镇定，已经将平面图给卷起来了。为什么不答应？这次又是出于什么高尚的理由？

你想卖掉那块地，是因为你想给那座教堂制造些麻烦。理由就这一个。

理由不止这一个，可即使只有这一个，又如何呢？正在气头上，冷冰冰的，显得很强硬。你应该和我一样恨那个人。

可我不恨。

好吧，也许你应该征求一下萨洛米的意见。如果你同意卖地，房子就归萨洛米，就这么说定了。

不管萨洛米怎么想，阿莫尔告诉他，我们的母亲都希望她能拥有隆巴德家的房子。这是她最后一个愿望，爸也同意了。他承诺过。

你就编吧。

当时我就在场。

凭什么信你？

难道我在说谎吗？

我不知道。你说谎了吗？

她头一次有些动摇。没有说谎，没有，当然没有。但她说的是实话吗？几乎可以给出肯定的答案，但也不完全肯定。不过，她并没有退缩。他能从她脸上看到一些变化，某种执着且坚定的东西。她跟以前不一样了。那个弱点已不复存在。

不，她说。我没说谎。

他点了点头，一只胳膊夹着卷好的图纸。很好。我可不想让你因为我而头一回做亏心事。从此以后，便会一发不可收拾，我当然明白。反正，他叹了口气。我得道晚安了。

然后他就走了。她能听见他沿着过道越走越远。他的脚步声听着有些迟疑，但他没有回头。那一刻也不会重来，所有的时刻都是如此，不过也不尽相同。

独自待在爸的书房里，对她来说，这里永远都是爸的书房。她躺下，闭上眼，试图在心中找到一处没有寒风吹拂的地方。找不到。屋外也刮着真正的寒风，风拽着瓦片，轻轻叩门，窗帘一刻也静不下来。

问题在于，她觉得，问题在于，我一直没有学会好好生活。总是把握不好分寸，世界仿佛重重地压在了我身上。但是，她提醒自己，我在这方面已经有了很大进步！最近，她越来越愿意去做自己觉得有必要做的事情了，但得放松心态去做。

不过，很抱歉，今晚是个例外。今天，生和死都压得人喘不过气来，拿它们一点办法也没有。明天会变本加厉。来这里或许终究是个错误。后悔也来不及了。阿莫尔焦躁不安地躺在那张又硬又窄的床上，决定将行程缩短一天。她会在早上做完弥撒后离开，甚至有可能在结束前离开，不跟任何人说话，而且再也不会跟哥哥说话。并不生他的气，只想跟他做个了断。除非。

第二天的早晨晴朗、宁静且明媚，高海拔草原最美的秋日莫过于此。举行葬礼的绝佳天气！巴蒂神父在这种场合通常都很高兴，他喜欢对死者家属说，既然上帝已经将诸位的至爱召唤到他身旁，那么终究无须悲伤。这种保证愚蠢至极，作践了他许多信众的良善之心[1]，不过他并不在乎，毕竟他正在兴头上，乐在其中。

一场盛大的弥撒正在举行，随后会有一系列流程与仪式，它们就像一条富丽堂皇的通道，是你的必经之路——这难道不该得意吗？蒂莫西·巴蒂比平日里更了解自己的弱点，可当他站在这里，面对一大群悲伤的人，代表上帝，化身为仪式的主持人时，他又觉得自己没什么弱点。

又一次，现身教堂，所有人一起，迫不得已。在这种时刻，整个家族齐聚一堂，怀着戒心互相打量，哪怕人心不齐，但人数众多。斯瓦特一家通常都很团结，不过如今人数少了很多，只在最前面坐了一排，阿莫尔、安东、德西蕾和各种远房亲戚，很难说清他们和别人有何区别。毕竟斯瓦特一家没什么独特或非凡之处，噢，是的，他们和隔壁，以及隔壁的隔

---

[1] "良善之心"（milk of kindness）语出莎士比亚的《麦克白》第一幕第五场。

壁的农家很像，只是一群普通的南非白人；你若不信，可以听一听我们说话。我们说起话来都一样，讲起故事来也一样，带着一种像是被踩扁了的口音，所有辅音都掉了脑袋，元音则被穿膛破肚。灵魂锈迹斑斑，被雨淋过，满是凹痕，能从说话声中显露出来。

但千万别说我们从不改变！猜猜看，还有谁坐在前排，今天到场的，还有一位名誉亲属。你瞧，在这个国家，我们已经取得了长足的进步，黑人保姆居然在教堂里，和死者家属坐在一起！我敢说，萨洛米从没有见过如此奢华的装潢，甚至在高海拔草原第一启示会里都没见过，不过在她眼中，它们只是一团湿淋淋的金色污渍，因为她患有白内障，这又让她举手投足间透着一丝睿智和冷漠。

更重要的是，她不是教堂里唯一的黑人！如果你看向那边（别马上看），你会看见那个炙手可热的政客，不会念他的姓，那些吸气音太难发了，言归正传，眼下他正春风得意。他和阿斯特丽德的丈夫有生意往来，的确如此，但还是很感谢他能来，他可是个大忙人，此举实在是太过慷慨。

而且他也不是唯一的政客！不过德西蕾的父亲其

实早已正式从政界退休，再者，细想起来，他的出现反倒会引起更多的怀疑。真相与和解委员会公布的那些东西，简直让人毛骨悚然，但恶名终究也是一种名气；你若仔细看看他，会发现他只是个相貌平平的老伯，似乎没有恶意，兴许会被当作省城的家具推销员。可能是被他妻子强行拽过来的，而他的妻子就像一根银灰色的冰棍，做过四十五次去皱整容手术，还穿着恨天高。

到此为止吧，我们可是彩虹之国[1]，也就是说，今天教堂里聚集了这样一群人，他们有着不同的种族、肤色和口音，都很不耐烦，不自在，就像元素周期表中的敌对元素。但神父在演讲时没有歧视任何人，说出的拉丁文如雨水一般毫无偏袒地落到他们身上，主啊，请让她永远安息吧[2]，上帝的晦涩难懂让他们短暂团结在一起，后来，他的清楚明了又令他们分道扬镳。

往前走，往外走。穿过教堂侧门，进入墓地，那里的大地已经张开嘴，准备就绪。没必要过多着墨

1　南非因多种族、多文化而被称为"彩虹之国"（rainbow nation）。

2　此句为拉丁文。

于接下来发生的事，无非就是把棺材埋到地里，在最后道别时伤心欲绝，等等，等等。这一幕古已有之，也许是最为古老的一幕，而且没什么特别之处。

毫无疑问，无家可归的鲍勃以前就见过这一幕。对面的角落有个视野极佳的地方，他曾在那里观察到同一群人在不同的日子里聚在一起，眼泪落入一个长方形的坑里。但今天的情况也许稍有不同，因为参加这次聚会的，还有很多精怪，数量比往常更多。比如，他能看到一个盘根错节的活物在吸取神父的能量，与此同时，一群毛茸茸的小东西正在墓碑之间嗅来嗅去，偶尔还有一个长着翅膀的生物在空中一闪而过。教堂的墓地简直热闹极了。

阿莫尔是第一个离开的。早些时候，她在农舍里打了个电话，提前叫好了出租车，没跟任何人打招呼；而现在，她又在葬礼快要结束时背起小背包，匆匆出了教堂。她打鲍勃身边走过，他近距离注视着她，但她身上没有精怪，这人身上没有，除非你把她不断发出的微光算进去，那就像一团柔和的蓝色火焰。

早啊，阿方斯笑容满面，对她说道。爸的葬礼结束后，她一直留着他的号码，没想到他还在用。他的生活改善了，他的英文也越说越棒，对比勒陀利亚的街道也越来越了解。她上了他的出租车，坐车走了，而她身后的那场葬礼现在肯定已经结束，人群也正在散去。鲍勃看着那群人和附在他们身上的生命体一拨又一拨地走出教堂的墓地，向四面八方离去，并不讨厌这样一种组合。可其中有一个人，自从鲍勃在几天前的某个晚上头一次注意到他之后，就一直困扰着鲍勃，他看起来就像是这世上最悲伤的人。他走得很慢，眼睛盯着地面；从鲍勃旁边经过时，他抬起了头。

你知道吗？无家可归的人问他，你背后有个精怪。

啊？

它紧紧地趴在你身上。用触手抓着。

胡扯，杰克很害怕，说道。

我能看到一些东西。鲍勃告诉他。你骗不了我。

你看到了什么？

你背上有个精怪。它很大，有很多手臂。我是说，有很多触手。

杰克停下了脚步。很明显，这个无家可归的人疯了，可不知怎么回事，他刚才描述的一切似乎是真的。有个邪恶的大家伙紧紧地趴在杰克身上，他能感受到它的吸盘正在拉扯着他。

你能帮我拿掉它吗？

鲍勃觉得他这话很滑稽。哥们儿，只有你自己能拿掉它！

我不知道怎么办。

帮不了你。在墙上蹭一蹭？

杰克匆忙赶起路来。就不该跟那人说话，可他现在对来自别处的信号持开放态度，对任何信号都是如此。就在几天前，还不会想这种事，但有时候，情况变化得很快。不论你相信什么，它都有可能是真的。

他回到家里，寻找起近亲来，最好是女性，但只得退而求其次，找来他的内兄，后者正在厨房的橱柜里乱翻，可能是在找酒。至少他值得信赖，会给出诚实的回答。我背上有东西吗？他问道。

啊？

教堂那里有个无家可归的人，他说有个东西附在了我背上。

噢，放屁，安东说。他可能是个疯子吧。

有点担心杰克，他似乎不知道该怎么办。眼下的确有些魂不守舍。一个长着许多触手的精怪正紧紧贴在他背上，家里挤满了来帮他渡过这次难关的人，而他只是站在那里，想知道这一切怎么可能是真的。

我得问你一件事，他说。

行。

你知道阿斯特丽德有外遇吗？

不知道。

真的吗？你真不知道？

安东摇了摇头。嗯，他真不知道。难以置信！跟谁？

我本来希望你能告诉我。

我不能。对不起。

安东看着妹夫迈着僵硬的步伐渐渐远去，宛如溪流中的一根枯枝；一时间，他竟罕见地生出一种同病相怜感，可即便是此刻，这同情里也透着一丝冰冷。没有冷酷的问题，就没有诚实的答案。没有真相，就没有认知。

也没有酒，所有橱柜里都没有。这人到底怎么回事？他独自在厨房里无所事事地待了一会儿，还没准备好跟人闲聊，心里想着妹妹。不，不是阿斯特丽德，是另一个。早些时候，见到阿莫尔溜出了教堂。之所以看见，是因为他知道她会这么做，也能提前感知到她的意图，甚至在她早晨一言不发地拿着背包去教堂之前就感知到了。真没想到，他居然会感到如此难过，然而这只是感情用事，就算她没有告别，又有什么关系呢？可以随时打电话给她，给她一个惊喜，告诉她，嘿，房子归萨洛米了。甚至有可能做到。也许真能做到。

他只想马上回家，但你不能这么快就走，你得到处走动走动。去客厅，找个亲戚吵上一架。跟玛丽娜姑妈聊了一小会儿，或者说，是跟她矮胖的残骸聊了一会儿，她就像融化了一半似的，从轮椅中溢了出来，已到了风烛残年之际。还不到八十岁，可自从肺气肿要了奥吉的命，她很快就垮了。握着他的手，轻轻抚摸着，以前从未这么做过。这位年迈的悍妇不仅心生感伤，还嘴泛口水。噢，可怕，可怕。

近来在家照料她的，都是那个窝囊废表哥韦塞尔，他正在拼命道歉，不知是因为昨天做错了什么，还是忘做了什么。他这是怎么了？几乎从不出门，也没有动过一根手指头来养活自己。不知怎的，他的头发全掉光了，连眉毛也是；他大多数时候都待在室内，脸色白得跟白干酪似的。他喜欢宽松的衣服，像卡夫坦[1]那样的，即使在这种日子里也这么穿，衣服里面也可能没穿内裤。他那副模样很容易让人分心，所以很难集中精力听他说了些什么，可他一直在说他的手机出了问题，指错了路。我很抱歉，真是太尴尬了……

有什么好尴尬的？我不明白。

我昨天本该去抬棺的，但我迷路了。我的GPS领着我去了别的小圣堂！

哦，没关系的……安东挥了挥手，让表哥别说了。他并不在乎。不在乎这件事，也不在乎别的事，不过你还是得假装在乎。他刚摆脱他这位奇怪的表哥，又被他那对惊魂未定的外甥和外甥女给缠上了，阿斯特丽德的孩子，尼尔和杰西卡，即将启程去巴利托。照顾好你们自己。有空给我打个电话！再见！

如果说他们在样貌与个性上几乎与家人毫无相似之处，那是因为这些在处于青春期的他们长着粉刺

---

[1]　卡夫坦（kaftan）是一种长袍大衣，源自古代的两河流域，主要被用来当作外套，衣长到脚踝处。

的圆脸上没有太多表现，他们的脑子里倒是继承了很多乱七八糟的东西。很久以前，他们在农场上见过死去的外公，当时他们才七岁，自此以后，幼小的他们便害怕落得跟他一样的下场，死时蜡黄、僵硬、空洞；这样的命运也落在了他们母亲（此刻正躺在教堂的墓地之下）的身上，得知这一消息时，两人都崩溃了，受到的冲击几乎一模一样，出于某些复杂的原因，这种情况经常会发生在双胞胎身上。更糟的是，他们都知道自己的生活即将发生不可逆转的变化，可他们一点办法也没有，将被迫换一种截然不同的活法，而现在，他们刚好走到青春期的中点，来到荷尔蒙分泌的高峰期，迸发出大量的油脂、毛发与欲望。一切都太不公平了！再见！

　　他们想从他这里得到什么？家庭的意义何在？这问题很耐人寻味，安东决定稍后在日记中好好琢磨一下。他的妻子打断了他的思绪，低声说道，他们已经在这儿待得够久了，现在可以走了吗？她想让"狼孩毛克利"给她按摩脉轮[1]，而安东想来一杯威士忌，

1　在印度瑜伽中，脉轮（chakra）指分布于人体各部位的能量中枢。

可惜杰克的房子里没有酒，他喝不到。用冥想换药剂，这笔交易很公平，那么，好吧，皆大欢喜，我们马上就走，但请先让我们道别。好好照顾自己，若有任何需要，就跟我们说一声。还有，记得保持联系。

开车回家的路上，他问道，你知道阿斯特丽德有外遇吗？

不会吧！德西蕾的惊讶并不是装出来的。和谁？

这就是问题所在。还以为你知道呢。

她摇了摇头。确实对此感到很惊讶。不过，也，唔，不算非常震惊。谁说的？

她老公。

杰克？他现在状态不大好，这你也看得出来。

安东同意这个说法。不管他脑子里装的是什么，总之，他的脑子不太正常。过段时间我们应该请他过来，表达一下关心。

事实上，他确实在几个月后给杰克打了个电话，请他来农场。来吃顿饭，喝点什么，随便在晚上聚一聚，假装保持联系，但也想问问他在房子周围安装电铁丝网要多少钱，也许还得问问给花园装上几根横梁的成本。结果那顿晚餐倒也不算太糟，至少安东是这么认为的。清醒的世界满是疾病和伤痛，最近，他觉得这样的世界模糊又好笑，他还发现自己经常大笑，尤其是在晚上。

杰克依然深受同一个问题的困扰，如今，这已经是个老问题了。要是我能知道他的名字就好了，他告诉他们。

为什么？安东说。知道了又有什么用呢？

我不会拿他怎么样，我只想知道他是谁。眼下，我谁都怀疑。甚至连她那些女性朋友都怀疑。如果我能够确定，就不会痛苦了。

可就算你确定了，你还是会痛苦！你难道不明白吗？这个问题会引出另一个问题，为什么，什么时候，在哪里，继而引出又一个……

也许吧，杰克面无表情地说道。可我还是想知道。

德西蕾夸张地拍了拍桌子。她有办法！她在勒斯滕堡上冥想课，班上有个老妇人，是个灵媒，也许可以跟阿斯特丽德对上话，让她说出那个名字。

杰克确实当真了，安东却大笑起来。她会怎么跟阿斯特丽德聊天？用手机的话，收费和打普通电话一样吗？

当然是通过鬼魂[1]了。德西蕾沉浸在杰克的闹剧中，无暇关注自己的丈夫。此刻，这个叫西尔维娅的女人正通过二十世纪初生活在亚历山大港的某个埃及男人传递信息。他会帮我们联系上阿斯特丽德。

可阿斯特丽德不会说阿拉伯语。还是说，他会用到翻译字幕？安东笑得前仰后合，差点尿湿了裤子。可与此同时，奇怪的是，也被杰克打动了，他非常诚恳，特别希望能找到答案。如果可以，他得走到哪一步，才能得出答案呢？显然，得等到死后了。得等到死后再死一次！安东不得不冲上楼，去书房把它记下来，也许能在他的小说中用到。

当然，最后，德西蕾跟西尔维娅（她在个人网站上承诺会为你揭开面纱）约好了时间，又随便选了某个工作日的早上，开车送杰克去了她那里。西尔维娅的家很不起眼，有点脏，还有点乱，跟她本人一样，她身形粗壮，灰白的头发又长又脏，声音很尖，房子里看不见任何跟灵媒有关的物件。杰克很欣赏她

1　原文为"guide"，指在招魂术中引导灵媒的鬼魂。

这种朴实无华的风格。他也试过别的法子，其中一些更为浮夸和虚假。他们坐在她客厅里一张松垮的棕色沙发上，沙发的扶手上装饰着小垫子。她问他为何来见她，虽然她先前就听过完整的故事了。

呃，杰克说。我妻子六十二天前死了。

西尔维娅很是愤慨。千万别说那个字！它会让逝者非常不开心的。

哪个字？他不明白她是什么意思。

我甚至都说不出来。根本就没有这么一个字！

他总算明白了。她说的是死。没有这么一个字！见她如此愤慨，他感到安慰。

我妻子……过世了，这么说行吧？可我发现自己很难释怀。我还有疑问……

你现在身上有她的东西吗？她可能穿戴过的，或是放在身边的东西。

他确实有，因为她已在电话里让他带着了。当然，阿斯特丽德的一些私人物品已被强行夺走，送往别处，如今已属于别人。你若知道物品也能远走高飞，就会发现它们拥有自己的生活……不过他在她床边发现了一副阅读镜，此后不论去哪里，一直都随身带着。

他将阅读镜放到西尔维娅小小的手掌中。她握紧双手，闭上眼睛，随后哼哼唧唧，念念有词。摇头晃脑。睁开眼睛。

穆斯塔法告诉我，她说，你妻子很安全。她想让你知道她很好。

他点了点头，几乎无法呼吸。

我看见她正站在一座瀑布旁，周围全是森林。阳光温暖。她很快乐，也很安全。

太好了，他说。

你妻子说，如果哪天你必须出远门，一定要带双结实的鞋子。而且得离河近一点。

好的，他说。我会的。

她身边有个人。一个男人。他非常护着她。

那男人是谁？他一边说着，一边探身向前。

呃……西尔维娅再次闭上眼睛，正紧紧抓着阅读镜。看她那副模样，仿佛她想隔着带有静电的云层，听到远处的某个声音；事实上，她觉得自己像是在用一台坏掉的收音机收听某个节目，却听到了许多杂音，偶尔会有一些词蹦出来。个头很高。留了胡子。戴着眼镜？有没有让你想起谁来？

名字，杰克说。你的鬼魂能直接说名字吗？

呃……唔……唔……穆斯塔法正在努力获取信息。

有答案了吗？

也许叫罗杰？你认识的人里，有没有叫这个名字的？

我不认识叫罗杰的人。

那理查德呢？她猛然恢复神志，睁开了眼睛。理查德，我觉得是，但没听清楚。也有可能是罗伯特。应该比较接近了。我拿不准。不好意思，今天遇到了点麻烦。要不待会儿再试一次？

他们回到农场时，安东并不在家，但那天晚上，杰克给他的内兄打了电话。你认识的人里，有没有叫罗杰的？

啊？信号很差，时断时续，安东觉得自己听错了。

阿斯特丽德认识叫罗杰的人吗？或者叫罗伯特、理查德的人？她有没有叫这种名字的密友？

你这是在白费功夫[1]，安东告诉他，可电话已经挂断了。罗杰 / 罗伯特 / 理查德。这家伙疯了。得努力花点时间陪陪他。尤其需要陪陪孩子们，我的外甥和外甥女，他们是无辜的，即将迎接崭新的未来，等等，等等，不过我几乎记不起他们的名字了。本该多关心关心他们，但现在只剩下形式，内容已变得空洞而抽象。大多数情况下，形式就足够了。

此时，安东独自在家，所有的用人都已离开，他妻子则出去上瑜伽课了。打算在接下来的几个小时里写小说，但今天晚上，就是写不出来，逼自己也不行。如果只是缓解紧张情绪，那就容易多了。为此，他一只手拿着一杯威士忌，另一只手拿着半份"叶子"。已经晕晕乎乎了，醉得厉害，未来几个小时还会变本加厉。

他的手机响了。又是杰克打来的。现在可没工夫处理他那些破事，得操心我自己的那些破事。把它调成静音模式，塞进兜里。试图回忆自己在做什么。啊，对了。正在找某样东西。继续跟跟跄跄地从一个

---

1 原文为"barking in the wrong forest"，系词组"bark up the wrong tree"的变体，后者指做出错误的选择、问错人、走错路。

房间走到另一个房间，打开灯，找啊找，他妈的，记不起来为什么要这么做了。要是他的目光落在那东西上面，他就会明白过来。不管是什么，总之他需要它，或者说，他开始找的时候就需要它，这意味着他将来会需要它。但没关系，因为他随时都有可能找到。随时都有可能。

ANTON

安东

安东在家里转来转去。又停电了，这周已经是第四次，发电机的汽油用完了，一切都已停摆。他可以动手做一些有意义的事，比方说，修理楼梯的扶手，或是更换露台上的碎瓷砖，但他没有心情。近来几乎没心情做任何事。

今天是和解日 [1]（也许他们最近换了种叫法），是个公休日，所以雇工都不在。他们很清楚自己有哪些权利，而且一直要求在节假日干活得多拿点工钱，不过他们真正想要的，是待在家里喝得酩酊大醉。和我

1　每年的 12 月 16 日原为"丁冈日"（Dingaan's Day）或"誓言日"（Day of the Vow），是为了纪念 1838 年的这一天向北迁徙的布尔人打败祖鲁王丁冈，夺取了南非内陆大片土地而设立的。1994 年，这一天被改名为"和解日"（Reconciliation Day），寓意是希望南非黑白两大种族面向未来，和平共处。

一样。

　　而安东已经醉了好几个小时，在此期间，他一直酒瓶不离手，从一个房间游荡到另一个房间，试图放空大脑。目前有很多事情要考虑。不，只不过是眼下很倒霉，简直倒霉透顶，以至于觉得自己一直都很倒霉。其实是从，噢，是从周四才开始倒霉的吧？就是你在太阳城挥霍掉那一小笔财产的时候。愚蠢，愚蠢，愚蠢。难道是上周？抑或是上上周？喝醉的坏处之一是，你没了时间概念，也分不清时间的先后顺序，但老实说，安东，这种情况已持续了一段时间。所有事情都已持续了一段时间。这就是这个世界的问题所在，毫无新意，没有惊喜，就像某个患了痴呆症的老阿姨一样，不断自我重复。说来说去，都是同样的故事，真让人厌倦。我有没有跟你说过……是的，你说过，所以，闭上你的臭嘴吧。

　　安东，独自一人，思绪纷飞，待在他那栋面积过大、快要倒塌的房子里。本应该做点什么，却没有，为什么呢？眼前一片模糊，界限都被抹去，出问题的到底是我的眼睛，还是我的脑子？这句不错，得在忘掉前把它写下来。

要不出去喝一杯？他现在就在喝酒，但最好有人陪着，得出去透透气。只有酒鬼才会独自喝酒，不希望有人误以为我是个酒鬼。汪汪汪，哈哈哈，就像漫画里的那条狗常说的那样。

安东开着他的货车[1]，试图离开自己的地盘。出一趟门很麻烦，也很花时间，得把大门打开，出门后还得关上，先是家里的那扇，然后是靠近路边的那扇。在你没喝醉时，密码和钥匙便给你带来了不少麻烦，今天更是醉得厉害；后来，当他飞快地驶向城市时，他并不确定自己有没有锁好第二扇门。算了吧，已经回不了头了。他正行驶在新的公路上，是条收费公路，但速度很快，路上没有红绿灯，一路畅行无阻；还有个优点，它不会经过阿尔文·西默斯那座可怕的大教堂，尽管教堂尖顶确实有在远处嗖的一下掠过。旁边的座位上放着一瓶打开的杰克·丹尼，举起它来，祝你身体健康，你这个老不死的寄生虫。依我看，比你的造物主活得还久，而且依然混得风生水起。

1　原文为"bakkie"，指南非农民等使用的小型厢式轻便货车。

才下午三点。更正一下，是五点。他在最近常去的一家店，身处阿卡迪亚的边缘。这里也没电，但他们有一台发电机，于是头顶上闪烁着惨白的灯光。这地方有些古色古香，还有些遭人误会，可正因如此，他才喜欢这里。他喜欢昏暗的灯光、黄色的墙纸和故作高雅的装修风格，尽管近来店里的顾客都很粗野。他们当中没有出类拔萃之人，不过他们的境遇大体相同，而任何相似之处都是一种安慰。是的，已经到了这个地步。

才晚上七点。更正一下，是八点二十。德西蕾快上完瑜伽课回家了，也许"毛克利"会跟着她，没必要急着回家。再来一杯一样的，服务员。多加点冰。

安东在厕所的小隔间里撒尿。不太确定他是如何出现在那里的，不过小便在本质上是一种很真实的活动。大便也是。不需要社交礼仪来伪装自己。所有的外交活动都应该发生在厕所里。拉上拉链，像被风吹歪了头一样看着镜子。天啊，是谁毁了我这张脸？那个人见人爱的小伙子如今到哪里去了？是谁将他藏在了这张凹痕累累的金属面具下？

赶紧离开，回吧台去。吧台前新来了一个人，一个眼神空洞的老家伙，他一直盯着安东看，直到引起了安东的注意。

嘿，你好吗？

我认识你，老家伙说。

在哪儿认识的？

你一点都没变。

呃，不好意思，朋友，可你变了。

你不记得我了吗？好好看看。他身子一倾，让灯光照到身上。

安东仔细看了看。不，我好像不……但有了点头绪，有了些线索，可就是想不起来他究竟是谁。也许，线索就在声音里。你是谁？

给你点提示。我上次见你时，我俩之间还隔着一道围栏呢。已经过去三十……不对，是三十一年了。

他得算一算。随后他猛然想了起来。佩恩！我还寻思着你过得怎么样呢！

他们握了握手，在这种场合显得有些过于热情，却不知道接下来该怎么办。

给你来杯喝的？你想喝什么？

是战友，佩恩对服务员解释道。

更像是军队里的熟人，不过两人走向角落里的一张桌子时，安东并没有把这话说出口。他很高兴见到佩恩，的确也曾不时想到他，想知道他过得怎么样。说来奇怪，有些人，通常是些生命中的过客，会在你的思绪与梦境中占有很重的分量。你这些年过得如何？

退伍以后，佩恩一直在从事工程造价估算方面的工作。曾在金山大学[1]深造，并在那里遇到了他的妻子黛安娜。结婚二十八年，过得很幸福，育有两个孩子，均已成年。其中一个孩子出了国，定居在澳大利亚；事实上，佩恩和他妻子正在考虑几个月后移民到珀斯[2]，以便离孙辈更近。也是因为，说起来不太好意思，对这个该死的国家完全丧失了信心。

你呢？他问安东。自从我们上次见面后，你过得怎么样？

---

1 原文为"Wits"，指金山大学（University of the Witwatersrand），该校位于约翰内斯堡偏北的位置，是一所知名的研究型大学。
2 珀斯（Perth）是澳大利亚第四大城市。

噢，一直都挺好的。

你学的是什么？

实际上从未走到那一步。先是过了几年流浪的生活，后来才安定下来。娶了我儿时的心上人，此后一直经营着家里的农场。

惊讶地听着自己说出这些话来。都是真的，也都是假的。

你是那种我确信会上大学的人，佩恩告诉他。脑子特别灵光！还以为你将来会从政的。

我一直在写小说，安东突然想了起来。

小说？叫什么名字？出版了吗？

还没。其实还没写完。快了！

写了些什么？

噢，安东说，人类的一些苦难的处境。没什么特别的。

呵呵呵！佩恩拍了拍桌子。你还是那么爱开玩笑，斯瓦特。我很期待读到你的作品。

会有那么一天的。对了，是什么风把你吹到这个鬼地方来了？安东在最后一刻终于意识到，这里确实是个鬼地方，他不能再来了，不过他也知道，他还会再来的。

我就住在附近，佩恩说，我经常来这里。嘿，要不跟我一起回家，见一见黛安娜？

黛安娜？

我妻子，我刚刚跟你说过……

噢，对对对。不好意思。你是说，现在吗？嗯，不行吗？行啊。但在他脑海中，这场谈话已经结束了，已经成了类似于回忆的东西，他并不确定到底聊了些什么，不过他看得出来，两人的重逢让佩恩很兴奋。

是吗？太好了。我去一下卫生间。等我回来后，我们就可以走了。

没问题，安东说。但事实上，他已经厌倦了这个男人，厌倦了他平凡的生活和平凡的妻子，而近来，他几乎已经厌倦了一切，万事万物如今都渐渐失去了意义；大可等他走了以后再站起来，慢悠悠地走出酒吧，步入夜色之中，就好像你一直在独自喝酒。兴许的确如此。

安东再次开起车来，迷迷糊糊地飘荡在城市的街道上。在一盏红绿灯前，某个怒不可遏的人冲着想象中的同伴喊道，你觉得我疯了吗？你看我像疯子吗？疯子和穷人真是越来越多了，其中有不少白鬼。离我远点，华泽尔·古米治[1]，你身上的病会传染。在红灯变绿时松了口气，总算可以继续开车了。不太确定他在哪里，正往哪个方向开，也不太关心。不过在某些时候，你确实得规划好回家的路线，这会给你带来无限乐趣。

但首先，很明显，你必然会遇到前方闪烁的蓝灯，遇到那只高举着让你停车的手。安东开到一个路障前。恐惧几乎让他清醒过来，肾上腺素则让他脑中一片空白。拜托，不要。如果心灵有任何力量，请让这一切消失吧，请别让这一幕发生。但心灵没有力量。

我迷路了，他高兴地对车窗外的警官说，仿佛警官会就这么放他走。我不知道自己在哪里。

请往这里面吹口气。

啊？

把你的嘴巴对准吹嘴，往里面吹气。

1　华泽尔·古米治（Worzel Gummidge）是英国儿童故事人物，一个会走路和说话的稻草人，有着粗野的外貌。

这位警官是一名黑人女性，岁数可能比他小一半，她有权把他关起来。你可得记住这一点，安东，振作起来。她正用手电筒照着他的脸，肯定早已知道他过去几个小时是怎么度过的。他们之间毫无秘密可言。他敷衍地对着仪器吹气，她的语气随即变得强硬起来。

老实点，好好吹。稳着点，吹得久一些。

他叹了口气，把所有的挫败与悲伤都吹进了仪器里。她看了看数值，随后两人四目相对。

我相信，我们可以解决这个问题的，他说。

安东在自动取款机前取钱。他的账户取款有限额，之所以设置限额，就是为了防范这样的情况（敲竹杠）发生。他只能取两千兰特，幸好马斯瓦娜探员不是个不讲道理的人。后来，在他开车把她送回路障旁时，他们甚至还握了手，就好像他俩刚刚做了一笔生意。从她的角度来看，他们无疑是做了笔生意。

回家的路上，液体在他体内涌动个不停，冒着泡，仿佛他是一块有毒的沼泽地。就这么在路边，从他身上拿走了两千兰特！还是在光天化日之下。只是个比喻，毕竟现在已经晚上十点了。纠正一下，是十一点。问题在于，不论在一天中的什么时候，夺取他人的财产都是可耻的。嘎嘣嘎嘣嘎嘣，小小的白蚁，蚕食着木料。而总统则是那肥胖的蚁后，懒洋洋地躺在蚁穴的中心。

没错，在这一过程中，我也尽了自己的一份力。但两千兰特！这个数目真让人痛心，尤其是在存款所剩无几的情况下，而且他在太阳城的一次狂欢中喝醉了酒，犯了傻，损失了一大笔钱，而且他还欠着银行贷款的巨额利息，而且爸的投资带来的收益也在减少，而且他的妻子觉得她有权每年做昂贵的整容手术，而且爬行动物公园要关门了，因为布鲁斯·赫尔登赫伊斯卷款逃到了马来西亚。只是一时之间有些倒霉，安东，你会渡过难关的，但真是这样吗？真会渡过难关吗？感觉不像是一时，而像是一世。

在其他战线上也承受着巨大的压力。据说官方打算收回农场上的土地，因为某个社区在很久以前是被强行拆除的。更不用说现如今接连不断的入侵了，围栏被砍断，东边的外围又建了一些棚屋。地产的价值也在不断下跌，几乎已一文不值，还有什么意义呢？应该识相一点，趁他们还有能力，放弃乡下，搬去镇上，与阿莫尔达成协议，出售土地。也许还可以挽救他的婚姻，谁知道呢，也许还能挽救他自己。

那他为什么不行动呢？为什么不识相点呢？不知道，总是这样。明明知道该做些什么，但就是不做。而是反着来，做些不该做的，好惹怒你，以及他自己。再说，一直都不太喜欢镇上。

安东，在车灯的照耀下，再次笨拙地摆弄着密码和钥匙。安东，总算到家了。一辆大众甲壳虫靠着他妻子的车停在车道上，楼上楼下灯火通明。起码又有电了。从客厅里传来了音乐（如果这也算得上是音乐的话）声，听起来像是吟诵佛经的声音，混搭着电子舞曲的节奏，音量调得很大。

他在门前的台阶上坐了一会儿，让眼睛适应黑暗。临近仲夏时节，繁星就像幽深花坛中的花朵一样。这一幕很美。得把它记在日记里。他听见他们不紧不慢地走下楼梯，咯咯笑了很多次，说了很多悄悄话。虽然正门一直开着，他们却磨蹭了半天才走到门口。然后发现他居然在，吓了一大跳，也许并不是装出来的。你在这里多久了，亲爱的？我只是想让莫蒂看看我画的水彩画。

莫蒂？我以为他叫毛克利呢。可是你看，他今晚穿的是便装，你那用草做的尿布呢，野小子？见自己反应如此强烈，而且怀着如此纯粹的恶意，安东感到很惊讶，他猛地把头往后一仰，像狼一样嗥叫起来。阿克拉[1]，我们将尽力而毁！[2]

在我的讲习班上，我也会让他们试着这么做，"毛克利"宽容地对他说道。大多数人在情感上远不如你自由，他们会有所保留。

稍微有所保留没什么不好的，德西蕾小声说道。

但安东今晚并不想有所保留。我妻子那些水彩画，画得如何？

嗯，非常不错。我很喜欢。

她也给你看了她的画笔，还有她精致的调色板吗？你帮她的画布做了拉伸[3]吗？

1　阿克拉（Akela）是《丛林之书》中的一匹公狼，乃收养毛克利的狼群的首领，也是毛克利在丛林中的导师之一。

2　"阿克拉，我们将尽力而为！"（Akela, we'll do our best!）一句源自大吼仪式（Grand Howl），乃幼童军（Cub Scouts）的一种仪式，出自《丛林之书》中毛克利的故事。仪式中，幼童军扮演狼群，向"老狼"阿克拉致意，并重温自己许下的承诺。安东在此用嘲讽的口吻对这句话做了修改，变成了"阿克拉，我们将尽力而毁！"（Akela, we'll doom our best!）

3　此处的拉伸（stretch）乃瑜伽中的一个常见动作，同时也可以指绷紧画布。

他醉得很厉害，德西蕾说。

嗯，我能看出来。我想我该走了。

我就当你从没来过，安东告诉他。从一开始我就没把你当回事。

伤人者终会伤己。

我不知道，我倒是觉得受到伤害的人会更痛苦。为了证明这一点，他在那傻瓜试图从楼梯上闪身而过时，侧着身子猛扑了过去；"毛克利"见状慌忙逃窜，却踢了安东一脚，碰巧正中他的头部。安东两眼直冒金星，台阶随即往上一迎，接住了他。哎哟。不过并不痛。难道不应该痛吗？他笑着翻了个身，仰面躺在地上。

干得好，他一边说，一边托着下巴一侧。现在正隐隐作痛。挺有本事的嘛，大英雄。

这纯属意外，"毛克利"说。但也不算是意外。你的怒火会反过来吞噬你自己，就像回旋镖一样。

换句话说，这是你自找的，德西蕾说。

你也有自作自受的时候，不是吗？还是说，只有别人才会遭报应？

你最好现在就走，亲爱的，她小声说道。趁他还没惹出别的乱子来。

他摆出一副关切的样子。你不会有事吧……？你确定他不会……？因为我——

因为你什么？嗯，亲爱的？你会保护她吗？真有意思！他试图猛地站起来，却一个趔趄，再次跌倒了。

赶紧走吧。我会没事的。我代表我丈夫向你道歉。

"毛克利"确实离开了，但在离开前，他完成了最后一次传道。他说自己相信物质就是堕落的灵魂。但物质在使用武力时最为强大。灵魂并不存在于暴力中。所以，看着安东贬损和侮辱自己的灵魂，他感到很痛心。他要说的都说完了，但他说这番话时满怀善意，也希望安东能怀着同样的善意去体会。

哇，谢谢。你他妈的赶紧滚出我的地盘，别回来了。

莫蒂想什么时候回来就什么时候回来，不过你最好现在就走，亲爱的。

德西蕾，我对你经历的一切有了新的认识。

随后，"毛克利"化身为一对红色的尾灯，渐渐隐没在黑暗中。

不，莫蒂这个人特别正直，有着非常古老的灵魂。这些都是安东的妻子告诉他的，说话时，她的声音小小的，冷冰冰的，很愤怒。她从莫蒂那里学到了很多东西！他帮她找回了自己。既然是她请他来家里做客，她决不允许有人如此无礼、粗俗地跟他说话，也决不允许有人打他。

实际上，我也住在这里。我不敢相信我会被如此卑微的一个人戴绿帽子。他甚至都不好看了，你注意到了吗？最近他腰布的尺寸都宽了好几码。

他可不是个卑微的人！事实上，他的境界几乎高人一等。而且他做的事绝非你想的那样。他是朋友，是导师，也是榜样，但不是爱人。不过那又怎么样呢？过了一会儿，她补充道，就算他是，又怎么样呢？人与人之间并不拥有彼此！如果你能找到另一个和你一起探索的人，我会非常高兴的。

我也会的，相信我。但这样一来，我们是不是就有点儿像集体主义者或嬉皮士了？他们都不喜欢私有制，都喜欢分享，对不对？你爸爸是不会赞同的。

我父亲见过"毛克利"，啊，是莫蒂，而且很喜欢他。

你父亲疯了，他谁都喜欢！要是他现在能见到独裁者，他也会喜欢上他的。欢笑声变成了哭声，然后又变回了欢笑声。噢，悲剧我倒是应付得过来，但我搞不定闹剧。

你这话是什么意思？

我浪费了我的生命。

好吧，谢谢你了。怕你没注意到，我就直说了，我也不是很开心。要是我的精子数量和你的一样低，我会闭上我的嘴，不再提浪费这件事。

她想伤害他，因为最近双方都非常痛苦，尤其是她，他无疑是两人不能在地球上结出硕果、繁衍后代的原因，可今晚他几乎没有意识到这一点。此时此刻，他刚刚意识到的那个简单的事实依然让他惊讶不已。我浪费了我的生命，确实如此。已经五十岁了，半个世纪，可他永远也干不成他曾经确信自己会做的那些事。没能在知名大学里阅读经典或学习外语，没能环游世界，没能娶他爱的女人。没能将实权握在手中。不会让命运屈服于他的意志。甚至不会写完小说，因为，我们就接着说实话吧，因为过了将近二十年以后，他还没有真正动笔。不论做什么，都只是浅尝辄止。

凌晨时分，安东在家中徘徊，不时在卧室门外停下脚步，门锁着，他进不去，妻子在里面睡觉。本可以敲门，再喊上几声，但在这种情况下，不会有任何惊喜。最好手里拿着酒瓶继续踱步，打量着已经走过的那些萧瑟风景，接下来的景象会更为糟糕。

后来，安东置身于一家旅馆的房间里，试图从保险箱里拿钱，但那该死的东西怎么都打不开。他对它又拉又扯，手里汗涔涔、滑溜溜的，什么都抓不住，就在这时候，传来了一阵敲门声。砰砰砰！他吓呆了，因为保险箱里的钱不是他的，他不应该在这里，况且敲门的人怀的也不是好心。我该藏在哪里？

砰砰砰！那声音，某种声音，猛地把他拽出了旅馆的房间，将他扔回了自己的身体里，半个身子倒在家里的沙发上。灯开着，电视开着，正门开着。安东醒了。

可那敲击声到底是怎么回事？时间已经很晚 / 还太早，黎明马上就要到来；他睡觉时，有什么东西正砰砰作响。他几乎可以肯定这一点。就在外面的某个地方。

他很害怕，站了起来，神经正在抗议。这就是你担心的那一刻吗？有什么事情将要发生吗？他趔趔趄趄地走上楼梯，来到书房，有些手忙脚乱，在成堆的衣服下面翻找着那把莫斯伯格。似乎花了很长时间，手指才摸到那把枪。抽屉里有弹药。摸索摸索摸索。即便是简单的事，他做起来也很费劲，脑袋里就像有一条堵住的下水道，嘴里有一种与之相配的味道。最后跟跟跄跄地下了楼，一只手拿着猎枪，把子弹塞进兜里。冲出正门，步入可怖的茫茫夜色中，走在车道上时，他觉得苍穹如同镜头，自己在镜头里被放大了。首先是宛如小壕沟一般环绕在周围的草坪，接着是电铁丝网，再然后是农场的其余部分，最后才是世界。一圈套一圈，最里面是我。

敲击声可能来自围栏外的棚屋及其附属建筑。或许敲击声压根就不存在，只存在于他的梦里。如果你仔细想想，极有可能是这样。什么样的入侵者会暴露自己的行踪呢？嗯，也许是最可怕的那一种。打开大门，通过。为何一切都如此安静？东方的天空已经泛白，却听不见虫鸣，也不见鸟儿的踪影？

他走近那些棚屋，将一枚子弹塞进枪里，推进枪膛，听见子弹上膛的声音。咔嚓！声音响亮而清脆，像是一种警告。这才是真正的敲击声！如果有人在，这声音应该会让他们知道，他动真格了。啪的一声关上保险，等了一会儿，但无人出声回应，也没有急促的脚步声。

绕着那些棚屋和附属建筑转了一圈，但一切看起来都完好无损，门窗都锁上了。他一直在走，不知道在找什么，但是。他的脑袋更不舒服了，现在还觉得恶心。停下来一会儿，想吐，却连吐都吐不出来。转而继续走了起来，但即便走着路，那种恶心的感觉也挥之不去，灌木和草丛都变得一片模糊，失去了色彩。

天刚亮，安东跌跌撞撞地穿过自家的农场，他半醉半醒，还有些难受，衣服敞着，扣子都没扣，仿佛他身上有一些接缝，被撕开了，填料都跑了出来。安东啊，你的那些填料，会是些什么呢？噢，都是些常见的圣诞礼物，一些糖果，一块幸运饼干[1]，一点

1　幸运饼干（fortune cookie）乃国外中餐厅提供的薄脆饼，内有预测命运的小纸条。

炸药。

　　小宝贝似的太阳出来了……红色的阳光映照出电缆塔的轮廓。他走了很远，房子已落在后头，消失在视野中。此时，鸟儿正没完没了地放声歌唱。愚蠢而年迈的大地，一次又一次回到原点，重复自我。一场也没落下。你怎么受得了呢？你这个老荡妇，一遍又一遍上演着一模一样的演出，晚上演，白天也演，而你周围的剧场都在坍塌，剧本里的台词却一成不变，更不用说化妆、服装和夸张的动作了……就这样日复一日……

　　不。做不到。再也不愿在戏里当个龙套，不愿回到家中，把自己的生活拾起来，就像它是一件自己扔在地上的破旧衬衫。接下来该怎么办？就这样重新穿在身上吗？那衬衫散发着他的味道，奇臭无比，臭气熏天。他太熟悉了，太了解这种味道了。让衬衫见鬼去吧，让房子见鬼去吧。让电缆塔见鬼去吧。让这一切都停下来吧。

　　我想……

　　砰！

　　那个声音又出现了。像是有人在用力敲门。她觉得自己刚才在睡梦中听到了什么。经历了昨晚那可怕的一幕后，德西蕾不得不服用了药物，才让自己昏睡过去，所以今天早上她的脑袋有些发晕；她穿着白色的长款睡衣，披着松散的头发，浑身上下倦意十足地散发着一种消沉[1]的气息。当然，这些天来，她变得愈发消沉了。

走到窗前，拉起百叶窗往外看，可除了棕色的草，什么也看不见。这就是我的生活，她想，绵延数英里的棕色草地。即使有过激动人心的时刻，它们也已经黯然失色。若是一位女士被困在乡下，勉强和一个醉汉做伴，她该怎么办？她会变得焦躁不安，她当然会，然后去别处寻求慰藉，谁又能因此而责怪她呢？

德西蕾并未过多责备自己，她从不会这样。在她看来，世界之所以存在，正是为了取悦她，而她之所以存在，正是为了对世界感到失望，这再正常不过。她穿着睡袍和毛绒拖鞋下了楼，楼下的那个女佣会在炉子上给她煮好咖啡。早上好，萨洛米。你见到

---

[1] "消沉"（droop）一词还有"下垂、低垂"之意，此处也暗指德西蕾的肉身下垂。

老爷了吗？

没有，太太。

这里面的糖放得太多了。我都跟你说过多少次了？

对不起，太太。

先别给我整理床铺，好吗？我可能得再躺一会儿。我昨晚睡得很差。

对不起，太太。

自从安东出生后，这人就一直在这里工作。她一定看到和听到了不少事！他们总是在周围，就像幽灵一样，你几乎不会注意到他们。然而，别以为他们没有注意到你，他们总在观察和倾听，帮助自己，也帮助彼此。他们知道你所有的秘密，你的每一件事，甚至还知道别的白人不知道的事。你内裤上的污渍，袜子上的洞。你必须在他们开始图谋不轨之前除掉他们。早就该让这个老家伙走人了。

她一边想着这些，一边端着咖啡走到屋前的游廊上。她喜欢在清晨时分站在这里，在浮入世界时假装自己是农夫的妻子。有时候，她会想象着地里青黄两色的玉米远远地在风中起伏摇曳。

玉米地——不对，是草地——之外，有个身影正在奔跑。冉冉升起的太阳在他身后耀眼夺目，他的影子伸向了远处，正模仿和嘲弄着他。

怎么了？怎么回事？

当他从敞开的大门进来时，她看出那人不过是安迪尔，另一个一直在这里干活的人。自从他家搬出农场后，他每天早上都会从黑人居住区步行来这里。此时他正冲着她大喊大叫，把他看见的那一幕告诉她。在输电线附近。天哪，救命啊。

她不太明白，一定是自己听错了。

什么？她说。你刚才说什么？

可是，即使安迪尔重复了一遍之后，他说的那句话似乎也不属于这个世界。不，这不可能是真的。这说不通啊。他昨天晚上还。搞错了吧？不。

不，她说。

但拒绝只对他人有效，对命运无效。你自己可能已经注意到了，向命运抗议只是浪费口舌，就算你说"不"，该发生的还是会发生。到头来，这只是个和天气一样的事实，没有任何立场：今天早上，你丈夫起了床，拿着他那把猎枪出了门，将自己扭曲得不成人样，以便打爆自己的头，并不需要什么具体的理由。

迄今为止，德西蕾这辈子最糟糕的经历，是发生在别人，也就是她父亲身上的事；而这一次，安东的死当然属于他自己，但不知怎的，他的自杀也与她有关，她已经感觉到了。别人会这么看这件事，也会这么看她这个人。她永远都会是自杀者的妻子，而且谁知道那人是不是她给逼死的。

谁知道呢，也许我真的逼死了他吧。她现在想着这件事，接下来也会想，翻来覆去地想，到最后，哪怕她没有受到任何指责，她还是觉得有必要否认这一点。不，不，我没有辜负过安东，我从来没有辜负过任何人，倒是他让我失望了！

嘘——安静点，宝贝儿[1]。你得冷静下来。没人会怪罪你的。

你这是什么意思，他们都在怪罪我，连你……

德西蕾是个火一样的人，太过感情用事，太过反复无常，无法应付悲剧，所以她需要一个土一样的

1　此处的"宝贝儿"用的是"schatzi"一词，下文中的"妈妈"多用的是法语"Maman"。

人来平衡自己，一个坚不可移的人，也许就像苔原之下的永久冻土。没错，她给她母亲打了电话。妈妈尝到了一种浓郁的丑闻的味道，于是立即开着丈夫的保时捷，赶到了农场，她的手机里全是丈夫那些熟人的号码，还带着一些镇静剂，种类之多足以与一家小药店媲美。有些处理问题的法子，可以让它们不会引起轩然大波，但保持沉着和冷静也很重要，同时得清楚地知道该和谁交谈。只要往对的耳朵里说上一句话，便能加快进程，这样一来，法医就会出来开具死亡证明，只会问几个不痛不痒的问题，并在引起巨大轰动前将尸体运走。

此后还得按部就班，处理一些实际事务。首先得通知其他所有人，妈妈负责这项任务，但事实证明，即便是这项任务，也并不繁重。安东是匹独狼，有一些熟人，但朋友不多，他手机里的名字大多只会在农场需要物资时联系，还有几个偶然认识的酒友。只花了不到半小时就给那些看起来重要的人打完了电话；虽然大多数人似乎很震惊，但无人落泪。

通知完其他所有人以后，德西蕾这才想起来一件事。噢，天哪，那阿莫尔怎么办？

谁?

安东的妹妹。你见过她几次,你不记得了吗……?

他还有个妹妹?真的?我还以为他只有一个……

多年前,妈妈就很难想起阿莫尔的名字来,更别提她长什么样了。老实说,她觉得斯瓦特一家很难相处,以至于试图将他们从她的意识中抹去。况且安东本人跟自家亲戚也没什么联系。

她认为,阿莫尔不可能是个非常鲜活有趣的人。不然我肯定会记得她。

安东的手机里没有她的号码。他们已经很久没联系了。

为什么会这样?老太太嗅到了一丝血腥的味道,顿时来了精神。他们吵架了吗?

没吵架,不算是。更准确地说,是有分歧。我不太记得是因为什么了。某块地吧?

白人每次吵架,虽然没有任何合理证据,她母亲还是宣称,都是为了财产!

但我们该怎么通知她呢?随后德西蕾想了起来,他们以前也遇到过这样的问题,通过找到阿莫尔的工作地点,解决了问题。德班的医院!艾滋病病房!

几番打听之下，得到了一个号码，一个欢快的声音接了电话。噢对，阿莫尔曾在这里工作，但她几年前出于个人原因离开了。我可以给你另一个号码，要不你试试看……？这次接电话的，是一个叫苏珊的人，她冷冰冰地说，她已经很久没见过阿莫尔了。她听着很愤怒，不太高兴，想要挂断电话。不，她不知道怎么联系阿莫尔。觉得她去了开普敦。不，她传不了话。

尽管完全不记得阿莫尔了，妈妈却因为她而感到委屈。这人真让人受不了！为了让自己消失，她似乎使出了浑身解数。好吧，那就如她所愿，不管她了。你只能尽力而为。此外，要是不用找她商量，筹备起葬礼来也会简单得多。

妈妈自己倾向于办加尔文宗的仪式，毕竟这一应变方案也在人们的意料之中，而且朴素的仪式总是给人一种已成定局的感觉。可她女儿并不同意，她认为更具东方特色的仪式会让丈夫的灵魂更为受益。自从德西蕾迷上勒斯滕堡的那个瑜伽奶油小生以后，她便一直对异端思想持开放态度，并且因此在父亲的痴呆症加重前和他产生了一些摩擦。妈妈也有自己的疑虑，但在这种情况下，还是随她去了。安东不会喜欢另类的仪式，之所以想给他办一场这样的，似乎正是出于这个理由。近年来，他让她非常不开心，所以她并不怎么为他的离世感到痛心。那就依你的吧，宝贝儿，葬礼是为活人办的，不是为死人办的，反正他也不会站在这里表示反对，不是吗？

或许无法当面反对。但安东出于天性，甚至预见了自己死后会遭受怎样的羞辱，并且做出了反抗。第二天一早，家庭律师打来了电话。谢丽丝·库茨-史密斯在婚姻这场战役中又缴获了新的战利品，新添了个姓氏，经此一役，她举手投足间多了份庄重，将声音沉入了胸腔深处，并用从那里传出的低沉嗓音告诉妈妈，安东已将一封经过公证的信存档，信上提到，若出现目前这种情况，他想怎么安排后事，具体如下：

1. 谢绝宗教仪式。杜绝一切祈祷。

2. 火葬即可，谢绝土葬。

3. 火葬场的小圣堂正好。

4. 将骨灰撒在农场里某个合适的地方。哪儿都行。

5. 简言之，无须大惊小怪，切勿过度悲伤。

你瞧，我没说错吧？非常直截了当，没有多少回旋余地。就照你说的做吧，安东，一定会如你所愿。碰巧也挺合我们的意。对了，先别挂电话，老妇人对谢丽丝·库茨－史密斯说道，你有阿莫尔的电话号码吗？

谁的？

安东妹妹的。

噢，他妹妹！没有，这些年来我们一直在尝试联系她。现在我们真得跟她谈一谈了。请务必让她给我回电话。

你就没有认真听我说话，妈妈说。她被这个自信且自大的女人激怒了，这女人让她想起了一个她不太记得的人。你如果认真听了，就会明白，我们也不知道去哪儿找她。

阿莫尔消失了。阿莫尔不见了。但这并不是什么新鲜事；如果你知道去哪里找，她总是会露面，实打实地现身，好认极了。

今天，此时此刻，她在干什么？她在帮一个躺在床上、身体虚弱的人洗身子。阿莫尔正在医院的病房里照顾病人。这一幕早已有之，未曾改变，你说她消失了，这话是什么意思？她不过是换了家医院，但那些患病之人和垂死之人不论在哪儿，境况都很相似，他们普遍都很痛苦，而她依旧在照看他们，工作性质也没变。看看她温柔、细致地完成任务，用毛巾擦拭着受损且敏感的皮肤。轻轻拍干，包扎好伤口，然后帮病人（这一次，病人是一位老太太）穿上衣服。可以了吗，亲爱的？舒服吗？这会让你好受些吗？她已经像这样忙活了几个小时，还得再忙活很久。

接着在那天晚上跟着她，走过几条街，回到她的住处，若是她没穿制服，你不会注意到她，尤其不会在回家的人群中注意到她，她身上没有任何亮点。她的单间小公寓也一样，位于一个不起眼的街区的三楼。正门通往简陋的客厅，客厅通往小厨房和卫生间。她的床是一张日式床垫，床垫卷了起来，放在角落里；公寓里几乎没什么家具，只有一套简易的组合桌椅和一个壁橱。仅此而已。事实上，墙上有些颜色略有不同的色块，由此可以判断，她已经拿掉了几幅画，放在了看不见的地方。

她能感觉到汗水将制服和皮肤粘在了一起，于是开始脱衣服，强迫自己不按特定顺序脱。这么做虽然有违本人意愿，但没关系，阿莫尔，不会有邪恶的魔咒释放出来……她想泡个澡，但条件不允许。水坝几乎空了，水只能限量供应，所以她改洗淋浴，只洗了两分钟，把用过的水存在浴缸里稍后再用。通常会在这时做晚饭，但电又停了。是的，这里也在停电，全国各地都一样，电力供应缺口巨大。电网正在崩溃，无人维护，资金断流，总统的朋友们已经带着现金跑了。没有电，没有水，富饶之地正处于困难时期。

阿莫尔倒也没觉得有多不方便，她打算过会儿等电来了再吃。与此同时，她坐在客厅的窗前，身上只裹了一条浴巾，借着余光看着外面的山。她让一只猫蜷缩在腿上。不，她没有这么做，也没有猫。但至少请允许她养几株植物，长在窗台上的罐子里，带来一丝绿意。她用洗澡时存下的水给它们浇了浇。

临近仲夏，白昼漫长，阳光刺眼，日子了无生气。即使在十二月，仍有可能下雨，但只有在冬天才会噼里啪啦下个不停，所以现在不大会下那种雨。[1]
到处都在变天，很难不注意到，但这次事态非常严重，整座城市的水都快用完了！地表之下传来一阵高音，像警报一样，与其说是声音，不如说是振动，大地愈发干涸，在你脚下收缩。嘎吱作响，铆钉突然松动。人们很担心，这种担心又慢慢变成了恐惧，而"零水日"正在悄然临近，到时候，水龙头终将一滴水都放不出。你能想象吗？或许很快就不用想象了。

可与此同时，也很难不趁烈日洒下金光之际享受酷热。你怎能不向一切光与热敞开怀抱呢？看样子，在开普敦各地，心灵撤退，身体取而代之，在海滩上赤裸着，踏着海浪前行，将大山踩在脚下。这座城市属于锋芒毕露的年轻人。可其他那些不再年轻、锋芒尽失的人呢？在人行道上、桥梁下、红绿灯前聚集了越来越多的憔悴、枯竭、受伤之人，正不断挥舞着伤口。你尽你所能，拿出一件衣服，或一盘食物，可他们人数众多，需求也永无止境，所以阿莫尔近来非常疲惫。

1　南非位于南半球，大部分地区属热带草原气候。十二月为夏季，通常干燥少雨。

有时，她的工作似乎正在耗尽她的精力，不过她很乐意发光发热。无须有所保留。她现在只能触碰到那些人的身体，那些迷失在路边的人，那些她在医院里照顾的人。试图减轻他们的痛苦。我最后的柔情，留给了我不认识，也不认识我的人。爱已不在，只剩善意，也许比爱更为强烈。至少更持久。但我这辈子也爱过一些人，在我还能爱的时候。有些谁呢，阿莫尔？一路走来，爱过的有男人，也有女人。是男是女，姓甚名谁，又有什么关系呢？反正我现在孤身一人。一直爱自己就已经够难了。

近来，她隐约能感受到，如果有一天越过那道边界，加入弱者与病人的行列，自己的心里会是一种怎样的滋味。下午三点左右，若是没有风，有时会很煎熬。气温居高不下，到处都没有降温的迹象。脑中一团乱麻。她现在正经历着这样的时刻，几乎像是着了火。喂病人吃饭时，停下来给自己扇了会儿风。接着她突然晕倒了，不得不瘫坐在床边。发生了什么？你也感受到了吗？

她花了一段时间才意识到，别人都没融化。只有我。那股热量来自体内，发动机重新标定，油箱见了底，冒出浓烟。差不多就是这种感觉。她患上潮热[1]已有一年多了，早该习惯了，但每次发作还是会吓她一跳。是谁把我点着了？

燃气燃烧，释放出蓝黄两色的火焰。烟雾从上方的烟囱里升腾而起，化为一道道油乎乎的黑色线条。——按顺序来。呃。尽量不要去想这是一幅怎样的景象，皮肤噼噼作响，脂肪不断滴落。当然，只有灵魂是最重要的。

为安东送行的人不多，什么样的人都有，有半吊子朋友，有家人，还有几个想趁机逢迎、捞点好处的家伙。也许这样反而更好，没人哭天喊地，没人上演闹剧，这样一来，大家可以更快地从这件本来就很丢人的事件中走出来。妈妈已全部安排妥当，但仍然只能戴着最黑的墨镜来观察这一切。她丈夫，那名可爱的老战犯也来了，但他的痴呆症在过去六个月里已急剧恶化，此刻他正和善地眨巴着眼，左顾右盼，不知自己身在何处，哪怕只是站在这里，在这栋红砖矮楼外的一小块绿色草坪上，他也觉得满意。现在还不

1　潮热（hot flushes）常见于更年期或更年前期，常伴出汗及心悸而出现的燥热症状。异常天气和环境温度可加重潮热的发作。

能进去，另一场葬礼正在收尾，大家都站在那里干等着，也许总共有十二个人，其中的大部分人德西蕾从未见过。虽然母亲先前给她吃了小药丸，她也做了通常能让自己平静下来的调息练习，可她今天早上还是差一点就尖叫起来了。

谢天谢地，莫蒂也在，他闭着眼睛，双臂交叉，站在那里，审视着自己的内心。如此平静，如此专注！德西蕾让他在今天的仪式上说几句，他很乐意，这么做自然是为了她，尽管他不太喜欢安东，也不太了解他。诚然，事到如今，似乎没有人特别关心安东，也没有人特别了解他，甚至和他亲近的人也已疏远。

可阿莫尔在哪儿？

最终，这个问题从萨洛米嘴里蹦了出来，但它之前已经在她心里憋了一会儿，盼着被她说出口。毕竟她也在这里（当然啦，别想摆脱她），穿着硬挺的衣服，站得直直的，像个感叹号一样。

没人知道怎么联系她，德西蕾对这个女佣说道，好让她闭嘴。

你们为什么不给她打电话？

因为我们没有号码。

我有。

什么?

我有阿莫尔的号码。

接着,这个可怜的女人笨拙地从手提包里摸出手机,仔细看了看,然后按了起来。已经晚了好几天了!

可你为什么不告诉我呢?德西蕾咄咄逼人地低声问出了这个问题,因为她突然意识到,人们会觉得,由于她的疏忽,她又犯了个不可原谅的错误。先是逼她丈夫自杀,后来又不让他的家人来参加葬礼!人们一定会这么说的;如果这个愚蠢的女佣早点主动说出来,也许就不会出这些岔子了。

你没问我,萨洛米说。

好吧,现在可不是纠结这个的时候,回头再说吧!德西蕾既生气,又尴尬,然后悄悄地走到母亲身旁,小声对她说。简直不敢相信,她居然一直有她的号码。

谁?谁的号码?妈妈大概有一半的时间都不知道自己的女儿在说些什么。把这归咎于她接受的那些东方信仰，不过希望她只是一时兴起而已。

那个女佣。她有阿莫尔的号码。为什么她会有，我们却没有？

阿莫尔？妈妈如梦初醒，渐渐想起了这个名字。噢，我知道了。太晚了，亲爱的，你现在已经无能为力了。

对妈妈来说，安东的妹妹只是个技术性问题，再说小圣堂的门现在已经开了，前面那一拨人正从里面出来。参加葬礼的人很多，死者显然很受欢迎，而我们这些等着进去的人还得装出一副无动于衷的样子。虽然从未大声说出口，但每个团体都有竞争意识，即便在这里也是如此；而且还略微有些难为情，因为安东·斯瓦特的名气和人气都不如前一位死者，于是我们稍微加快步伐，避开刺眼的光线，走了进去。

只有一个人被落下了。直到现在，萨洛米都还以为阿莫尔会像以前那样，在最后一刻出现在现场。从未想过没人通知她。得有人通知她！于是她独自退回草坪上，把手机放在耳边。她发出的信号在看不见的电磁波上跳跃，从一座信号塔跳到另一座，然后抵达远处的某个房间，化作了人耳可以听见的声音。一台电话答录机，从里面传出一个久违的声音。噢，亲爱的。是我。萨洛米。很抱歉，我有个坏消息要告诉你。

小圣堂内，莫蒂已经开始向众人致辞了。我受人所托，来聊一聊我们的朋友安东。但我不能聊与宗教有关的话题。之所以不能聊，是为了尊重安东的意愿，这就引出了我要聊的第一件事。他不是一个笃信宗教的人。

不过这没关系。事实上，我完全没有意见。我自己也不是个笃信宗教的人。但我非常关心灵魂，所以接下来我会跟大家聊一聊这个话题。

莫蒂对他的听众微笑着，显得很幸福。他笑起来很甜，会给人带来慰藉（但部分笑容被脸上的毛发遮住了），而且这笑容跟他的嗓音相得益彰，让一些女性想起医生是怎么对待病人的；在很多时候，这样的嗓音曾让他与"病人"的关系更进一步，当然，那都是很久以前的事了，那时的他还不太关心灵魂。

嘿，我们来试着做点什么。我们想到安东时，脑海中会浮现哪些词呢？我先来说几个。我们尽量说些正面的词。但这并不意味着你们不能说真话，要是你们这么做，他肯定会感激的。

那么，这其实就引出了我的第一个词。诚实！他会将自己的看法如实说出来，哪怕他的看法是错的。他所说的，都是自己眼中的真相。而在某个时刻，我们所有人都会受到那种真相的牵连。天哪，我倒是希望他有时候不要这么诚实！我敢打赌，你们中的一些人也跟我的想法一样。

有人嗤嗤地笑了起来，这让他很高兴，也受到了鼓舞，便继续说了起来。

愤怒。这是我想到的第二个词。他最为愤怒的时候也是他最为诚实的时候。他为此感到很痛苦，你们可以把这一点也考虑进去。他曾处在痛苦之中。

聪明。聪明得很。顽固。顽固得很。也很有趣。而且我听说，他对人很慷慨。他身上也有这种特质。但他有时候不怎么友善，这一点我还是有些体会的。

到了这个时候，兴许你们中还有些人想补充一些词……？

在后排的某个地方，安东的一位前女友说，他并不是总说实话。

听她这么说，有人笑出了声。请记住，我们还是尽量说些正面的词，莫蒂说。我们不是来开批斗会的。

坚强，有人大声说道。

敏感。

开明？

狂野！

德西蕾担心再这么说下去会出岔子，于是说道，他很有爱心。

她那位糊里糊涂的父亲在她旁边哈哈笑了起来，大声喊道，性感！

大家都愣住了，于是莫蒂轻轻拍了拍手。可以了！这些品质都能描述安东的灵魂。当然，除了这些以外，还有些别的。

在我们这位朋友去世的前一晚，我有幸和他进行了一次交谈。当时，我跟他说了我现在要说给你们听的这番话，那就是，物质是堕落的灵魂。我们知道，安东生来就是个怀疑论者，但我觉得，他当时听进了我说的话。我觉得，他听到我想传达的信息了。

他在物质世界里从来算不上平和，但愿他能在灵魂世界得到安宁。可这只是暂时的！因为，朋友们，此生过后，还有来生，还有别的身体在等待着接受我们的灵魂。我们会再次见到安东·斯瓦特，每个和他有联系的人都会见到。他会拥有另一个名字，你们也是，但你们的灵魂会认出他的灵魂来，也会知道你们和他之间还有哪些事情没有了结。

又一次露出幸福的微笑。人群中有些人焦躁起来，他们中的大多数都是虔诚的基督徒。这人在瞎说什么？怎么说起了来生？这番话很邪门，很陌生，也很现代，这便是世风日下、道德沦丧的明证。妈妈满腹狐疑，小声问道，他说的这些当真跟宗教一点关系也没有？德西蕾低声答道，这只是一种哲学观点，并未提及上帝。别处也传来了嘀咕声，幸好米洛·比勒陀利乌斯（也就是莫蒂）的讲话已近尾声。

是时候让物质世界再次显现了，具体表现为一个认识安东很久的酒搭子（名叫德里克）唱了一首他创作的小曲。吉他没调好音，而且德里克的那张脸都快融化了。嘿，安特[1]，这首歌是唱给你听的！

---

[1] 安特（Ant）是安东的简称。

我们搭过伙，我们做过伴

这样的日子何时会再来？

你曾在这里，你曾在那里

以前的你总是无处不在

你为什么走得这么快？

等等，等等。

接下来，莱昂（德西蕾的哥哥，也是安东的同学）朗诵了一首 N. P. 范维克·劳[1] 的诗，误以为那首诗几乎说出了安东的心声。他之所以如此笃定，是因为很久以前曾和某个人聊过一次天，他确信和他聊天的是安东，但其实是他俩都认识的某个人，那人去年就因一起划船事故去世了。但这有什么关系呢，只是个小错误而已，况且他们都不在人世了，如果莫蒂说得没错，那么，告别尘世，褪下伪装后，安东、那个熟人，以及 N. P. 范维克·劳都会回到灵魂世界，而我们所有人终有一天也注定会回到那里。

我们可以走了吗？是的，可以了，到此为止，

1　N. P. 范维克·劳（N. P. van Wyk Louw, 1906—1970）是一位用南非荷兰语写作的诗人、剧作家和学者。

谢天谢地，总算不用受折磨了，刺耳的管风琴音乐如潮水一般，将人们往门口推，只有一个长着龅牙，戴着假发，假发下面还露出了一小截薄纱棉布的男人在朝里走，德西蕾往外走的时候，他走到她身旁，告诉她几周后可以过来取骨灰，办公室到时候会通知她的。

接下来没什么非做不可的事。之后肯定没有聚会，若是举办聚会，肯定会很尴尬，再说安东说过他不想大操大办，所以各路人马在小圣堂外匆忙道别后便四散而去了，就像火葬场烟囱里不断飘出的烟雾颗粒一样。

其中一个颗粒，德西蕾，坐着她母亲开的车回到了农场，她父亲则怔怔地坐在后排的座位上，旁边坐着女佣。在车里，大家都没怎么说话。每个人都陷入了沉思，琢磨着刚才发生的事，只有那个老头除外，他很高兴，觉得自己和一群妓女在一架直升机上，他曾有过一次这样的经历，那还是在他如日中天的时候。

妈妈答应等他们回到农场后给安东的妹妹打电话，这肯定会是一场艰难的谈话，不过双方应该都讨厌说废话。没人能联系上她，这的确堪称悲剧，可这是谁的错呢？这个阿莫尔真是个怪人，惹出了很多麻烦，得让一个强势且礼貌的人来管教一下。

然而，接电话的声音听起来却沉着且冷静，像是快睡着了。是的，她说。我知道我哥哥的事。

你知道？你怎么会知道的？我们一直在尝试联系你……

萨洛米今天早上从小圣堂打电话告诉我了。谢谢您打点好一切。她顿了顿，然后补充道，你们找不到我都是我的错。我一直在躲着。

压根就没有争吵，不是你想的那样。到最后几乎无话可说，只有阿莫尔说会保持联系。听她说话的语气，她应该做不到。

可是，在这个国家的南端，在断掉的那根线的另一头，阿莫尔正独自待在她那间小小的公寓里，脑海中反复闪现着唯一的念头。我得回去。这便是她此刻的想法——我得回去。全家只剩下她一个人，她得回去。最后一次。这个想法慢慢涌上心头，她孤身一人站在她心中的那片天地，宛如平原上一块手指般大小的岩石。已经习惯了孤独，最近也只能品尝到这种滋味，而她的孤独将在最后一次待在农场时达到顶点。

还没做好准备。没办法在虚弱的时候去那里，而她现在就很虚弱，被哥哥的所作所为掏空了。光是想到这一点，她便会双腿一软。他的力量和怒火全都掉转方向，狂热地注入金属枪管，瞄准了他生命的核心。在这里 / 不在这里 / 哪儿都不在。安东，她从来没有真正了解过他。太高，太远，也太另类。而现在没有留下任何痕迹。

不过也未必。因为烧掉一具尸体需要花两三个小时，况且炉子很少，死者很多。与此同时，每具尸体都怀着极大的耐心，在冷冰冰的前厅里排队等候。安东也在其中，正躺在他的可燃棺材里。虽说穿什么都一样，但他身上穿的那套衣服还是经过了妻子的精挑细选，一双凉鞋，蓝色的哔叽长裤，飘逸的绿衬衫，她几乎可以肯定，他向她求婚时穿的就是这一身，但她也有可能记混了。不需要他再做些什么，也不必对他再做些什么。

只有一个时刻是例外，那个时刻的确会到来（也许不会出现在那一天，甚至不会出现在接下来的一天），到了那一刻，炉门会为安东打开，他会被送入炉火中。炉膛的中心会发出白光。一切都会燃烧殆尽，但过程会很缓慢，他在过去的半个世纪里建立的密切联系可没这么容易消除。

这项工作由克拉伦斯监督，就是那个长着龅牙，戴着不合适的假发的人，他如同小恶魔一般，尽心尽力地照看着那些炉子，到明年七月，他就在火葬场干满三十四年了。操纵仪表的是克拉伦斯，判定一具尸体何时完成火化的也是他。你肯定想不到，某些尸体特别不好对付，比方说，过度肥胖的尸体，它们的脂肪会液化，且很易燃，有一台设备就着过火；还有些尸体身上居然藏着机械零件，例如一个起搏器，后来那东西还爆炸了。但安东的尸体碰巧很好处理。他非常消瘦，可谓骨瘦如柴，很快便化为了灰烬。不过，更准确地说，他变成了一堆"碎石"，其中还混杂着碎片和骨头。事实上，数量相当惊人。

接下来的工作还是由克拉伦斯负责，他在安东的残骸冷却后将它们收集起来，筛除金属碎屑、银质填充物、医用别针等杂物，然后把残骸放入骨灰研磨机，这台机器能将大部分残骸磨成粉。现在，安东几乎可以像液体一样被倒入提前订好的骨灰罐里，为了避免混淆，罐子上有专属编号与标识，不过都到这个时候了，混不混淆真的很重要吗？再说安东的残骸压根就不纯，它们与在他之前进入炉膛的尸体的残渣混在了一起，其中有相当一部分属于他的"上一任"，一位研究斯拉夫语言的副教授，他被一根香蕉噎死了。

克拉伦斯当天就从办公室打来电话，告诉斯瓦特太太随时可以去取她丈夫的骨灰；等她下一次去镇上做头发时，她顺便去火葬场领取了安东的骨灰。骨灰罐的实物不如产品目录上的好看，很大，还很笨重，里面装了不少他的骨灰。她原本以为，一只小小的储钱罐就能装下这些骨灰，它们虽然没有固定的形状，却真实存在，而且看得见，摸得着，形状则由容器的内部构造决定。

她不知该拿它怎么办。太疯狂了，但她觉得安东就在里面。我的意思是，确实是他，但是。一个缩小版的他，就像隧道里的鼹鼠一样蹲在里面。她不断掀开盖子，拨弄里面的东西。有时会像妈妈一样跟它们交谈。喂，安静点，别吵了。诸如此类的话。信上说，要把他撒在某个地方，但她下不了这个决心。似乎没什么特别合适的地方；最后，她把骨灰罐放在了客厅的壁炉架上，一直放到她想好下一步该怎么做为止。

很明显，她即将迎来巨大的变化。她不知道是什么样的变化，但它们即将到来。谢丽丝·库茨-史密斯给她留了言，让她回电话；德西蕾正好有种预感。不太好的预感。安东总是大声嚷嚷着说她将继承所有财产，可他什么时候说过实话？哪怕他自己对此深信不疑。

嗯，谢丽丝·库茨-史密斯说，他没骗你，所有财产都留给了你，只不过。

只不过什么？

只不过她将继承的，是一副烂摊子。安东买了两份人寿保险，但都不会赔付，因为他死在了自己手上。而且他还欠了很多人很多钱。理清这一切会花很多时间，总之，你可能会继承，呃，一个巨大的债务黑洞。自从与合伙人产生纠纷之后，家里的企业，你知道的，就是那个蛇类动物园，便被没收了，所以在这方面没什么好高兴的。此外，农场也是个问题。你想怎么处理它?

德西蕾一直不太喜欢住在这里,现在,她可以离开了,但她最近有些摇摆不定。莫蒂说,这个地方有强大的能量,很明显,有多条地脉[1]在小山的山顶交汇,他觉得那里会是一个很好的静修处,很适合冥想,几周前,甚至和一群学员在那里上过一次课,那一次,大家的状态都很好。所以她一直在想,她在农场上遇到的问题是否真的只跟她的婚姻有关,兴许现在是时候重新来过了?最近有人告诉她,她的灵兽是凤凰!

如果换作是我,律师说,我会卖掉这个地方,减少损失。到头来,你其至还有可能赚上一笔。可是,如果得不到安东妹妹的允许,你就不能这么做,你什么都做不了。你们现在是平起平坐的合伙人了。

和阿莫尔成为平起平坐的合伙人!但她不在附近,也不想在附近出没,而且没人能找到她。她说她会保持联系,可自那之后,她就没了音信;此外,不论你什么时候给她打电话(顺便说一句,在今时

---

1 地脉(ley line)是一种假想的路线,据说这些路线曾为古代道路,并有特殊的力量。

今日，她居然还在用座机），从来就没人接过。除了希望和相信她总有一天会自行现身，你还能做些什么呢？

一个月后，阿莫尔出现了。准确地说，她正如之前说的那样，联系了她。语气非常客气，几乎可以说相当职业，如果说做别人的小姑子也算是一种职业的话。她想来农场一趟，不会待很久。她有一个提议，想讨论一下，最好是当面讨论。她考虑明天就来。

明天！等一下，让我查一下记事簿。德西蕾并没有记事簿，几乎也没有什么计划或是安排，但还是说，我们能不能约在后天？

等着瞧吧，她后来告诉莫蒂，她肯定会指望我好好伺候她的。痴心妄想！

她都还没来呢，他心平气和地小声说道，你就已经在构建自己的防线了。试着接受这个世界带给你的一切吧。

她知道，他这么说并不是因为阿莫尔，而是因为他最近在和她一起共事时，与她的肢体接触变得多了起来；他觉察到她在抗拒他，她很难信任别人，正努力解决这个问题，而他真心希望她能放下戒心。近来，她对他的态度更开放了；其实，自从冥想课开始以后，他差不多已经住了进来，两人都对此心照不宣。她曾建议他留下来过夜，可不知为什么，一夜变成了两夜，接着又变成了一个星期，现在他俩都习以为常了。大多数时候，德西蕾觉得没什么不妥，她的高我[1]也赞同这一安排，不过她知道阿莫尔可能会有不同的看法。或许他应该在阿莫尔来的时候暂时再搬出去？

恐惧。莫蒂说道。伪装和愤怒都源于恐惧。

当然，他是对的，或者说，他确信自己是对的，对莫蒂来说，两者都一样。可她并不怀疑他，她很少对另一个人如此敞开心扉，不过她觉得自己可以敞得更开。也是这么跟他说的，后来，在他皱起眉头的时候，她不禁想，自己是不是太过主动了。

尽管有些不可思议，但最终让他们走到一起的，

1　高我（higher self）乃一个人的精神自我，与人的躯体相对应，是许多冥想术关注的重点。

的确是雅各布·祖马[1]。那天晚上，他们正躺在地板上，喝着红酒，谈论着阿莫尔，此前一直充当聊天背景的电视上，突然出现了总统提出辞职的精彩场面。莫蒂调高音量，但已经快要结束了。一个简短的声明，随后他便一走了之了。谢谢，再见[2]，走了！绑架勒索了我们这么多年后，他突然松开手，慢悠悠地走开了。此时此刻，现场直播！太突然了！噢，天哪，你能相信吗！

或许是因为红酒，又或许因为那天是情人节，但德西蕾的确是在那一刻迈出了关键的一步。她对政治不感兴趣，在父亲出事后就更没兴趣了，可她当然知道祖马，起码了解那家伙是个遭人鄙视的大恶棍，所以这份来自高层的声明让她感到很自由。在她脱下那些衣服（先前，它们一直束缚着她）的时候，她一直在说的就是这句话：我觉得特别自由！脱下鞋子。我不知道，莫蒂，我觉得特别自由！脱下裙子。自

1　雅各布·祖马（Jacob Zuma，1942— ），南非政治家，2009年5月当选南非总统，2014年5月连任，2018年2月发表全国讲话时宣布辞职。任期内有效控制了艾滋病在南非蔓延的趋势，并大力改善了黑人底层民众的境遇，但也始终伴随着腐败的指控。

2　原文为西班牙语"hasta la vista"。

由，自由！这个国家改头换面了！已经脱下内裤。大家当然都能感觉到，气氛有了变化，毕竟坏人已经辞职……在这片土地上，善良将压倒一切，古普塔一家[1]将被逮捕，所有骗子都会入狱！开普敦的旱灾将会结束！电网再也不会出现故障！我们都自由，自由，自由了；真正摆脱最后的束缚后，她在莫蒂面前表现得比以前更开放了。发生在他们之间的事情很美好，堪称一段独特的经历，幸好她不知道在祖马辞职的当晚，全国的通奸率都在急剧上升。

　　当然，第二天的确很尴尬，德西蕾得向阿莫尔解释莫蒂是谁，以及他在那里做什么。去机场的一路上都很堵，虽然她将在傍晚到达，而傍晚兴许是一天中最堵的时候，但德西蕾还是无可奈何，只能主动提出开车去接她，这个该死的女人还没有驾照，真是难以置信；开车的过程中，她试图做好准备，卸下防御，卸下恐惧和伪装。放松点，德西蕾。表现得和善一些。但也别全都坦白了！

　　她们在出站口没能认出彼此来。阿莫尔仍然没

---

[1]　古普塔（Gupta）家族为一印度裔南非商人家族，与南非前总统祖马交往密切，且因商业贪腐、搅动南非政坛等行为引起巨大争议。

有手机，这个星球上怕是只有她没手机了吧，但别生气，德西蕾，放松点。问题在于，你很多年没见过她了，对她只有一个模糊的印象；当然，她现在的模样也跟你印象中的不一样了。最终，一位身材矮小，有着一头花白短发的中年女士走到了你面前，脸上露出难以捉摸的表情，这人你从未见过。

不过也不算太糟。显然没什么恶意。有些普通，还有些疲惫，相比之下，你觉得自己几乎称得上是光彩照人。她应该化妆的！

是你啊，她说。虽然她同样可以说，是我啊，这么说也管用。就这样，两位平起平坐的合伙人见面了，她们之所以找到了对方，只是因为出站口的人已经很少了。

开车回农场的路上，德西蕾给她讲了莫蒂的事。她决定从一开始就直入主题，不过得装作很随意，仿佛这件事没什么大不了的。他是我的精神导师，借助自然的力量给人看病，跟着他上了很多年的冥想课。

用不着解释，阿莫尔说。反正也跟我没关系。

我之所以提这件事，是因为你哥哥不太喜欢他，尤其是在他酗酒之后。那天的场面非常失控，就是他……的前一个晚上。她变得犹豫起来，说话声也越来越小。你介意我说这些吗？

她摇了摇头。一点也不介意。安东是个很难相处的人。大家都知道。

太好了！在那之后，德西蕾的话多了起来。很容易向阿莫尔吐露心声，她特别安静，也特别体贴，说话时措辞也恰到好处。嗯，的确如此，她善于提问，也善于倾听。所以德西蕾才会跟她说这些……呃，其实说得有点太多了，都是些她通常只会无意间跟母亲提起的私事，她婚姻里的各种事件和插曲，很多都与房事有关。不可能不提孩子的问题，她很想要个孩子，实际上，这种源自身体的渴望带来了巨大的挫败感，因为安东显然没有生育能力……甚至在他阳痿之前，他就没了。没错，她连这种事都告诉阿莫尔了！

随后怯怯地瞟了她小姑子一眼。你呢？你没想过要孩子吗？

阿莫尔始终直视着前方。在我还年轻的时候想过，她轻声说道。现在已经不想了。

为什么不想了？一个小小的你，来继承家族的血脉……? 噢，这已经是我能想到的最棒的事情了……

阿莫尔也许能想出更棒的事情，却没有说出口，再说她们此时已经抵达农场，夜幕也已降临，两人都感到有些不安。德西蕾觉得自己说得太多了，得做点什么弥补一下。略微有些歇斯底里的她在冲动之下，不自觉地冲到了壁炉架前，取来了一份"求和的礼物"。

给你，她说。我觉得这个应该由你来负责。

过了好一会儿，阿莫尔才意识到她手里拿着的到底是什么。噢。你好，安东。

（嘿，妹妹。）

趁你在这里的时候，德西蕾说，选个地方把他的骨灰撒了吧。找个对他有特殊意义的地方。你来定。

好的，阿莫尔说。毫无疑问，这一举动有着特殊的意义，但骨灰罐对她来说似乎非常沉重。我来办。在我走之前。

现在该来安顿你了。你就住这间客房吧，最近重新粉刷过。如今可亮堂多了！

要是你不介意，阿莫尔说，我想睡在我原来的房间里。

你是说，睡在楼上？他之前用作书房的那间？噢，那里很乱，你没法待在那里！很抱歉，我到现在还没办法面对那个房间，不过，要是你等到明天，等女佣过来以后，她可以帮你把房间打扫干净。

不，我自己来吧。我想睡在那个房间里。

你能从她说话的语气听出来，她之前就打算好了，而且是认真的，于是德西蕾也就不再争辩。

那房间像是在半空中爆炸了一样。文件、书本、文章、档案、衣服、灰尘、文具、收据、笔记、照片、硬币和明信片遍地都是。一如往常，只不过更混乱。她隐约看见她以前用过的床和桌椅就压在这堆东西下面，她可以像开采石头一样把它们挖掘出来。

你想喝茶吗？德西蕾没想到自己会主动这么问。或者想吃点什么吗？

我带了些东西，她一边说，一边举起她的包。我改吃素了，但我不想给任何人添麻烦。晚些时候我自己做点饭吧。

一切都在意料之外。你有些措手不及。想象一下，有人为了解决吃饭问题，居然带了半手提箱的蔬菜！

她似乎，我说不上来，似乎很友善，德西蕾告诉莫蒂。这番对话发生在晚些时候楼下的客厅里，他俩在窃窃私语。我丈夫过去总说，她因为经历过的一些事疯掉了。可她恰恰与疯子相反。

他笑得很欢乐，欢乐中透着一丝睿智，也很有感染力，同时弯下腰，象征性地模仿起乌龟来。与疯子相反的是什么人？理智也是一种疯狂，不是吗？噢，既对立，又统一！跟我讲讲她经历过什么吧？

被雷劈过！在那座小山的山顶上。当然，已经是很久以前的事了。

在那座小山上！他一边说，一边恢复正常姿势，直视着她。我不是告诉过你那地方有一股能量吗？

楼上传来一阵砰砰声。阿莫尔已经开始清理安东的东西了，先从房间的一侧开始，把它们一件一件地搬到远处的角落里。起初她想按一定的顺序摆放，后来放弃了，干脆把它们胡乱堆在一起。她甚至拔掉了他那台电脑的插头，把它搬到一小块空地上。房间里至少有一半的地板渐渐露了出来，这些地板都能为她所用。是的，她可以住在这里，在这一边，另一边则属于安东。哥哥，你看，分享不是什么难事。

她原本真的打算下楼做顿饭，可等她打扫完毕时，夜已经深了，她也没了胃口。吃了太多的童年，谢谢，我饱了。伴你成长的房间是一个你永远不会离开的房间，如此说来，阿莫尔已经在这里住了四十四年。她洗了个淋浴，然后穿着睡衣，躺在床上。脑中的引擎正高速运转，她觉得自己睡不着。

想起了你小时候每晚必须在脑中进行的仪式，你必须在心中触摸的一些东西，之后你才允许自己闭上眼。那时的你特别焦虑，近来则好多了。现在来试试，试着把手伸向院墙上某块特定的砖，窗台上某个特殊的位置，露台上的某块石板……但已没这个必要，没想到，她居然睡着了。

突然间醒来，体温飙升，出了汗，像发烧了一样。夜里很热，但她更热，体内的炉火燃得正旺。她掀开被子，走到窗前，想透口气。干巴巴的闪电在天边闪耀，地势起伏，如同奇特的褶皱，先是从海底一跃而起，后又再次下沉。几分钟后，她的体温降了下来，可现在，她已经睡不着了。

打开灯，坐在桌前。她已清空桌上的东西，只留了一沓稿纸，这时她把它们慢慢揽到身前。是安东的小说，显而易见。这个话题经常被提及，每次都只是泛泛而谈，不涉及具体的内容。但它就在这里，经过多年的积累，有厚厚一摞。它并不是自个儿蹦出来的。

最上面一页是空白的。书名得等到最后才能定下来。几乎能听到哥哥用滑稽的语气不动声色地说这句话。她将这一页翻过去。第一部分，稿纸上写道。春天。亚伦是个年轻人，在比勒陀利亚郊外的一个农场上长大……

等她开始阅读时，这本书跨越时间的鸿沟，从远处进入了她体内，从他的脑海进入了我的脑海；此刻，她不在房间里，而是在句子里，一个接一个的句子，就像彼此相连、纵横交错的一系列隧道。这些隧道，它们要把她带到哪里去？亚伦是个年轻人，在比勒陀利亚郊外的一个农场上长大，那座农场跟我们的没什么两样。他是个坚强且快乐的青年，心怀大志，前途光明。毫无疑问，他有着灿烂的未来。很多人都想和他在一起，可他只爱一个人，一个住在附近城市的美丽女孩。

第一部分只有八十页左右。开头写得不错，很扎实，虽然稍显感伤。一开始只有一点不好的苗头，后来则慢慢愈演愈烈。安东 / 亚伦坚信家族中有人与他为敌，在密谋对付他，但始终不知道威胁他的到底是谁……是某个贪婪的姑妈？或者某个假惺惺的妹妹？抑或某个忠心值得怀疑的老仆？这无关紧要，毕竟什么都没发生，除非威胁来自正在萌芽和开花的大地，或是亚伦正在萌芽和开花的身体，诚然，到处都是一派春意盎然的景象。

到了第二部分（名为"冬天"），亚伦终于遇到了麻烦。他不小心开枪杀了人，一个女人，酿成了悲剧，然后逃跑了，不是为了逃避法律，是为了逃避自己。他躲在一片无名的丛林里，可能是在非洲中部，那里气候潮湿，草木茂盛，还有腐蚀性，既腐坏金属，又腐坏道德。在短短数页内，以迅雷不及掩耳之势讲述了这一切。可就在这时候，在我们这位神秘的主人公本该承担更多重任，发挥更大作用之时，这部作品却失去了劲头，变得犹豫不决起来。他做了可怕的事，可怕的事也发生在他身上。他是个即将成年的年轻人，却为了生存而苦苦挣扎，耗尽了自己的前途。问题在于，叙事也随着亚伦的生活一起崩溃了，每个段落里的名字和细节都在变来变去，发了疯似的划掉很多内容，重写很多部分，毫无疑问，这些都出自安东稚嫩而苍老的手，可能属于某个孩子，或是某个老人。

页边的空白处还有作者的一些插话。其中一条写道，这是一部家族传奇，还是一部农场小说？还有一条写道，气候对历史漠不关心！另一条则写道，这是喜剧，还是悲剧？这些插话占据了主导地位，很快，书中就一点情节也没有了，只剩下作者粗略的构思。第三部分将名为"秋天"，在这一部分中，亚伦将回到农场，面对各种挑战，各方邪恶势力都想打倒他，但他最终会在第四部分取得胜利，这部分属于"夏天"。这个男人将走过不同的人生阶段（每两个相邻的阶段大约间隔十年），不断成长，继而彻底走向成熟，经历希望、挫败、回归、成熟四个阶段，会随着季节的变化而变化。

这便是他的计划，但这本书还远未完成。第二部分只有几页是完整的，随后句子就变得支离破碎起来，成了片段、匆匆记下的笔记，以及意义含糊的短语。只有作者能看明白的注释。她随机挑了一些看。

南非人对讽刺充耳不闻……在这个国家，不可能为别人说话，只能为自己说话，即使是这样……每个南非故事的核心都是逃犯……杀掉巫师 / 消灭所有野蛮人……

她翻到最后一页。在笔记下面有一句手写的话，像是某种结束语，与那些笔记隔开了。噢，有什么意义呢？上面写道。是用滑稽的字母写的，有些看不清，但仍然看得出来是出自安东之手。这本书也许是在这一刻才终于垮掉的。垮掉的，或许另有他物。总之，这是他最后一次和她说话。在生活中，他通常在说话时都不理她，只跟她谈过一两次话，即便在跟她说话时，他俩也无法达成一致。她来这里的目的。你得记住这一点，阿莫尔。

她把书稿放回原处，将它们整齐地码好。该告别这部巨著了。开头很棒，却渐渐迷失了方向。可即便到了最后，在叙述者喃喃自语时，那个声音仍然在对阿莫尔说话，向她讲述发生在安东身上，他自己却不会告诉她的事情。她看得出来，在书中某些地方，哥哥的生活在作者的笔下变了样，宛如梦境一般。在你的生活因睡眠而按下暂停键时，你的大脑也许会这样处理生活中的原材料。

到了早上，跟她嫂子说了这件事。晚上醒了过来，再也睡不着了。于是我就读了安东的小说。

过了好一会儿，才慢慢明白过来刚才那句话的意思。那东西居然真的存在，而且居然有人敢……他要是知道了，肯定会大发雷霆的。不过，很明显，德西蕾真的，真的很想知道。

是吗？那？写得怎么样？

她提高了嗓门，因为她一直暗自希望，丈夫毕生的心血到头来还真有可能是一部杰作。谁知道呢，也许比威尔伯·史密斯[1]写得还好。想象一下吧！

可阿莫尔摇了摇头。只写完了四分之一。剩下的是大量的笔记，更像是日记。还远远没写完。很遗憾。

我就知道！又一次得强忍着失望。德西蕾差一点就得偿所愿。他一直在写那本该死的书，前后花了将近二十年时间，让大家都相信他是个天才……她能感觉到，她正面临债务危机，将大祸临头。原本

1　威尔伯·史密斯（Wilbur Smith，1933—2021），著名小说家，拥有英国和南非双重国籍，常以南非历史为写作题材。

还指望安东为未来做好准备，但如今全都完了。他留下的只有一副烂摊子。留给我来收拾！她哭了起来。

这番对话发生在屋前的游廊上，与两人做伴的，是柔和的曙光和两杯咖啡，仅此而已。这便是农场上的生活。阿莫尔精确地把脚抬到一定高度，搁在面前的栏杆上，耐心等待另一个女人哭完，同时望着黄色的远方。

我在电话里跟你说过，阿莫尔说，我有个提议。你想听听看吗？

德西蕾迅速用睡衣的袖子擦干眼泪。她在灵魂方面的觉悟还不够高，不至于在面对一个难得的机会时无动于衷。她全神贯注地听阿莫尔平静地说出了那个提议，感到很震惊，可哪怕你不够机敏，也能明白阿莫尔开出了怎样的条件。如此简单易懂，若是拒绝，未免太过愚蠢。

只有一件事她不明白。从各个角度来看，这么做都不合情理。这对你有什么好处？

没有任何好处。

那你为什么……？

因为我想这么做，她说。我们能就此打住吗？

谢丽丝·库茨-史密斯眯起了本就很小的眼睛，还没准备好就此结束这个话题。我只是需要确认一下，她小心翼翼地说道。你没有受到任何形式的胁迫吧？

嗯，阿莫尔说。我没有。

她耐心地叹了口气。你明白我的困惑吗？因为这么做不合情理。你打算放弃自己应得的那份遗产……

她点了点头。我确实打算这么做。

这些年来，这名律师的体重与日俱增，和她蓬勃发展的业务保持了一致。一路走来，吞掉了两任丈夫，依然在懒洋洋地消化他们，就像一条冬眠中的蟒蛇。体型几乎过于庞大，与之相比，她那间办公室则过于逼仄，二月酷暑难耐，那里塞满了书本和肉体，已然非常闷热。她很有钱，也很忙，而斯瓦特家的这群人太过渺小，毫无利用价值，他们是她父亲的客户，曾经倒是有些影响力。如今，她没必要和他们打交道，尤其没必要和他们家仅存的人，年纪最小的这个打交道，她惹出了许多麻烦，而且似乎脑子不正常。

这几年我们一直在找你，她粗声粗气地说道。但你一直没有正面回应我们。

我知道。我没有回复你们的信息。对不起。

你能拿她这样的人怎么办？不可能知道这个毫无表情的人脑子里在想些什么。或许她在打着什么如意算盘，倒不至于感到惊讶，以前也见过这种人，但不会有结果的。

好吧，只要你知道自己在做什么就行，律师说。我永远不会建议任何人违背自己的利益行事。

我明白。谢谢你。

还有一个问题，你哥哥死的时候还在努力解决那个问题。有人向农场提出了索赔，要求赔偿一块土地，有个社区说，他们之前是被强行拆除的。所以到头来，你以为你送出了一份礼物，结果送出的是只有毒的圣杯。

我明白，她又说了一遍。

好的。那我把文件拟好，我们就可以继续往下推进了。现如今，法律的条条框框变得越来越多了。但与此同时，也许我们可以处理掉另一件事，就是我们一直在努力解决的那个难题……

你指的是钱吧。

嗯。我想你知道问题所在。之前我们怎么也联系不上你，所以把你从你父亲的遗产中获得的每月收入存进了一个保管账户。很抱歉，我们也想不出别的办法——

账户里有多少钱？

呃，到现在已经有一大笔钱了。如果在此期间进行明智的投资，数目也许会更可观，但已经来不及了。稍等片刻。摸出那副闪闪发光的眼镜和一些文件，然后大声读出了那个数字。的确是一大笔钱。是的。后面有好几个零。你想让我们怎么处理这笔钱？

我到时候给你一个账号，你把钱打进去吧。

斯瓦特小姐。她对自己如今的体型非常满意，这让她说起这番话来更有底气了。不好意思，我也不想怀疑你。可你二十年前也跟我们说过同样的话，此后，我们就再也没有你的消息了。

我明天就把账号告诉你，我承诺。

我是个律师。承诺一文不值。

我既然承诺了，就一定会做到，阿莫尔说。等明天吧。

等明天，她将踏上那条小道，绕过小山，去萨洛米的住处。还不想去那里，等她拿到文件再说。虽说她还得等上一阵子才会拿到，但我们可以假设她拿到了，假设律师今早拟好了一份文件，给了她，于是那份文件就在你眼前，她手里正拿着它。

一个炎热、不安的下午，天空乌云密布。夏日风暴即将来临。干草和灌木丛看起来了无生气、棱角分明。鹅卵石在她走路时发出咔嚓咔嚓的声音。隆巴德家的房子慢慢映入眼帘。房子很小，歪歪扭扭，犯不着为了争取它的所有权而劳神费心。以前常站在小山顶部往下看屋顶，但她从没进去过。爸让他们不要去那儿，禁令一直有效。不属于我们，也不安全。肮脏且危险。

从屋外凑近了看，它的确肮脏且危险，地面被走来走去的脚踩得硬邦邦、光秃秃的，到处散落着被遗弃的物品和家具碎片。几只鸡在尘土中啄食。尽管有人做过尝试，想让房子看起来顺眼些，比方说，在罐子里种一株天竺葵，在椅子上铺一块布，房屋本身却显得萎靡不振、恍恍惚惚，黑色的眼睛茫然地瞪着，正门则张大了嘴。有人吗？家里没人。

但屋里有人。不是萨洛米。是个大腹便便的男人，穿着运动裤和背心，头秃了，留着胡须。他散发着一股过期啤酒的臭味。身上有什么东西被毁去了一半，和这栋房子类似。他们隔着厚重的空气与时间，凝视着对方，直到一些被时间的洪流淹没的容貌特征慢慢浮出水面，映入眼帘。

卢卡斯!

阿莫尔。原来是你。我一开始也这么想过，但我不确定……

笑容一闪而过，或者说，至少露出了牙齿，但没有多余的动作，甚至没有握手。假装很镇定。她想朝他走去，却没有。

你还好吗?

噢，他说，马马虎虎吧。又一次匆匆露出了那种不友好的微笑。我只是生活在这一带的一个普通黑人而已。所以，能好到哪里去。

真遗憾。

你想进来吗?

你母亲在吗?

他点了点头，这时萨洛米出现在门口，站在了他身后。之前她就很干瘪了，如今则比之前还要干瘪。她拖着脚步，笑容满面地把阿莫尔往屋里拉。见到你真是太高兴了！／那你怎么哭了？／因为我很高兴！

　　房子里，两个女人坐在一张桌子旁。卢卡斯待在角落里的一把椅子上，玩着手机。另一头有两个房间，里面几乎没有家具。有一面墙上用油灰贴着从杂志上剪下来的照片，照片里有美丽的自然风光，也有异国的邮轮。

　　房间里发生的事，一切行为，一切言语，在无形中留存了下来，一直都是这样。看不见，听不着，有些人除外，但即使看得见，听得着，也并不完整。就在这个房间里，有人出生过，也有人死去过。也许是在很久以前，但在某些日子里，当时间逐渐消失之时，血迹却依然清晰可见。

　　阿莫尔环顾四周，看着开裂的灰泥。裂开的水泥地板。消失的窗玻璃。就是这样一栋房子。我们家连这样一栋房子都死活不肯放手。

　　萨洛米见她看来看去，会错了意。你知道她已经叫我们离开了吧。你哥哥的妻子。

我不知道，阿莫尔说。不过这并不重要，你们可以留下来。

她跟我说了，只能住到月底。

不。

就在这时，阿莫尔将那份她现在还不太可能拥有的文件放在了桌子上。用手把文件抚平。指着它，或者说，透过那份并不存在的文件，指着桌子下面的地板。

萨洛米看着那份并不存在的文件，或者说，看着阿莫尔指的那个地方，然后才渐渐明白过来。归我了？

嗯。或者说，很快就会归你了，如果你能再耐心一点的话。

萨洛米已经耐心了三十一年，最近才死了心，一路走来，你可能早就发现，认命会让人解脱。如今她老了，到八月份就七十一岁了。跟妈同岁（如果妈还活着的话）。你能从她的皮肤，她松弛的喉咙、发干的嗓子，她的脸颊，她松垮的双臂中看出她的老态。以前的她略有些胖，身材圆润而丰满。多年来一直待在同一个地方，确切地说，是两个地方，一个是山脚下这座歪歪扭扭的小房子，另一个是山脚另一边那栋大得多的房子。往来于其间，不属于此，也不属于彼，她一直过着这样的生活。她也不指望情况会发生变化。

她近来一直在想，回到家乡，在那座小村庄安度晚年，也许是个不错的选择。就在梅富根[1]之外，离这里只有三百二十公里；如果说之前没有提到过萨洛米的家乡，那是因为你没问过，也不屑于知道。她反复考虑着这个想法，已然顺利接受了它，于是她开始期待着离开这里，这栋从未给她带来好运的房子。可现在，她不得不调整思路，这让她觉得别扭。

这怎么可能呢？

因为我哥哥死了，家里只剩下我一个人了。

缓慢的鼓掌声。卢卡斯将手机收了起来。他起身走到桌子旁，加入了她们，一直盯着阿莫尔看。我们是不是得感谢你？

她摇了摇头。当然不必。

我妈妈很早以前就该得到这栋房子了。三十

1　梅富根（Mahikeng），旧称马弗京（Mafeking），为南非西北省的省会。

年前！可她得到的，却是谎言和承诺。而你什么也没做。

萨洛米试图让他安静下来，但他还是说个不停。

你靠你的家人生活，拿了他们的钱，不想惹麻烦。而现在，因为他们都死了，你就来给我们送礼物。我之前看到你在打量这栋房子。还不赖吧，嗯？三个破破烂烂的房间，屋顶也坏了。我们就非得心存感激吗？

下午的此刻，风暴就要来了，一束朦胧的光透过敞开的门，从外面照到他身上；尽管他一直在说狠话，但在阿莫尔看来，他的态度几乎称得上温和。

她说，确实不算什么。这我也知道。三个房间，外加一个坏掉的屋顶。在一块不太平的土地上。是的。但它将头一回归你母亲所有。地契上写着她的名字。没写我家人的名字。这可不至于一文不值吧。

嗯，萨洛米说起了塞茨瓦纳语[1]，表示同意。不至于一文不值。

就是一文不值，卢卡斯说。再次冷漠而愤怒地

---

1 塞茨瓦纳语（Setswana），又称茨瓦纳语（Tswana），是南非的官方语言之一，在南部非洲的其他国家也有人使用。

微微一笑。你不再需要它了，也不介意把它扔掉。就像你吃剩的食物一样。你给我妈妈的，就是这种东西，晚了三十年。还不如什么都不给。

不是这么回事，阿莫尔说。

就是这么回事。你还是不明白，它不属于你，你没有权利把它给别人。它早就归我们所有了。这栋房子，还有你住的那栋，以及它所在的土地。都是我们的！不属于你，你不能在用完后施舍给别人。这位白人女士，你所拥有的一切，早就已经归我所有了。我用不着找谁要。

白人女士？她平静地看着他，而他却在颤抖。我有名字的，卢卡斯。

远处雷声大作，就像一群人在用外语大喊大叫。他做了个手势，像是把她的名字扔掉了。

你这是怎么了？

我醒悟了。

不，她说。我有名字的。你以前也知道。在小山上遇到你的那一天，我把房子的事告诉你。你还记得吗？

他耸了耸肩。

我经常想起那一天。那天早上，我母亲去世了。我看见了你，然后把房子的事告诉了你。我们当时都只是孩子，正好在闲逛。那时候你还知道我的名字。

她不明白自己为什么要说这些，记忆和话语就这样冒了出来。但她看得出来，他也记起来了。一时间，他没有回话，不过他也许，几乎，说出了她的名字。

你这是怎么了？她又问了一遍。

生活。生活把我变成了这样。

嗯，我看得出来。他身上有不少伤疤，一道割痕，一道很深的划伤，几道打架和事故留下的旧伤口。见证了他的一些事迹。痛苦、挣扎、计划落空。一切都不容易。

他的脸上没了表情。他从她身旁走开，这一刻便结束了。叫喊声也停了下来，至少目前是这样。

阿莫尔转身面向萨洛米。我不想对你撒谎。所以你应该知道，有人声称他们曾经住在这里，后来却被强行赶走，于是他们向农场提出了赔偿要求。也许你会先得到这块土地，接着又失去它。有可能出现这种情况。

417

萨洛米警觉地听着这条消息，眼中闪过一丝异色。她儿子却偷偷笑了起来。你瞧，我早跟你说过。还不如什么都不给！

还有最后一件事，阿莫尔说。现在说起话来轻声细语，没有抬头。卢卡斯说，我一直靠家人生活，拿了他们的钱。没这回事。我没有收过他们的任何东西，自从我离开家后，一次都没有。所以他说得不对。

但我也没有拒绝接受这笔钱。我本可以说不，却没有。所以他们每个月都会把钱存入他们替我管理的某个账户里。我没碰过那笔钱。我告诉自己，也许某一天，它可以派上大用场，虽然我始终不知道会派上什么样的用场。现在，我想我知道了。

啐。卢卡斯再次露出了嘲讽的笑容，显得有些害怕。你觉得你用一个小小的数目，就能收买我们吗……

最近，每个月收到的数额越来越少了，而且很快就收不到了。但一开始，数额真的很大。加起来可不是个小数目。

啐……

她差点大声说出那个数字，但还是忍住了。等到账以后，让他们自己找到答案吧。能帮我把你的银行账号写下来吗？

萨洛米出门同阿莫尔告别。她似乎被刚刚发生的事情惊呆了，几乎说不出话来。实在是对不起，卢卡斯不该这样对你。

他非常生气。但我相信他有自己的理由。

他坐过牢以后，就再也不是原来那个他了……

这时刮起了一阵热风，乌云打东边滚滚而来。雷声在远处响起，仿佛天空的嗓子眼里传来了漱口声。该动身了，也该用匆忙的脚步来掩盖原本让人心碎的事实了。两个女人都知道，她们再也不会见面。但这有什么关系呢？她们非常亲近，却又并不亲近。彼此相连，却又并未相连。正是这样一种奇怪而简单的融合，将这个国家团结在了一起。有时只是勉强团结在一起。

她们最后一次相拥。一把老骨头，虽然脆弱，里面却有一团火。脉搏在你的手掌之下隐隐跳动。

再见，萨洛米。谢谢你。

再见，阿莫尔。也谢谢你。

然后便结束了，接着你越走越远，彻底将这一切抛在了身后。

当然哭了。眼泪咸咸的，刺痛了眼睛。透过眼泪，看见小山若隐若现，忽明忽暗。突然间，她有种疯狂的冲动，想翻过小山，而不是绕过去，可时间来得及吗？风暴就快来了，空气正噼啪作响。闪电不会劈中同一个地方两次，可万一呢。这一路注定不好走。

等她明白过来，已到半山腰了。她的身体自认为还年轻，飞快地走在小山上，但很快便气喘吁吁、满头大汗。这身衣服，这双鞋也不适合。以前经常从另一头往上爬，这边没见到什么小路。连我的脚都有自己的习惯。可最终，你还是到达了同一个地方。那里已经不是从前的样子了。

有什么变化吗，阿莫尔？黑色的树枝、岩石、风景，这些都没有太大变化。不，是你变了，是你观察这个世界的眼睛变了。在你眼中，这一切都不同于过去，没以前大，也没以前吓人。曾经如此壮丽的风景，如今看来却非常有限，真的。只是一个普通的地方。在这里，你曾经出过事。

你若不希望事情再次发生，就应该尽快离开这个地方。整个世界都在朝着同一个方向倾斜，想远离即将到来的那场风暴。云层释放出火花，显得很不友好。

且慢，请在这棵枯树下坐一会儿，就一小会儿。重温一下那一天，就在那一刻，一切都变了。与今天相比没什么不同。上帝用手一指，你便倒下了。后来，爸将你抱回了家，大家都跑了过来，妈、阿斯特丽德，还有安东，场面很混乱，但你感受到了爱意，他们围在你身旁，把你当作了一朵花。现在他们都死了，只有你还活着。

阿莫尔·斯瓦特，在这个世界上活了四十五年，这些年里，她自己唯一濒临死亡的时刻，是六岁时被闪电击中的那一刻。陈年往事罢了，已经日渐模糊，但不知为什么，也封存在心中，近在咫尺，触手可及，就像她脚上的那道疤，或是她没了的那根小脚趾，而现在，那里又开始一阵一阵地痛起来了。总是如此，她一想到死，就会这样。哪怕你的大脑很愚钝，你的身体依然清楚。

多年来，她曾多次设想这样一个场景：一道炽热的白光过后，紧接着便是黑暗。这有可能就是结局。我的结局，虽然有些说不清道不明。我的生命就此结束，却还是与万事万物紧密相连。逝者已经逝去，逝者一直与我们同在。

赶紧走吧，阿莫尔，那道闪电又来找你了。还没跟它做个了断，最好就这样算了。风暴被她甩在身后，但也只是在她慌忙下山、朝家里走去的时候，等她到达平地时，雨滴终于扑通一声落到了尘土中。滴滴答答，噼噼啪啪。像是钢琴的音没调准，钢琴家喝醉了酒。

随后天空裂开了缝，雨都落了下来。几秒钟后她便湿透了，既然这样，那跑有什么用呢？还不如张开双臂。

是的，雨来了，就像故事中象征着救赎的廉价符号，从汹涌的天空中落下，落在富人身上，也落在穷人身上，落在幸福的人身上，也落在不幸的人身上。它不偏不倚，落在锡棚上，也落在豪宅上。雨没有偏见。它一视同仁，落在生者身上，也落在死者身上，并且继续像这样落下，一连下了好几个小时，下了一整夜。它落在教堂门口那个无家可归的人身上，迫使他起身去别处寻找避雨的地方。它轻柔地打在莫蒂的屋顶上，化作一首合唱曲，仿佛由正在热身的唱诗班唱出，悄悄潜入他的睡梦中。

它啪嗒啪嗒地落在服用过镇静剂的德西蕾头顶上，让她脑中浮现出许多双脚列成一排又一排，齐步前进的画面。

它敲打着蕾切尔和马尼的坟墓（两人躺在各自的棺材中，分属于不同的埋骨圣地），敲打着家族中其他人（阿斯特丽德、玛丽娜，还有奥吉）的坟墓，也敲打着安东的骨灰罐旁的窗子。这里没人做梦，所以没什么可说的。

它顺着屋顶上的几个窟窿，钻进了隆巴德家的房子——不好意思，是萨洛米的房子；等到雨滴渐渐汇成一条小溪，老太太才起身去寻找水桶和罐子。

醒着的也不止她一个。阿莫尔坐在儿时睡过的床上，听着这雨声。从前的那些日子如潮水般涌上她的心头，与此同时，雨水如同面粉过筛，从农场上流过，其中一部分在水沟里潺潺流淌，仿佛在用不同的针法织毛衣；另一部分则逆时针打着转儿，流入了地下。你听那汩汩声，再听那嘶嘶声！就像炉子上的加热板发出的声音，但雨是凉的，你能感觉到温度越来越低。

凌晨时分，风暴终于过去，留下一片宁静，只听得见滴水声。灌木丛中，蜗牛从壳里探出身子，向前行进，如同在深绿色海面上航行的小帆船，拖着细细的银色尾迹。从土壤中传来了麝香的气味，萦绕在空气中，如丝如缕。

早晨，一股清冽的水蒸气弥漫着整个世界，一切都显得有些模糊。太阳刚出来，阿莫尔便起床穿好了衣服。她要赶早班飞机，在那之前还有一件事要做。昨天就该做的，但昨天有其他更重要的事。另外，她当时也不确定，到现在还是不确定，这么做行不行。这个想法很奇怪，她当然知道；可是，这种怪有什么不对吗？其他的做法似乎都不合适。

想再多也没用。要么现在就行动起来，要么把该死的骨灰带走。将安东放进你的随身行李中？让安东的骨灰罐蹲在你房间的角落里？不，绝对不行。早就受够了他。把他撒向风中吧。

但首先她得上去，结果发现看上去简单，实际上却特别难。见他做过很多次，就以为肯定很容易，可等她踏上那个小小的窗台以后，她却不知道该怎么往上爬，尤其是没办法用单手往上爬。

一旦她知道如何把骨灰罐稳稳当当地放在头顶的檐沟上，她便想到了办法。然后找到合适的抓手，爬到了位置较低的屋顶平台上。从那里再往上爬几步，接着蹑手蹑脚地踩着陡峭的瓦片，往上爬到最高处，待在那里，觉得今日的天空如此辽阔，天空深处啧啧作响，有着巨大的引力，不断吸引着我。哎哟，千万不要松手。兴许会坠入那蓝色的深渊，永远被困在其中。但与此同时，她明白了哥哥为什么会喜欢这里，这个屋顶，这里会让他觉得自己是家庭生活的主宰，是整座农场的主人。安东，你真让人又爱又恨，我会想你的。

做起来跟她想象中的不完全一样。当然会不一样。一阵风吹来，她把骨灰罐一倾，可就在这时，风停了，大部分骨灰落在屋顶上，留下了一道长长的棕色痕迹，等到下次下雨时，无论什么时候下，它们都会被冲进檐沟里。

事后，她继续坐在那里，享受着清晨和煦的阳光，可潮热却选择在这一刻再度袭来。她感觉到身体出现了一系列反应，首先，手指疼了起来，接着，心脏加速运转，启动炉子，打开烟道，血管不断膨胀，好让皮肤冷却，一抹红晕随即涌入她的脖子和面颊……呀……她开始往回爬，爬到阴凉处，却改变了主意。还没准备好离开。于是她解开衬衫上的纽扣，脱下了衬衫。

阿莫尔穿着胸罩，待在屋顶上。人到中年的阿莫尔穿着胸罩，待在屋顶上。她就这样坐在那里，人生的故事讲到了一半，既不同于过去的自己，也不同于将来的自己。还没老，但也不再年轻。行至人生中途的某个地方。身体已经过了最好的时候，开始吱吱作响，然后垮掉。

还记得这具身体在什么时候最有活力吗？不过当时你并不知道。是你头一次来月经的那一天，也是妈下葬的当天。而现在，或许已经停了。上一次来是在三个月前，可能再也不会来了。你体内的河道正慢慢干涸，即将活力尽失[1]。你就像叶子正在掉落的树枝，总有一天，你会折断。然后呢？然后，就什么都没有了。别的树枝将填补你的空白。别的故事将掩盖

1　原文为 "running out of sap"，其中 "sap" 既指 "元气、活力"，也指 "植物体内运送养分的汁液"。所以，这个表达既可指 "失去了活力与元气"，也可指 "水都干了"。

你的故事，划掉每一个字。连这些文字也不放过。

你在那儿干什么？

草坪上传来了德西蕾的声音。她一直在到处寻找她的小姑子，万万没想到自己要找的人在这里。而且上半身连衣服都没穿！

没干什么，只是看看这个世界而已。阿莫尔大声回答道。你准备好出发了吗？

五分钟后出发。

马上来。她耸耸肩，穿上衬衫，扣好扣子。觉得恢复了正常，也许比以前更好。把骨灰罐留在那里，没必要带着；开始一步一步爬下屋顶，朝未知的将来走去。

感谢格雷格·亚历山大拉比、马蒂纳斯·巴松、亚历克斯·博莱恩、福里·博塔、克拉拉·法默、马克·格威瑟、艾莉森·劳里、托尼·皮克、罗恩·斯马茨神父、安德烈·福斯特，以及卡罗琳·伍德。

"后来，爸将你抱回了家，大家都跑了过来，

妈、阿斯特丽德，还有安东，场面很混乱，

但你感受到了爱意，他们围在你身旁，把你当作了一朵花。

现在他们都死了，只有你还活着。"

一頁 folio

始于一页，抵达世界

Humanities · History · Literature · Arts

出品人　范　新

品牌总监　恰　恰

策划编辑　苏　骏

编校总监　任建辉

营销总监　张　延

营销编辑　戴雪雨　许芸茹

新媒体　赵雪雨

版权总监　吴攀君

印制总监　刘玲玲

Folio (Beijing) Culture & Media Co., Ltd.

Bldg. 16-C, Jingyuan Art Center,

Chaoyang, Beijing, China 100124

一頁 folio
微信公众号

官方微博：@一頁 folio ｜ 官方豆瓣：一頁 ｜ 媒体联络：zy@foliobook.com.cn